深度迷航

——消失的古船队——

SHENDUMIHANG

花满城◎著

重庆出版集团
重庆出版社

图书在版编目(CIP)数据

深度迷航：消失的古船队／董晓著. —重庆：
重庆出版社，2012.2
ISBN 978-7-229-03970-7

Ⅰ. ①深… Ⅱ. ①董… Ⅲ. ①长篇小说－中国
－当代 Ⅳ. ①I247.5

中国版本图书馆CIP数据核字(2011)第242267号

深度迷航：消失的古船队

SHENDU MIHANG:XIAOSHI DE GU CHUANDUI

董 晓 著

出 版 人：罗小卫
责任编辑：罗玉平
责任校对：杨 婧

重庆出版集团 重庆出版社 出版

重庆长江二路205号 邮政编码：400016 http://www.cqph.com
重庆华林天美印务有限公司印刷
重庆出版集团图书发行有限公司发行
E-MAIL:fxchu@cqph.com 邮购电话：023-68809452
全国新华书店经销

开本：787mm×1092mm 1/16 印张：16.25 字数：208千
2012年2月第1版 2012年2月第1次印刷
ISBN 978-7-229-03970-7
定价：28.00元

如有印装质量问题，请向本集团图书发行有限公司调换：023-68706683

序言

小说与剧作本是一线之隔，皆讲究叙事新奇。

《深度迷航》这本小说描写的事件之奇，立意的角度之新，让人有一种前所未有的体验。想必作者前期一定翻阅了许多资料，这其中包括历史故事，民间传说，志怪神话，人文地理等等。古人把小说称作“传奇”，“因其事甚奇特，未经人见而传之，是以得名，可见非奇不传”。倘若这类故事，成百上千的人早已见过，那就无需去传扬了。人唯求旧，物唯求新，那些久远的奇人奇事，传说故事，经作者的审美创造，重获新生，最终成就了这部小说。

作者在循序渐进中带领读者进入了一个神秘诡谲的世界，他带给读者或紧张，或快适，或急迫，或期待的种种情感体验，有时甚至仿若身临其境，犹如观看电影一般，有着耳目一新的视觉体验，加之紧密流畅，环环相扣的情节，或许会让读者忘记是在欣赏电影，还是在阅读小说。引用前人这样一句话“艺术就是一种有意识的把自己体验过的情感传达给别人，而别人为这些情绪所感染，体验到这些情感的人类活动”。如此来看，本书的作者做到了，他着实传递给我们一些东西，唤起人心里或多或少的一些共鸣，这种共鸣可以是茶余饭后的消遣娱乐的会心一笑，也可以是对闻所未闻，见所未见事件的啧啧称奇，更可以是透过神秘的表象世界而对人心深层的挖掘……

作文之事，贵在专一。作者身为戏剧学院培养出的学生，期待他有更多更好的作品问世。

兰晓龙

辛卯·秋

目 录 CONTENTS The deapth of the trek

引　子

公元前219年，当时的著名方士徐福向秦始皇上书称，东海中有蓬莱、方丈、瀛洲三座仙山，那里住着懂得长生之术的神仙。此时已经一统天下的秦始皇，生平之志皆已如愿，唯有寿命之事常挂于心。听闻长生之说，龙颜大悦，遂派徐福率领八十五艘大船，载着三千童男童女，前往仙山求取灵药。徐福一去数年，寻觅未果，最后悄悄返乡隐逸，以为就此躲过一劫。

但天不遂人愿，千古一帝记挂之事岂可轻拂。公元前210年，始皇帝派遣兵将至徐福处，将徐福拘到咸阳。惊惧之余，徐福声称，蓬莱仙山确有灵药，但出海之时遇大蛟鱼阻拦，所以不能到达。秦始皇寻药心切信以为真，当下亲率将士，准备了强弓劲弩，出海捕杀蛟鱼。海船由琅琊启程，航行数十海里，经过荣成山，再前行到芝罘山时，果然遇到一尾大蛟鱼。秦始皇当即命人将其射杀，大蛟鱼中箭而死，沉入海底。至此，秦始皇终于放下心来，再次耗费巨资，派遣徐福重新出海寻药。就这样徐福率领着浩浩荡荡的船队出发了，然而此去却再无消息。早已疾病缠身的秦始皇未能等到徐福寻回仙药，当年就病死在了沙丘。一代天骄就此陨落，享年只有四十九岁。

徐福等人到底有没有找到传说中的长生药？他们究竟下落如何，是被吞没在了大海的滚滚巨涛中，还是像史书上所说的那样定居在了“平原广泽”之地？总之，一行数千人就这样神秘地消失在茫茫海上，成了一个疑云围绕的千古之谜。

我做梦也想不到，有一天我会与这个故事扯上关系，卷入一次诡异离奇、惊骇莫名的历险。

第一章　打井匠

上世纪70年代，我还是一个二十出头的知识青年，为了贯彻当时“知识青年上山下乡，接受贫下中农再教育”的政策，我被知青办安排到山东省日照市的一个村子插队。当时的我年少轻狂，满怀斗志，以为自己可以在新的天地里大展拳脚，为国家复兴出一份力。

然而，当真正扎根了农村我才知道，农民这口饭不是谁都能吃得了的，任你力气再大，膘子再厚，干一个月的农活一准儿会把你累得像扒了一层皮似的。好在不久之后，我就被村支书安排去打井队做帮手。本以为打井队的活会轻快些，没想到也是天天累得全身酸痛。

我落户的那个村子叫蒿岭村，周围水源充足，打井并不费事，因此我们打井队只有四个人。除了我之外，还有一个叫林海燕的女知青，一个打了半辈子井的老井匠和当地的一个叫牛二捶的小伙子。

老井匠全名叫马福贵，我们都叫他福贵叔。福贵叔家世代都是打井匠，对打井有独到的讲究，从选井定位到起井开掘都严谨得很。如果说打井是门学问，那福贵叔绝对称得上是位老学究。听福贵叔说，先前打井之时，一定要请阴阳先生拿着罗盘选准吉位，然后还要等到良辰吉时才能动土，否则打井就会不顺。

打井队唯一的女性林海燕是个性格开朗、甜美大方的女孩，父母曾经都是大学教师，她说起话来明显带着知识分子的味道，虽然不至于之乎者也的，但也经常好为人师。林海燕做事不喜欢输给别人，因此打井的时候，总是抢着干活，不怕苦不怕累，这一点一直让我非常佩服。

至于牛二捶则更是一个有趣的人，自从被安排到打井队之后，我索性卷了铺盖搬到了牛二捶家里与他同住。一来他爹娘现在都跟着他大哥大嫂，他自己独住一院，冷清得很。二来我俩都年轻，说话也投缘，他既没有农村小子的愣劲儿，我也没有城市小伙的傲气，两人一见面就像发小似的热络起来。晚上我俩时常会聊到半夜，说至兴奋处，甚至连白天的疲乏都忘了。那时候在毛泽东思想的影响下，我们对自己、对未来、对人生充满了斗志，浑身洋溢着“今日长缨在手，何时缚住苍龙”的气概。

那年头都缺吃的，半夜饿醒的事是常态，二捶这时候就会拉我去抓麻雀回来烤着吃。不要以为晚上抓麻雀是天方夜谭，其实晚上去抓麻雀才是最适当的时机。牛二捶的方法通常是先是找一棵繁茂的杨树，然后脱了鞋顺着树干爬上去。麻雀这东西，别看白天古灵精怪的，一到晚上不仅眼神不好，胆子也变小了，就算听到什么动静，也不敢随便轻举妄动，非等到被人攥到手里了，才扑棱着翅膀想飞，但这时哪还来得及，一下就被塞进了黑布袋中。牛二捶用这法子抓到过不少麻雀，但他也有原则，一旦抓到幼雀，就会毫不犹豫地放走，他说这是历代的规矩，不吃幼雀，吃了会遭报应。

就这样我们四人组成了蒿岭村的打井队，平日里我们东奔西走，哪里缺水就去哪里打井，有时还会被调到别的村子去。那时生产力不像现在这么发达，只能靠人工打井，而打井是个技术活，不是随便一挖就能挖出水来，这得需要井匠先定位，然后再进行“起井”。以前井匠在农村算得上是体面的手艺人，一辈辈的人全指着打井吃饭，因此其中的诀窍从不轻易外传。这使得井匠成了个稀罕人物，七里八乡的往往只有一两户井匠。

“井匠世家”出身的福贵叔自然是我们打井队的中坚力量，除了下井挖土，打井的其他工序全指着他。现在大家都吃大锅饭，谁也饿不着，福贵叔也不担心有人会抢了他的饭碗，因此一空闲了，就会跟我们絮叨打井的窍门，例如选井位，讲究看地表上花草的种类，如果地表上长的是冬青、落地生根。观音莲等不喜水的植物，那么下面就很难打到水，即便是能打到水，井筒子也势必要往深里挖了。而如果地表长的是蒿草、竹子、铜钱草这些喜水的植物，那就绝对不愁打不上水来。

对于福贵叔的这些选井诀窍，我们闲来无事也就听听，不过我们还是最喜欢听他说起他祖辈历来的一些离奇的打井经历，像是他的爷爷曾经在打井的时候挖到过一只能让井水冒泡的翡翠蛙。他的老爹马老汉则挖到过一座两米多高的龙王爷石像。福贵叔也挖到过稀奇古怪的东西，不过他的运气并不怎么好，挖到的是一坛腌了不知上百年还是上千年的咸鸭蛋。

对于福贵叔说的这些事儿，我和牛二捶听着也就图个热闹，并不当真。如果打井真能常常挖到宝贝，我们干脆改行做考古得了，努努劲儿从地里多挖出些金银珠宝、翡翠玉石，让广大人民群众人手一堆，那我们眨眼就步入小康社会了。

然而，无巧不成书，就在这年立春刚过，正是小麦拔节，柳树抽芽的时候，我们接到了村支书的指派，去附近的余家寨帮他们打一口井。这一次，我们真就挖到了一些匪夷所思的东西。

一听去余家寨，我和二捶就开始叫苦不迭。这余家寨处在附近天台山的山腰上，是远近闻名的缺水村。几百年来，村子里为了能打一眼有水的井，费的粮食钱财不计其数，可就愣是没打出一滴水来。村子里的人吃水得走十几里的山路下山挑水，其艰苦程度自不必说。现在单单就让我们四人去攻克这个难关，实在是“蚂蚁缘槐夸大国，蚍蜉撼树谈何易”啊。

见我和二捶对于这次的工作积极性不高，福贵叔黑脸一板，正儿八经地说道：“你们两个娃娃，年纪轻轻，身强体壮的，这点活就被吓怕了，还敢说是建设国家的排头兵，丢人哩！”

“就是呀，你们平日里不是老念叨着，‘我是祖国的一块砖，哪里需要哪里搬’吗，怎么一到关键时候就成烂泥扶不上墙了？”林海燕也开始激我和二捶，好让我们打起精神来。

“我们是祖国的一块砖，可不是破砖头，不能有事没事就乱搬，在山上打井可不是我们这几块砖能干的，那得需要钻井机。”二捶义正词严地说完，然后转脸对我说道，“你说是吧，夏远同志？”

我微微一笑，拍了拍二捶，说道：“牛二捶同志，铁人王进喜同志说过，‘有条件要上，没条件创造条件也要上’，就打井来说，我们虽然没有钻井机，但我们还有劳动阶级的铜手铁臂，我相信我们一定能同心协力，打穿地球，挖出水来！”

听我说完，二捶一愣。他本以为我会声援他的，没想到我竟然见风转舵，投到了林海燕那边，当下向我扑来，说道，“好，你小子，原来是骑墙派，我要代表广大群众铲除你这棵墙头草。”

二捶那身板，彪得很，真要被他扑在身上，我哪还有挣扎的余地。当下起身逃窜，一边回口说：“牛二捶，请注意素质，我要控告你殴打知识青年！”

见我和二捶追跑出去，福贵叔和林海燕相视一笑，同时叹道：“唉，这俩赖驴……”

虽然嘴上说不想去，但我们还是不得不带齐了家伙，赶到了天台山山腰的余家寨。寨子里生产队长热情地接待了我们，领着我们看了他们以前挖的一些废井窟窿，絮叨了吃水的难处，希望我们能给他们打出一眼有水的井来。我们自是满口答应，只有福贵叔一脸严肃，在村子里溜达了半晌，寻找合适的井位。根据老法子，福贵叔在村子北面的一处空地上发现了许多铜钱草，他认为此处定有水源，于是我们将干活的家伙全都背了过去，准备开工。

首先要完成的工序是“起井”。福贵叔用石灰粉在选定的井位上画一个十字，一横一竖大概有四尺左右，然后再以此为据画出一个圆圈，接下来就要按这个圆挖出半人多深的坑，不能大，不能小，筒子要直，井口要圆。直中见功夫，圆中见手艺。以前二尺的小井，福贵叔一人就能完成起井，对于这种村里的大井，则需要我们几个合伙开干。

就当日头将落之时，起井的工序终于完成。眼看天色不早，福贵叔终于发话说今天到此为止，准备烧火做饭。在外打井的日子是格外艰苦的，离得村子远了，我们就得支了帐篷，在外过夜。不过即便条件艰苦，我们也觉得这野外的生活别有滋味。

跟往常一样，我们先挖个坑，将一堆山药蛋子放进坑里，然后在上面生起篝火烧水，等烧过两壶水，地下的山药蛋子也差不多闷熟了。热气腾腾的山药蛋子从土里挖出来，扒掉烧糊的皮，吃起来分外香甜。当我们正准备将山药蛋子往嘴里塞的时候，旁边的山坡上忽然传来“哎呕……哎呕……”的声音。二捶一听，立刻兴奋地说道：“是山鸡！今晚有野味了！”

二捶从帐篷中翻出弹弓就朝山坡奔了去。这种事情一向是少不了我的，我放下山药蛋子，快步赶去。我刚跑到二捶身边，却听二捶突然大喝一声：“嘿呦！”我被吓了一跳，以为二捶中风了，没想到二捶喊完，突然有一只山鸡从对面的梯田中飞了起来。我瞬间明白，原来他是在吓唬山鸡，好让它飞起来。山鸡不明所以，只顾飞逃，这正中了二捶的阴谋，只见他拉起弹弓，猛然发射。二捶打弹弓的技术是打小练出来的，无论是打树上的老鸹，还是谷场的麻雀，都是弹无虚发。眼下虽然是在夜里，但尚有几许月光，并不影响二捶的准头，只见他这一弹弓正中山鸡头部，山鸡哀号一声，就落在梯田上胡乱扑腾起来。我和二捶急忙跑过去，发现眼前的这只山鸡还真不小，估计得有两三斤。我们大喜，心想今晚可以打打牙祭了。

见我们胜利归来，福贵叔和林海燕也十分高兴，毕竟那个年代物资紧缺，平常连肉都吃不到，更别说是这山鸡了。当晚，我们兴高采烈的将这只山鸡褪了毛，然后放在锅中煮熟，连肉带汤美滋滋地吃了一顿。

吃饱喝足，福贵叔就让大家睡了，三个男人轮流守夜，每人两个小时，天一亮就重新开工。第一班是我，然后是二捶，最后是福贵叔。起初林海燕不同意，非要一起守夜，但福贵叔说女娃身子金贵，晚上受寒容易落毛病，守夜这事就算了。不等林海燕反驳，福贵叔就又板起脸命令道，总共就几个小时，不能浪费广大群众的时间，睡去。林海燕没法，只能依言睡下。

山间的夜晚格外清寒，一片月牙吊在当空，显得十分清冷。我披着军大衣瑟缩在篝火旁，望着黑魆魆的山影，希望有一只山鸡再次出现，那明天就又有鸡吃了。山鸡没有出现，但我却看见一道白影慢慢地从山路上走了过来，我心下纳闷，这是个什么东西？当即定睛看去，发现是一个老态龙钟、满头白发的老妇人向这边走了过来。我心中更是疑惑，大半夜的，这老太太怎么跑到这山上来了。

眨眼的工夫，这老妇人就走到了篝火旁，不等我开口询问，这老妇人竟先堆起笑容，用一种苍凉的声音说道："小伙子，我老人家上山采药迷了路，这会儿饿得心慌，能给我口干粮吃吗？"

原来这老妇人是上山采药的。真是的，年纪一大把了还要自己到山上来采药，不知是谁家的儿女这么不孝，让老人家受这份儿罪。看着老妇人满面的皱纹，我不禁心生怜悯，爽快地说道："行，大妈，您先烤会火，我去给您拿几个山药蛋子。"

"好，谢谢你了，小伙子，你真是个好人。"老妇人又一次推起笑容。

不知为什么，一看到老妇人的笑，我心里就一紧，总觉得她笑起来十分怪异。当时我也没有多想，起身就去帐篷里拿了些山药蛋子出来。然而当我拿着山药蛋子回到篝火旁的时候，却发现老妇人不见了。我正诧异，一转头却见老妇人竟然正蹲在井坑边"咯吱咯吱"吃着我们刚才丢掉的鸡骨头。我心想这老妇人真是饿疯了，怎么连丢了的鸡骨头都捡来吃，急忙走过去说："大妈，这鸡骨头不能吃了，多脏啊……"

话还没说完，我就惊恐地愣在了原地，只觉得神经绷得咯吱响，像是要爆掉似的。因为我看见，老妇人的身后竟然有一根白绒绒的东西！像是一根尾巴！我手脚冰冷地僵在那里，心中暗道，坏了，难道我撞见脏东西了？却听老妇人阴森森地说道："这鸡骨头香得很啊，我老人家最爱吃鸡骨头了！"然后她缓缓地转过头来。

她不转头还好，一转过头来，顿时肝胆俱裂，脊梁骨上冷汗刷的一下就冒了出来，原来那老妇人脸上此刻竟长出了尖尖的下巴和长长的耳朵，眼中还带着一种狐媚的笑意！赫然是一只狐狸！

我无暇多想，转身就想跑，然而不知为什么，无论我怎么用力，脚上却像是被黏住了似的，怎么也动不了了。而那只老狐狸却一脸阴笑地向我走来，继续说道："小伙子，我吃骨头吃得口渴，你这么好心，一定愿意让我老人家尝尝你的血吧！"说完就露出尖牙，猛然张口向我脖子咬来。我只觉脖子一痛，鲜血哗啦就流了出来，我惊骇万端，拼命大叫："救命！救命！"

我刚喊出这句话，身体就突然一颤，猛然睁开了眼睛，只见篝火微微，将要熄灭。原来，我刚才是在做梦。

我冷汗淋漓，心突突跳个不停，梦中的景象和感觉如此真切，仿佛真的发生过一般。我不由得转头看向那个井坑。还好，井坑周围空荡荡的，没有任何异象。可是我心里仍旧不安，直犯嘀咕，怎么做了这么诡异的一个梦，一想就觉得浑身冷飕飕的。我看了一眼手表，发现已经过了两个多小时。我起身钻进帐篷，叫醒二捶，让他去守夜。二捶迷迷糊糊地起来，走出帐篷，我看他在篝火中加了几根木柴，便闭上了眼睛。不知怎的，只要我一闭上眼，那只老狐狸的样子便会浮现在我的脑海中，萦绕不去。这梦有点儿邪乎，我隐隐觉得我们这次可能会遇到非同寻常的事情。

第二天一早，我只觉得周围晃动不止，一睁眼才发现是林海燕在不停地摇晃我，她神色紧张地说道："夏远，快醒醒，出事儿了！"我一听，惊得从铺上坐起来，心中暗道，果然跟我预感的一样，真出事了！

第二章　怪石

的确是出事了，不是什么大事，但却十分古怪。我们所挖的井坑里居然出现了一具尸体，一具狐狸的尸体！

当我看到井里这只狐狸的时候，身体猛然一颤，它竟跟我梦中的那只狐狸一模一样，都有一条白绒绒的大尾巴！这究竟是怎么回事？难道我昨晚不是在做梦？这只狐狸又为何会死在这井中？

我用锄头拨弄了几下狐狸的尸体，见它全身上下并无伤口，但脸上的眼睛、鼻子却挤到了一起，像是死前受过巨大的折磨。我惊骇万分，但又不愿将昨晚那个怪梦讲给众人听，因为我怕他们也会变得不安起来。

二捶对这只狐狸的死不以为意，用锄头将狐狸从井坑中勾出来，一边欣赏一边说道："这狐子的皮毛真好，一身的雪白，没有一点杂毛。"

林海燕见了这通体雪白的狐狸，仿佛也来了兴致，灿然说道："是呀，要是用这狐皮做成围巾得多漂亮啊。"

我还在想着昨晚的那个梦，没有说话。这时福贵叔却一脸心事地蹲在旁边吧嗒吧嗒抽着烟锅，他缓缓吐出一口烟，说道："要我说啊，这白狐子死在这井坑里不是好兆头，以前的老人们常说，'三百年的红狐子，一千年的白狐子'。这狐子的毛全成了白的，道行怕是不浅，我看我们还是把它好生埋了省心。"

"那怎么行，你看这皮子的成色，要是拿到供销社去，准能换四五斤鸡蛋糕。"二捶坚定地说道。

"你这娃娃就知道吃，咋恁地没出息，你知道不，这狐子死在这井里，就说明这井中有煞气，这可不是闹着玩的！"

听到福贵叔的话，我开始仔细观察起那井坑。二捶却继续不依不饶地说道："哎，我说福贵叔，什么煞气不煞气的，少拿这些迷信思想说事儿，现在的政策正号召大伙打倒牛鬼蛇神呢，您老说话可得注意点。"

"这……，唉……"福贵叔似乎有话说，却一拍大腿，又把话收了回去。

"没话可说了吧，福贵叔，这都什么时代了，您还信那些旧思想……"

二捶还继续絮絮叨叨地说着，这时我却突然看到在井坑下面有一处古怪的地方，原来那只狐狸的身下有一个被它用爪子刨过的小坑，坑中有一块硬币大小的浅蓝色的石头。石头是半透明的，十分漂亮！我心中疑云又起，从那个爪印斑驳的坑来看，那只白狐狸在死之前就是在刨这东西，但又为何会在刨到之后突然死去了呢？

一时间我也想不透其中的玄机，便指着井坑对众人说道："你们快看，那是个什么东西？"

"夏远同志，少大惊小怪的，井里还能有什么东西。"二捶一边说一边将脖子伸了过来，但一看到那块石头，就立刻兴奋地说道，"妈呀，这不会是人家说的蓝宝石吧？"

听二捶如此说，我们全部围到了井口边。我暗暗觉得蹊跷，要是井坑里的东西真是蓝宝石，那狐狸可不是人，要这块石头做什么。想到这里，我忽然想起以前听到过的一种说法，说人死之后，入土为安，全身的灵气会升腾到土壤当中，汇聚成为内丹。那些活得年岁多的狐狸、黄鼠狼等动物能嗅到内丹的方位，它们一旦挖到内丹吃下去，就可幻化成精。莫非，那只白狐真的是在寻找内丹？

我正在愣神之际，二捶突然跳了下去，嘴里说道："让我看看它到底是啥东西。"说着弯腰就去捡那块石头。这井中的空间本就不大，二捶这一弯下身去，一下就挡住了我们的视线，只听他突然说了声："怪事"，然后就看他用手在下面挖起土来。我们都觉得很是怪异，正准备喊二捶上来，没想到他手里的动作越来越快，越来越急，竟停不下来了，像是中邪一样，我当下大叫："糟了，快拉他上来！"

林海燕和福贵叔听我一喊，也觉得事情不对头，立刻伸手去拉二捶。二捶却突然转过了身来！只见他眼珠上翻，身体不停地抽搐着，嘴里还吐着白沫！我们都吓得一惊。二捶身体摇摇晃晃眼看就要倒在里面，我立刻趴在井边上，将上半身探进井中，一下抓住了二捶的胳膊。我正要发力拉他上来的时候，忽然觉得耳朵里轰鸣一声，然后脑袋一片昏眩，一头就向井中栽去，幸亏福贵叔和林海燕一下压住了我的双腿，这才没栽下去。因为事态紧急，福贵叔和林海燕手下失了轻重，直压得我骨头嘎嘣一响，痛得我直冒冷汗，不过也正是这一痛，让我清醒了许多，重新抓紧了二捶。我大喝一声："快拽我上去！"

林海燕和福贵叔听我一喊，立刻拼了命地往外拽我，而我手中也紧紧抓着还在抽搐不止的二捶。费了九牛二虎之力，我和二捶终于被拖出了井坑。此刻我和林海燕早已累得气喘不止，而福贵叔更是累得直咳嗽。福贵叔稍喘了口气，跪坐在二捶边上，用大拇指掐住了他的人中。正浑身哆嗦的二捶慢慢停止了哆嗦，然后猛地吸了一口长气，晕了过去。

林海燕惊魂未定，眼神中闪烁着恐惧，小心翼翼地问道："福贵叔，二捶没事吧？他不会……"

“别瞎说，他不碍着。”福贵叔一脸严肃，好像是在想着什么事情。

我望着脸上已经发紫的二捶，疑云又起，他怎么会突然变成这样？我刚趴在井口的时候，怎么会突然有一种像是触电般的感觉？那块蓝色的石头到底是什么东西？难道它有着神奇的魔力？或者它是一块不祥的石头？

林海燕也在想着其中的蹊跷，她显得有些六神无主，眼中已经是水汪汪了。这位平时争强好胜的女孩子，在触及生死的时候，还是显露出了女性柔弱的一面。林海燕看了看我，又看了看在一旁抽烟锅的福贵叔，无助地说：“福贵叔、夏远，我们该怎么办啊？要不快送二捶去医院吧？”

“去医院？这穷沟沟里哪有你说的医院？别说到不了医院，就是到了医院，这十几里的山路下去，二捶最后一口气也给颠没了。”

“那……那怎么办啊，福贵叔？你快拿个主意啊？”

福贵叔吸了一口烟锅，然后缓缓吐出来，看了我和林海燕一眼说道：“你们都是读过书的人，肚子里的墨水多，按说这农村里的一些说法是不入你们耳的，但眼前二捶成了这样，我们没有其他法子，只能按照祖辈传下的方子来，我听前人们说，这有毒蛇的地方，七步里就会寻到解药。我看啊，这井下的那物件儿是个邪祟，人和畜生都不能碰，碰了就遭大罪，先前那只白狐子吃了它的亏，后来二捶又吃了它的亏。眼跟前最重要的是把二捶从阎王爷那里救回来，我打了半辈子井，对治病救人不懂，但我懂得‘一物降一物’的理儿。先前打井的时候我看了，这地皮上除了铜钱草还有些灰蘑菇。这两样能在那邪祟上面长着，说明它们挨得住它。我寻思这两样东西对二捶有用，或许能从黄泉路上把他勾回来。你俩看呢？”

我和林海燕面面相觑，那时的我们年纪尚轻，哪里经过这种事情。看着气息奄奄的二捶，我们心中自是焦急万分，就目前的情况来看，也只能死马当成活马医了，当下双双点头，表示同意。

我们在福贵叔的安排下，采了许多铜钱草和灰蘑菇回来，用铁锅熬了一锅汤，然后一口一口地喂到了二捶的嘴里。在喂给二捶之前，我和林海燕都尝了尝汤，觉得这灰蘑菇的香味极为浓郁，吃一口就感觉周身一暖，神采焕发。二捶喝了铜钱草和灰蘑菇的汤后，脸上的淤青开始慢慢退了下来，然后又慢慢地恢复了红润，呼吸也渐渐平稳了。

见二捶有了起色，我和林海燕终于放下心来。然后我们就去帮福贵叔的忙。福贵叔将我们昨晚盛的鸡血重新倒回锅中熬了起来，这鸡血十分浓稠，一般情况下放在空气中十分钟便会凝固起来。农村是有吃鸡血的习惯的，杀鸡的时候单独将鸡血盛在碗里，当炖鸡的时候，将它放在锅里跟鸡肉一块炖，鸡血出锅后像是发糕一样。因这鸡血十分滋补，多半是要给上了年纪的长辈吃的。昨晚我们给山鸡放了血，最后幸亏忘了将鸡血放进锅中，要不然此刻就麻烦了。

鸡血在锅中稍微一热便又成了水状，福贵叔用碗盛了，然后端到井口，像道士一般念起了咒语："此水非凡水，北方壬癸水 。一点在砚中，云雨须臾至 ，病者吞之，百病消除，邪鬼吞之，即刻粉碎，急急如三奇帝君律令！"

后来我才知道，福贵叔当时念的是"敕水咒"。以前的打井方法落后而笨拙，一眼井常常打着打着就会出现塌陷，许多井匠因此被活埋在井里，这时候人们多认为是有邪祟作怪。因此为了打井顺利，许多井匠在打井之前就会要求主家请来阴阳先生口念"敕水咒"驱鬼辟邪。福贵叔毕竟一生之中都待在乡村，对这些观念沾染很多，此时念出道士的"敕水咒"也不足为怪。只见福贵叔念完，猛然将碗中的鸡血泼进了井中，落在那块浅蓝色、半透明的石头上。一会儿的工夫后，只见鸡血竟然被石头吸进了里面，石头的光泽也暗淡了下来。我们不禁暗暗称奇，这石头究竟是那条道上的妖魔，不仅能伤人于无形，还能吸血。

我们三人是万万再不敢碰那块石头的，但又不能因为这么一块石头就在这干耗着。经过商量，我们决定用锄头将"邪石"勾上来，然后丢到山沟里去。然而，似乎是因为吸收了鸡血的缘故，当我用锄头去勾那块石头的时候，井中原来那股会让人产生触电般感觉的神秘力量消失了。我小心翼翼地将那块石头从井中勾出来，放在井坑的一旁。我们三人都站在一旁远远地看着，谁都不敢靠近。直到现在我们才看清，这块石头竟比我们在井边看的时候大许多，足足有拳头大小。

远远的，我忽然看到那石头上有许多歪歪扭扭的刻痕，似乎是有文字在上面。我立即对福贵叔和林海燕说道："你们看，那石头上好像有字。"

听我一说，林海燕和福贵叔也伸过头来仔细观看。这时一件更为奇怪的事情突然发生了，只见原本阳光明媚的天空，竟一下子暗淡下去，一朵厚厚的乌云遮掩住了太阳。正在我们诧异之际，一声尖锐的长鸣传了过来。

福贵叔神色大变，说道："老鹰！"

我们仰天望去，只见从那朵乌云中竟飞下一只遍体乌黑的大鹰，只见它双翅一挥，箭一般俯冲下来！我们还来不及反应，它就扇着翅膀在我们面前呼啸而过，伸出一双巨爪，抓起那块石头，一个回旋，又飞向了天空！这一瞬间的变化让我们有些不知所措，只是呆呆地望着老鹰，直到它再次飞回那朵乌云中。在接下来的半个多小时里，那朵乌云慢慢地消散，而那只苍鹰却像是蒸发了一般，再也没有出现。只剩下我们三人面面相觑。

那块石头就这样消失了，它出现的方式极为神秘，消失的方式也极为诡异。它的消失对于我们四人来说应该算是一种幸运，但看到它被苍鹰带走后，我们竟然有些若有所失，因为有许多疑团仍然无法解开。那只白狐狸为何不顾性命地要挖出这块石头？这块石头又为何能够在不知不觉中置人于死地？还有那只苍鹰，它从何而来？又去了哪里？它为什么偏偏会在我们就要看清石头上字迹的时候飞来？石头上究竟铭刻了什么？难道是凡人不能知晓的天机？

种种疑问，在当时我们都难以想明白。这一切远远超出了我们对于世界的认知水平，那时的我们坚信“人定胜天”，坚信没有我们克服不了的困难。我们还不知道，与博大的自然世界相比，自己是多么的无知和愚昧。

后来，我们继续用铜钱草和灰蘑菇熬成汤喂给二捶，结果三天不到二捶就又起来活蹦乱跳了。我们不得不惊叹那汤的神奇功效。多年以后，我才从书中了解到，我们当年在山上采的那些灰蘑菇学名叫“松茸”，是一种药用价值极高的菌类植物，在古代是地方进献皇帝的贡品。第二次世界大战期间，美国在日本广岛上投了一颗原子弹。这颗原子弹几乎毁了岛上所有的东西，只有松茸这种植物顽强的活了下来。它的抗辐射性一直令生物学界惊叹不已，因此还有一个称号叫“魔鬼松茸”。

由此我忽然想到，那块神秘的石头是不是就因为具有辐射性，才会在无形中伤害到二捶和那只白狐呢？是不是山鸡的血恰好能够减弱它的辐射性？但那块石头上的字迹又将作何解释？谁能够抵抗得了无形的辐射，将字刻上去？很可惜，那块石头没能留存至今，我们或许永远都解不开围绕着它的谜团了。

半个月后，我们的打井工程终于有了眉目，我们将井挖到十多米深的时候，终于挖到了湿土。其间我们挖到七八米左右的时候，遇到了一块大石，不过还是被我们用火药给炸碎了。这天早上，我们显得比往日兴奋，因为挖到湿土，就表示我们的工作就快完成了，辛辛苦苦半个多月，我们的工作总算没有白费。而且更令我们高兴的是，余家寨还派了两个中年妇女来帮我们，人多力量大，我们自然十分欢迎，心想看来当天就有可能将水给打出来。商量之后，我们决定将女同志留在井上，三个老爷们儿去井底掘土。在下井之前，我无意中发现那两位来帮忙的妇女的脚长得非常与众不同，因为两人的脚都生有六个脚趾。一个人一只脚上生有六个脚趾还不算太稀奇，两个妇女的两只脚上都生有六个脚趾就有些古怪了。我正想开口询问一下两人，下到井里的二捶突然对我大喊起来，催促我赶紧下到井里干活。完成任务要紧，我就没有开口问，想等从井下上来的时候再说。

我们三人正在井里干得大汗淋漓，林海燕竟然抓着辘轳绳也下到了井中。我就知道林海燕不会让自己清闲，她一向认为男人能干的事，她也能干。来不及磨叽，我们四人就在井下忙活起来。没过多久，只听上面轰隆一声，许多碎石泥土纷纷落了下来。与此同时，上面的两位中年妇女大喊起来："不好了！不好了！井要塌了！你们快上来呀！"

井下的我们一看这阵势全部懵住了，幸亏福贵叔拉了我们一把，说："别愣着，快贴着井壁！"慌作一团的我们刚靠在井壁上，就见泥石俱下，铺天盖地落了下来。井下瞬间陷入黑暗，我在心里暗道："我们这下怕是要命丧于此了！"

第三章　井底求生

一会儿的工夫，碎石泥沙就堆满了井坑。我们一动不动靠在井壁上，满身落满泥沙，连嘴巴和鼻孔中都被呛进去了不少。我们心里的压力极大，以为这一次要壮烈牺牲了。幸亏人工打井挖出的井筒子是三角烧瓶状的，越往下井筒子越粗，并且由于首先坠落的是一些石块，横七竖八地叠在一起，总算没将井底灌实，在井壁周围为我们留下了狭小的空间。正是这狭小的空间救了我们的性命。

塌方终于停止，整个井底陷入死寂。在漆黑的空间中，我突然觉得胸前热乎乎的，像是有人贴在我胸口，我下意识地去摸了一下，一声尖锐的女声立刻响起："什么东西？"

原来是林海燕在惶急之中扑在了我身上。这一下我忽然变得紧张起来，只觉得心跳变得更快了。我咳嗽了一下，说道："我……我是夏远。"

一听是我的声音，林海燕原本压在我身上的手，忽然紧紧抓住了我的胳膊。她吓得快要哭出来了："夏远，我们没……没死吧！"

我本来也是惊魂未定，结果听她这么一说却差点笑了出来："没，我们还活着，你没听到我的心脏在扑通直跳吗？"

林海燕这才意识到自己还趴在我身上，有些不好意思地从我身前抽离开来。不知为什么，我心里竟满是不舍。这时，二捶的声音在身边响了起来："这是谁啊，怎么还踩在我脸上，快把我鼻子踩歪了！"

然后是福贵叔的声音传了过来："哎呀，怎么是你小子，来，快起来！我还以为脚下是石头蛋子哩！"

不用看也猜得出来，肯定是在刚才慌乱之时，二捶一不留神跌到了福贵叔的脚下，结果却成了福贵叔的垫脚石。

林海燕此时仍旧十分紧张："福贵叔、二捶，你们没事吧？"

"我不碍着，不知道二捶伤着没？"福贵叔答道。

"我本来是没伤着，倒是让你踩得不轻。"二捶边说，边推开身边的石头站了起来，嘴里埋怨道，"这次是怎么回事，那么不顺，这下倒好，咱们全完蛋了"

"你小子休要胡说，越是在这井底越臭要说这混账话！"

"说也是死，不说也是死，横竖是个死，怎么，还让我当个哑巴鬼？"显然，二捶也是急了，最先是他吃了那块怪石的亏，这次又摊上了塌方，搁谁都得急。

我知道福贵叔和二捶都是火爆脾气，再说下去，两人准得吵起来，便急忙插嘴："好了，我们先不管死不死的，起码现在还没死，我们赶紧想办法从这里出去是正道！"

听我一说，林海燕也帮起了腔："是呀，福贵叔、二捶，咱们得快想办法呀，要不然我们就闷死在这里了！"

林海燕说得没错，井下空间本来就不大，并且上面已经全部堵塞，此刻我们跟石块泥沙差不多是面贴面的，空气已经十分稀少，如果不能在短时间里逃出这里，那么等待我们的将只有死亡。福贵叔和二捶也知道这个理儿，但在这样的绝境下，我们除了绝望之外，别无他法。

福贵叔叹了一口气："要是那两个妇女能快些带人过来挖咱们，咱们兴许能活着出去。"

"指望她们带人过来挖咱们？那还不如指望老鼠打个洞带咱们出去呢，十几米深的井，他们什么时候能把咱们挖出去，就是挖出去了，咱们也早就烂成骨头了！"二捶越说越急，猛然一拳砸在井壁上，然而只听"咚"地一声，井壁上竟然一下破了个大洞，一阵冷风"嗖嗖"的吹了进来。

我们都是一惊，林海燕警觉地问道："怎么回事，这井壁不应该是实心的吗？二捶怎么一拳就打出了一个洞？"

经林海燕一说，我突然想通了："难道说这井壁的后面还有一个巨大的空间，要不然怎么会有风吹来？"

"哎，对啊，这后面肯定有地方！这么说我们砸开井壁就能出去了！想不到我一拳居然砸出来一条生路。"二捶欣喜若狂地说道。

"很有可能，起码井壁的后面空气充足，我们不至于会憋死。"我补充道。

"嗯，那我们还愣着干什么，光说不干等于零蛋。快动手呀！"二捶是个急性子，恨不得立即就从这里钻出去。

我们手忙脚乱的忙活起来，福贵叔却没有出声。四周黑糊糊的没有一丝光线，我忽然想起福贵叔已经有一阵没吱声了，心想他可别出了什么事，当下问道："福贵叔，你在哪儿？"

只听我们身后响起福贵叔的一声叹息，随即他犹犹豫豫地说道："你们真想到那井壁后面去？"

"不去后面去哪儿，福贵叔，这可是我们现在唯一的出路了。"林海燕回应道。

"唉……"福贵叔像是有什么心事，又叹了一口气，"你们莫要说我上年纪了，胆子变小了。刚才这井壁后面一阵阴风吹来，吹得我心里不踏实，我总觉得这里面啊，不是个吉利的地方，我们还是不要去的好。"

“那怎么行呢，我们好不容易找到了个生门，为啥不进去，难道非得待在这等死？”二捶呛道。

“是呀，福贵叔，无论如何，我们目前只有这一条路，好歹总得试试。”这次我也同意二捶的说法。

福贵叔见我们三人全部同意挖开井壁，只好无奈地说：“好，既然你们都同意，那咱们就试试看吧。”

于是我们开始拿着石头拼命地在井壁上砸，当井壁上的窟窿差不多有水桶大小的时候，一股凉风再次从里面吹了过来，我们只觉得浑身一冷，同时还闻到一股淡淡的腥臭味。我疑惑地说：“怎么有一股臭味，你们闻到了吗？”

“臭味？我们忙活了这老半天，能不臭吗？行了，夏远同志，你当是在哪儿呢？讲究还真不少。”二捶说话时手中不停，继续忙活着。

“是挺臭的，我出去了一定要好好洗个澡。”林海燕也不以为意，正沉浸在将要出去的喜悦之中。

“嘿嘿，我出去了一定再去打两只山鸡，美美地吃一顿。”二捶这家伙总是忘不了吃。

“我看啊，咱们还是等出去了再说吧，能不能吃得上，还说不准嘞！”福贵叔说道。

“哎，我说福贵叔，你怎么老是泼冷水啊？”二捶有些不满，说着使劲儿在这井壁上砸了起来，然而只砸了两下，突然有许多碎土纷纷从上面落了下来。

大家又是神经一紧，福贵叔急道：“坏了，这井是要再次塌方！快往这窟窿里钻！”

土越落越多，来不及多想，我便将林海燕托到了洞口，说：“你们先上，我殿后。”

林海燕被我一把推进了窟窿，似乎有些感动，在落下去的时候，攥了我袖子一把：“夏远，你动作快点，我们等你！”

情况紧急，一层层的土往下落，砸在我们身上，像是铁锤一样。在这种情况下，我和二捶竟然出奇地默契，合伙将福贵叔托起来，往井壁的窟窿上塞去。福贵叔一副犟脾气，嘴里直说：“你们俩先上，我一把老骨头，不碍着！”

我和二捶哪里肯依，一用力就将福贵叔推了过去，然后只听扑通一声，福贵叔就落了下去。或许是福贵叔落下去的时候震动了上面的土层，大量的厚土直落而下，如果砸在我们身上，我们肯定就会葬身于此了。关键时候，我对二捶说道：“来不及了！我们直接撞过去！”

二捶也知道，以他体胖腰圆的身材绝对不可能从那个窟窿里钻过去。不能再犹豫了，我们大喊一声就往井壁上撞了过去。刚才在砸井壁的时候，我们发现，只有二捶一拳打下去的地方是一砖的厚度，其他的地方还是有两三砖的厚度，再加上后方根本没有助跑的地方，因此我们这一撞并不轻松，只能靠着一股爆发力。或许是危急时分激发了我们的潜力，我们一下子连土带人冲了过去。与此同时传来“轰隆”一声巨响，大块土层落下，将井底全部埋没。

撞在厚厚的井壁上，我吃痛不已，只觉得浑身像散了架一般，站都站不起来了。这时林海燕的声音传来：“你们俩没事儿吧。”她显得很关切，一边说一边扑到我身前，用一双柔软的手，托起我的头，放在她的腿上。我身上虽然还是酸痛不已，但感觉上却一下子轻飘起来。上世纪70年代的中国并不像现在那么开放，男女之间一般情况下连牵手都不会发生，更别说会有身体上的接触了，身陷温润，思绪激荡，一时竟说不出话来。林海燕不明就里，以为我撞晕了过去，着急地摇晃起我的头：“夏远，你没事吧，快醒醒！”

有点乐极生悲，我脑子本来就昏沉沉的，被林海燕这一晃，胃里翻腾差点吐出来，只好用微弱的声音说道：“你……你别摇了，再摇我就真昏过去了！”

林海燕一听我还能说话，立刻停止了摇晃，任我的头枕在她的腿上，有些不好意思地说：“哦，对……对不起，夏远！”

我正要张嘴回应林海燕，只听“哧啦”一声，一根火柴划着了。福贵叔满脸皱纹的脸出现在我们的视野中，他左右看了一下，没看到二捶，便慌张地问道："二捶呢？不会没出来吧？"

火柴的光实在太过微弱，我们一眼之下也没能看见二捶，偏偏这时火柴梗燃尽了，福贵叔随手将火柴向后丢去。这一扔二捶的声音一下冒了出来："哎哟！烫死我了！"

原来二捶一直在福贵叔的身后迷糊着，福贵叔丢的火柴梗正巧落在了二捶的胸膛上，二捶当即被烫得拔地而起，慌忙拨弄掉身上的火柴梗。这时福贵叔又划着了一根火柴。二捶愤愤说道："福贵叔，你怎么老跟我过不去，刚才踩我鼻子，这会又用火柴烫我，我们两家好像没有深仇大恨吧？"不等福贵叔回声，他转头又看到了还枕在林海燕腿上的我，立刻委屈道，"唉，同样是撞墙过来的人，差别怎么那么大呢，夏远这小子到舒服起来了。"

"二捶，你别乱说，夏远这正难受呢。"林海燕这女孩真不错，挺会替人着想的。

"是啊，我的头还晕晕乎乎的呢。"我狡辩道。

"行了，你少装，我都没事了。"

"嗯，听你一说，我也好多了。"我趁机找个台阶，慢慢地站了起来。

林海燕似乎还有些不放心，关切地问道："真没事了吗？"

"没事儿，毛主席不是说了吗，我们年轻人朝气蓬勃，就像早上八九点钟的太阳。放心，我经得起折腾。"我打肿了脸充胖子，说得多少有些勉强。

这时，福贵叔手上的第二根火柴也灭了，整个空间再次陷入一片阴森的黑暗中。在这一刻，我才发觉我们像是处在茫茫无尽的太空中，四处没有尽头，更不知将要去向何处。福贵叔迅速划着了第三根火柴，面色凝重地说："老这样不是法子，火柴总共没几根，我们得想法子照明啊。"

"不用急，我有法子，我刚才倒在地上摸到了许多木棍，可以用来做火把。”二捶说着，弯下腰将他所说的“木棍”提了起来，凑到了火光处。然而，在火光下我们发现，二捶手里拿的赫然竟是一根大腿骨！

林海燕大吃一惊，吓得抓紧我的胳膊，说道：“怎么是根骨头！”

二捶也没想到自己所拿的竟是根骨头，当下心虚地将骨头丢在了地上，说：“这……这哪儿来的骨头？这是什么地方？”

福贵叔盯着那根骨头，面无表情地说：“这里怕是坟场。”说完，福贵叔捡起那根骨头递给二捶，“拿着！”

二捶一听这里是坟场，两眼满是惊恐：“坟……坟场？这是人骨头？”

“不是人骨头，你小子还以为是狗骨头啊？”不等二捶反应，福贵叔就将骨头塞进了二捶的手里，然后扯开自己的褂子，一手将褂子里面的口袋给撕了下来，递给二捶，“把布条缠在上面！”

二捶的手有些颤抖，对这人骨极为恐惧，问道：“难道要用这人骨头做火把？”

“你还有别的办法吗？”

二捶只好颤颤巍巍地将布条缠好，福贵叔用火柴点着布条，周围一下子亮堂起来。我们就借着火把的光亮，观察周围的情况。

不看尚好，这一看之下，我们只觉得像是走进了阎罗殿！

只见在我们的四周全是骷髅，一层一层，各形各状，有的仰面而倒，有的匍匐在地，向前伸着手，像是在向我们索要什么东西。森森白骨积累成堆，无数的骷髅头遍布其中，黑糊糊的眼洞中，似乎有一种阴森的眼神看着我们。福贵叔下意识地将“火把”高举起来，远处的情景也出现在了光亮中，触眼这片人骨铺成的地面一直延绵至远处的黑暗之中，似乎没有尽头！

接下来的整整几分钟里，我们四人完全愣在了那里，谁都没动一动，谁都没说话。我甚至开始怀疑，我们是不是已经在那场塌方中死了，现在来到了阴间，马上就要走到奈何桥，喝掉传说中的孟婆汤，然后忘却尘世，重新投胎。

关键时候，福贵叔再一次显现了他的稳重，为了让我们安下心来，他说：“我们的老祖宗自古就讲究入土为安，人死了总得要往地里埋嘛，我们现在困在这地底，见到死人骨头，也没什么大不了的。”

“可……这里怎么……怎么会有那么多人的尸骨？”林海燕受惊不小，感觉快要说不出话来。

“这……这兴许以前是个乱坟岗，古时候发生了战争，死的人数都数不过来，他们肯定就把死人一堆，然后埋掉完事嘛。”福贵叔也拿不准，不过他的话却让我们心安不少。

二捶也故作镇定，自我宽慰道：“福贵叔说的没错，地下哪有不埋死人的，反正人已经死了嘛，我们还怕个屌，我看啊，我们还是赶紧麻溜地往前走。”

“是啊，反正这些玩意儿也不能从地上蹦起来，我们就当他们是石头、土疙瘩、麦秸秆……反正我们这些大活人总不能让这些纸老虎给吓住，走，我来带头。”我也硬着头皮给自己壮胆，迈步就往前走去。

然而，我才刚走了一步，邪性事就发生了，只听前方突然传来“嘿嘿嘿”的一声尖笑，然后只见一道黑影“刷”地一下滑过了我们的视线！

第四章　嗜血黑影

那声怪笑一响，我只觉得浑身一哆嗦，两腿直发软，怎么也迈不动了，估计其他三人也是这感觉。林海燕从身后一把抓住了我的手，问道：“那是个什么东西？”

“没……没看清，只看见一道黑影。”我心虚地说，见二捶和福贵叔没出声，我问，“福贵叔、二捶，你们看见了吗？”

“看……看见了，不是鬼吧……”二捶瞪大了眼睛盯着黑暗深处，恐惧之情已写在脸上。

“你小子不是不信这些神神怪怪的东西吗？怎么又想到鬼了？”福贵叔边说边举着火把向前走去，“俗语里说，‘不做亏心事，不怕鬼敲门’，我们这些人干的是堂堂正正的营生，真碰上鬼，我们也不怕它，你们这些娃娃还是跟在我后面吧。”

福贵叔迈着大步跨过了那些尸骨，嘴里继续说道：“各路神仙，我们这些打井匠无意冒犯，只是想寻个出路，对不住了。”

福贵叔踩得那些尸骨嘎嘣直响，我们三人面面相觑。我紧接着跟了上去，说道：“我就不信了，就凭咱们这些无产阶级的力量，克服不了这地下的困难。不管黑影、白影，我们照收不误！”别看我嘴上说得痛快，心里其实怕得要命，特别是当脚踩上这些森森白骨的时候，心都快跳到嗓子眼里了。我不得不佩服起福贵叔来，姜还是老的辣啊。

我一行动，林海燕也紧跟了上来，急切地说：“夏远，你走慢点。”

二捶唯恐掉队，快步赶上，慌忙说道：“哎，你们等等我呀！”

为了从这个遍地白骨的地方走出去，我们一行四人只好壮着胆子，往前走去。福贵叔举着那根用人骨做的火把安然自若。我想这大概是福贵叔以前打井的时候，常常会挖到人的尸骨，次数多了也就习以为常了。然而我心里还是有些疑惑，这里难道真的是乱坟岗？即便是乱坟岗，又会是什么时期的呢？从眼前遍地的骨骸身上，很难辨别出时代来，因为他们的衣服已经烂光了，没有丝毫能显示他们身份的地方。我们继续往前走着，发现这里的空间极大，大概走了十多分钟，仍旧看不到尽头，而且我们脚下的尸骨也一直没有减少，无数的骷髅头被我们踢得滚来滚去，显得十分诡异。

我们又走了一会儿，不知是什么原因，我总是会听到一种“丝丝”的声音传来，像是蛇吐信子的声音，我警觉地四下看了看，发现并无异样。我暗道奇怪，难道是我幻听了？就在这时，二捶突然开口了：“你……你们有没有听见什么声音？”

我神经一紧，问道：“你也听到‘丝丝’的声音了？”

“我不只听到那声音，我还觉得我的耳根后面有人在喘气。”二捶刚说完脸色就变了，像是要哭出来，“我一直没敢说，但我实在是受不了了，我回头一看后面什么都没有，可是再回过头来，那喘息声就又出现了！”

林海燕看着二捶受惊的样子，犹犹豫豫地说道：“我刚才似乎也听到有一个怪怪的声音。”

听我们如此说，福贵叔显得有些诧异，他眉头一皱，缓缓说道：“难道是年纪大了耳朵背，我怎么没听到？”

“福贵叔，我真觉得我后面有人在喘气儿，你们说，这里除了我们，没别的喘气的了吧。”二捶显然是被吓坏了。

我们往二捶身后看去，但除了森森白骨之外，什么也没有看到。见二捶还是心有余悸，我索性说道：“二捶，咱俩换换，你到前面，我来断后。”

“行，不信你试试，你待会就有得怕了。”二捶麻利地走到了前面，然后有点幸灾乐祸地说道，“夏远，你当心点，别吓破了胆啊！”

“吓破我的胆？这个世界上，除了你牛二捶这副尊容能吓破我的胆，其他东西还真没这威力！”

“你小子就吹吧，咱们走着瞧。”

“走着瞧就走着瞧。”

我们继续摸索着向前走，前面仍是漆黑一片，仿佛没有尽头一般。这时，我忽然想到，这里绝不是个乱坟岗！要真的是乱坟岗，怎么还会有巨大的空间，像是大殿一般的地方让我们行走？即便是古时候两国开战，为了省事，在打扫战场之时也只会随便将死尸一埋，哪里会为他们修一个大殿。这到底会是什么地方？怎么会有那么多尸体被丢在这里？我思绪飞转，忽然想到了一件事，古时候的王公贵族死后，都会将自己生前的仆人、奴隶、嫔妃一起殉葬，莫非这些死尸就是那些被殉葬的人？难怪他们死的时候形态各异，肯定是生前被押解之人乱刀砍死，然后就被丢在这里，慢慢腐烂成一堆白骨的。这么说来，这里根本不是什么古战场的乱坟岗，而是一座年代久远的古墓！

想到此处，着实震惊不小，挖井竟然会挖到如此大的一座古墓，这实在太让人难以置信了。我刚想张口将此事说与其他人，却忽然感觉到耳后有一阵阴风吹来，直吹得我耳朵一痒，头皮发炸！就像是有人忽然在我耳后吹了一口气般。我惊骇地猛然回过头去，却发现空空如也。果然，二捶所说不假，后面的确好像有人在喘气！

他们三个继续在前面走着，并没有注意到我的异样。说心里话，我很想将刚才的感受说给他们听，但我又不想让二捶挖苦我。我暗暗告诉自己，先忍一忍，保持警惕，待会儿悄悄观察身后的情况。我装作若无其事地继续向前走着，眼角却在尽量向后瞄着。这会儿我心里很矛盾，既想能瞄到那个一直悄悄跟在我们身后的东西，又不想瞄到任何东西。如果这里真的是座古墓，那除了我们四个活人之外，要是还有能喘气的，那我实在不敢想象它会是什么。

正当我眼角向后瞄的时候，耳边再次传来轻轻的喘息声，这次我毫不犹豫地猛然回过头去，结果却看到了让我后怕一生的一幕。在我的肩膀上竟然浮着一张恐怖的脸！这张脸长满了浓密的毛发，眼睛像是老鼠的一样，小如绿豆，而嘴巴却大张着，露着四颗锋利的牙齿，似乎正打算向我的脖子咬来！我给吓得魂飞魄散，一个趔趄倒在地上，大叫："什么东西！"

随着我一声大喊，福贵叔他们猛然转过身来，那张脸蹭地一下消失在了上方的黑暗中，福贵叔他们什么也没看到。我这时才意识到，那张脸是倒吊在半空中的，怪不得我会以为它是漂浮着的。林海燕慌忙问道："夏远，你看到什么了？"

我大口喘着粗气，心脏突突地跳个不停，嘴里说话不自觉地结巴起来："我……我看到一个怪物张着嘴要咬我。"

"怪物？什么怪物？"这次二捶和林海燕同时紧张地问道。

"不知道，我就见它长了一脸的毛，我一喊，它一下就蹿到上面去了！"我指着黑黢黢的上方说。

福贵叔高高举起火把，却发现顶部是一块块的长条巨石，哪里有我所说的怪物。我怔怔地望着上方，着急地说："真的，我真的看见了，我差一点就被它咬着了。"

福贵叔神情严肃，没有多说，拿着火把四下转了一圈，没有看到丝毫可疑地方，缓缓说道："不管怎么着，咱们还是快往前走，不能老耗在这里自己吓自己。"

福贵叔言下之意是我在无中生有了，我心里有些赌气，于是便把这里是座墓穴的想法告诉了他们。他们三人一听同样所惊非小，一时间大家都愣在了原地。最先开口的是二捶："这里要真是座古墓，那肯定有很多陪葬品，说不定待会我们就会见到许多金银珠宝了。”

“万恶钱为首，你小子别老想那些什么金啊银的，给你座金山，出不去还不是白搭。”福贵叔一句话说到了点子上。

林海燕似乎对二捶所说的金银珠宝并不感兴趣，小心翼翼地问道：“这里要是古墓，那……那不会有僵尸吧？”

我一听到僵尸这两个字，心里不由得一震，刚才看见的那怪物脸上长满了黑色的长毛，牙齿锋利犹如尖刀，很像是传说中能够扑咬活人的僵尸。我心下骇然，莫非我刚才所见的真的是僵尸？

关于僵尸，民间有许多说法。有一种说法是人死之后之所以会成为僵尸，是因为死前有一股怨气汇集于胸，此气不散，尸体便会不腐，从而会成为僵尸。另一种说法是，尸体入土之后，如果埋在了风水宝穴中，便会容貌不变，犹如入睡。据说军阀头子孙殿英在撬开慈禧太后的棺椁后，发现慈禧太后仍旧脸色红晕，似乎只是在假寐一般。僵尸还会因为墓穴的环境不同，产生不一样的变化。有的尸体在棺材中，指甲和头发还会继续生长，有的则会全身长出翎羽等东西。

想到这，我心里越发觉得自己看到的是具僵尸，不禁起了一身的鸡皮疙瘩。这时福贵叔说道：“这墓中有僵尸也不怕，说破天也是死鬼一个，我老汉就不信它还能蹦出来咬人！”

福贵叔不是一个完全唯物主义的人，但他性子里有股倔劲儿，认准了的事就是十头牛也拉不回来。只是我们都万万想不到，福贵叔此话刚落，一道黑影突然从上面蹿了下来，带着一股劲风，一下就将福贵叔手里的火把给吹灭了。我们只觉眼前一黑，还没来得及反应，借着火把的火星就见这道黑影向我们扑来。我惊得向后一仰，同时意外地发现这黑影极似人形，只是它的体型比我们稍大，身上还带着一股恶臭味，好比是腐烂的老鼠一般。另外三个人也吓得够呛，二捶直接就地一倒滚在了地上，而林海燕也尖叫一声趴倒在地。只有福贵叔大叫一声，猛然将手里的人骨火把砸向了那道黑影。那道黑影动作十分灵活，再一次蹿起，只听“哧啦”一声，似是福贵叔的衣服被它给抓破了，然后我们就听到福贵叔暴喝一声：“畜生！”

那黑影再一次消失在了上方的黑暗之中，我们都是心惊胆战，被这黑影吓得直冒冷汗。我急忙问道："福贵叔，你没事吧。"

福贵叔一边吸着冷气一边说："我胳膊被那畜生抓伤了，快……快点着火。"

我们心里皆是一惊，立刻从福贵叔身上翻出火柴，重新点燃火把。在微微的火光下，只见福贵叔的左胳膊上出现了两道深深的血口，里面的肉外翻着，像是娃娃的嘴唇一般。我们看得心惊肉跳，脸上写满了惊恐。林海燕更是吓得眼中泛泪，声音发颤地问道："那……那黑影到底是什么东西？真的是僵尸？"

"先别管那是个什么玩意儿，先给福贵叔包扎！"我从口袋里掏出平常舍不得用的纯棉手帕，动作麻利地绑在了福贵叔的伤口上。福贵叔尽力忍着伤口的疼痛，不在我们面前叫出声来，但从他额头上不断沁出的汗水中，我们多少就能体会到他的痛苦。

二捶警惕地看着周围，唯恐那黑影再次向我们发动攻击，他从地上捡起一根大腿骨，看了一眼受伤的福贵叔，将骨头紧紧握在手中，问道："福贵叔，你有没有看清刚才那玩意儿长什么样？"

疼痛不堪的福贵叔，干脆坐在了地上。他咽了口吐沫，说道："没看清，就觉得它眼睛贼亮，像是那黄鼠狼一样。"

"那我们到底怎么办啊，要不我们还是快跑吧。"林海燕焦急地说道。

"绝不能跑，"我也从骨头堆里找出一根骨头，握在手里，接着说道，"我们这时候绝不能跑，一来这古时候的陵墓都修得极大，我们很容易跑散，二来，这陵墓中的通道跟迷宫一样错综复杂，弄不好我们就会迷路。到时候我们就更难走出去了。"

三人听我说完，都觉得有道理，但却都不知如何是好。首先，那忽隐忽现的黑影是最令我们头痛的，也是我们最大的威胁，敌明我暗，我们随时可能会受到它的攻击。其次，经过许久的折腾，此时的我们是又累又饿，体力也渐渐透支。如果我们长时间走不出这里的话，就算不被那黑影害死，也会被饿死在这阴森的古墓中。因此我们当下决定，继续向前面摸索前进，同时时刻警惕那黑影的袭击。这次我们学聪明了，四个人手牵在一起向前走，我和二捶在两边，福贵叔和林海燕走中间。

为了更好地防范那个黑影，我将手里的骨头摔成了两半，骨头从中间斜着断开，这样骨头断开的地方就成了刀尖状。我手拿一个，然后将另一个给了旁边的林海燕，让她在关键的时候自我保护。我们四人就这样借着微弱的火光，一边向前摸索，一边警惕着黑影的出现。

就这样又走了大概十几分钟，在这段时间里，那道黑影没有再对我们发动袭击。我暗暗奇怪，难道那个黑影觉得我们不好惹，悄悄地躲了起来？渐渐地我心里放松了一些。就在这时，我们眼前忽然出现了一条长长的青砖走廊。

这走廊的入口是拱形的，宽度在一米左右，但它的长度一眼之下却难以估计，因为光线的关系，我们只觉得它向前面延伸而去，看不到头。走廊的墙壁上坑坑洼洼的，许多砖头已经剥落在地，也不知道有多久远的历史了。

就在我们四人面面相觑，犹豫要不要走进这幽深的走廊的时候，忽然有一滴水滴在了我头上，我暗道诡异，这古墓之中怎么会有水滴落下，当即抬头望去。然而这一看之下就把我吓得身体一抖。只见一张血盆大口正在我们头上大开着，刚才那滴水就是从那嘴中流出的口水。我一下愣在了那里，想不出什么东西会有这么一张大嘴，怕是一口就可以把我们的头给吞下去。愣了片刻，我回过神来，立即大喊起来："大家小心，那黑影就在我们头上！"

其他三人立刻慌作一团，紧紧抓着对方。那黑影见行踪暴露，索性直接扑了下来，这次福贵叔学聪明了，将火把向那黑影迎了上去。而那黑影似乎非常怕光，忽然一拧巨头，张开嘴向着旁边的林海燕咬了过来。此时我跟黑影距离极近，而且也有火光的照射，终于看清了它的模样。只是看清了它的样子之后，我倒是宁愿没有看清楚的好。因为我发现在它浑身是毛的身体后面竟然还张着一副令人恶心的翅膀！

第五章　灯芯虫

这双翅膀形如弯弓，伸展开来有数米之长，我心中暗道：“这究竟是什么怪物？”。然而，还没等我有所反应，那黑影忽然纵身一跳，伸出毛茸茸的下肢搭在了林海燕的肩膀上。林海燕惊叫一声：“什么东西！走开！”，将手中的断骨向着那怪物身上插去，然而断骨还没打到，那怪物竟像是老鹰抓小鸡一样，抓起林海燕，猛一振翅，向着前方的走廊飞去了。林海燕吓得狂呼：“啊，救我！”

听到林海燕的惊叫，福贵叔大喊一声：“快追！”不由分说，我率先蹿进了那青砖走廊里，拼命地往前跑去。二捶和福贵叔也快步跟了上来，我们呼哧呼哧地跑着，可是在前面无边的黑暗中哪里还有半点林海燕的踪影。我心下着急，林海燕一个女孩子怎么能够对付得了那个身形巨大的怪物？要是我们不能短时间里从那怪物手中救出她的话，那么她很可能就有生命危险了。福贵叔和二捶也非常着急，特别是福贵叔，一边在后面跑着，一边叫道：“快！快！快救人！”

一边奔跑，一边想着林海燕可能会被那怪物吃掉，不知为什么，我竟急得快要哭了出来。就在这时，只听“咚”的一声，我一下撞在了前面的一面墙上。由于步伐快，我已经将二捶和手拿火把的福贵叔甩在了后面，没有光源，再加上我跑得又急，竟没有注意到前面有一面墙。这一下把我给撞得眼冒金星，头昏脑涨，趴在地上一时间站不起来了。我身后的二捶慌忙问道：“夏远，怎么了？”我想开口说话，却痛得只能哼哼了两声。二捶和福贵叔闻声走了过来，此时两人也是累得气喘吁吁，看到趴在地上的我，急忙过来扶我。这会儿，我除了感觉脑门火辣辣的疼之外，身子也轻飘飘的，像是根本不受我控制似的。福贵叔指点二捶将我扶到墙边，让我靠着墙缓一缓。我此刻心里仍在想着身处险境的林海燕，恨不得立即去找她，但我被撞得有点儿脑震荡，感觉天旋地转，脚下没了根儿，只能闭着眼睛靠在墙壁上歇息。

福贵叔似乎知道我的心理，对我说道：“莫急，先歇一歇！”

二捶看着我的样子，又看了看我身后的墙壁，着急地说：“这是怎么回事儿，这里怎么有堵墙冒了出来？林海燕和那个怪物哪里去了？”

说到我身后的墙，我心里也不由得诧异起来，这里似乎已经是到了走廊的尽头，可为什么我们这一路之上却没有看见那怪物和林海燕的踪迹？这究竟是怎么一回事呢？

休息了片刻，我终于缓过劲儿来，深吸了一口气对福贵叔和二捶说：“快，我们接着去找林海燕！”

二捶蹲在地上抱着头说：“找？到哪里去找，咱们一路上跑到这死胡同里，连她的影都没有？还能到哪里找？”

“那我们总不能就这么待着吧，林海燕的生死我们就不管了吗？”我也急躁起来。

“谁说不管了，可怎么管，前面是堵砖墙，咱们他妈的又不是牛鼻子老道会穿墙术，怎么接着找？”二捶说着不禁难过起来，“我看啊，林海燕这回……”

听到二捶的话，一直拿着火把打量眼前砖墙的福贵叔忽然转过头来，说道：“不要尽说这些丧气话，海燕那女娃有福相的，不能就这么没了。你小子也说了，咱们仨不会穿墙术，那怪东西就会？”

“我说福贵叔，咱们仨是地地道道的老百姓不会穿墙术也不稀奇，可那怪物它不是人啊，它在这地底下不知道修了几千年的道行了，不是妖，就是精，再不就是鬼，是咱们比得了的吗？”在此之前，二捶还是一个打死都不信邪的人，但自从着了那块邪乎石头的道之后，一下变得神神怪怪了。

“你这家伙，前两天还指着我的鼻子说我迷信，到这工夫怎么也迷信起来了？我跟你说，二捶，碰到事儿，不能急，越急越容易出岔子。海燕被怪物抢走了，咱们得找，甭管那是个什么东西，咱们都不能舍了海燕，人家海燕是城里来的学生娃，咱们带她来这山里打井，就要把她带出去，要不咱们怎么跟人家的爹娘交代。”

福贵叔这番话说得在情在理，二捶无言以对，慢慢平静了下来，但他仍然有些迷茫，支支吾吾地说：“那……那咱们下面怎么办？”

其实福贵叔也不知道接下来怎么办，刚才他说那番话也只是为了安抚二捶：“接下来怎么办嘛……这个我也没想好，咱们爷仨得再合计合计……”

我默默地走到前面的那堵墙前，开始打量起来。我们这一路之上，的确没再见到那怪物和林海燕的身影，但他们肯定不可能在这个走廊中无缘无故的就消失了，那么唯一的可能就是这堵墙的后面别有洞天。按照我之前的猜想，这里是一座年代久远的古墓，那么我们现在就处在古墓的墓道中。我零星地记得历史课本中曾经写到过，古时候的王侯将相在修筑自己墓穴的时候，会在其中设置一些机关暗门，以防止有人来盗墓。想到这里，我不禁对福贵叔和二捶说：“快找找看，这里可能有机关！”

听我这么一说，福贵叔和二捶都是一愣。二捶问道：“什么机关？”

“能让这堵墙移动的机关啊。”我信誓旦旦地说。

二捶还是不解，疑惑地问道：“你到底什么主意，怎么就扯到机关上了？”

“我前面不是说了吗，咱们现在可能是在古墓里，我以前高中的课本上讲到过，这古墓之中会有些机关暗门一类的东西。说不准这堵墙就是一个暗门，而那个怪物可能就把林海燕藏在了这墙后面了。”我急切地向二捶解释道。

二捶不知道该不该信，转头问福贵叔：“福贵叔，你说夏远这小子不是在胡诌吧？”

福贵叔听了我的话，这会也沉思起来，缓缓说道：“夏远这娃说得可信，他是念过书本本儿的，照说这书本上写的错不了。”

“那我们现在咋办？”二捶问道。

我见二人现在都同意了我的想法，赶忙说：“咋办？赶紧找找看这周围有没有什么特别的砖块什么的，那可能就是控制着砖墙的机关。”

听我一说，二捶和福贵叔都忙活了起来。福贵叔的一只胳膊受了伤，这会儿行动起来多少有些吃力，但他仍旧倔强地一手举着火把给我们照明。我和二捶在那堵石墙上手忙脚乱地摸索着，可是将整个石墙上的砖头都摸了一遍，却愣是没发现石墙上有任何一点儿不对头的地方。我想兴许机关并不在这砖墙正面，而是在两侧的砖墙上，于是又招呼二捶开始摸两侧的砖墙。二捶也不含糊，跟我将附近四五米内的砖全部摸遍了，却仍旧没发现其中的蹊跷。到后来我和二捶摸得手上都起了泡。二捶有些急了，对我说：“夏远，会不会是咱们想多了，这里压根儿没什么机关？再摸下去，我的骨头都得被磨出来了。”

摸了老半天，到现在还没找到机关所在，我心里也开始摇摆不定，莫非我真的想错了？就在我不知如何是好的时候，刚才一直不说话的福贵叔开口了：“照理说，那把海燕带走的邪祟要是会摆弄这机关，那连着机关的砖头上就肯定跟其他的砖头不是一个样，长年累月被摸来摸去，肯定是滑滑溜溜的。你们俩刚才摸了那么长时间还没摸到机关，说不准儿啊，那机关可能不在你俩会去摸的地方，而是在你俩不会去摸的地方。”

听了福贵叔的话，我灵光一现，将目光移到了脚下，说道：“福贵叔，你是说，那机关可能在我们脚底下？”

福贵叔眉头一展：“你这娃娃不愧是读过书的，一点就透，你们脚能踩到的地方，手当然不会再去摸了。我看啊，你说的那机关就在我们脚底下。”

根据福贵叔的提示，二捶从福贵叔手里接过火把，将火把放低，我们开始在地面上仔细观察起来。果不其然，在距砖墙大概一步之遥的地方，我们发现有一块青砖十分的光滑。我和二捶大喜，认为找到了机关所在，不容犹豫，我便伸手便向那青砖按去。只听“咣当”一声，那石砖一下深陷了下去，与此同时，前面的那堵砖墙一下转开了，一股霉味从里面散发出来。没错，在它的后面真的有一个巨大的空间，只是里面仍旧是一片黑暗，看不到任何东西。

二捶试探性地问道：“夏远，你说林海燕和那怪物真的就在里面吗？”

我摇了摇头，说道：“我不敢确定，不过应该就在里边吧，要不然他们还能去哪？”

“不管她们在不在里面，咱们进去看看就知道了。”福贵叔说着就向里走去。

我和二捶相互看了一下，然后也跟了进去，二捶手里拿着火把，小心翼翼地照着。由于火把的光十分微弱，一时间无法看清这新的空间里的全部情况，只能看见在我们两侧是两架微微发绿的青铜灯架，在灯架上放着许许多多的灯台，灯台之中似乎还残留了一些已经凝成固体的灯油，在灯油中有一团黑黑的东西，应该是灯芯。二捶一见有灯台，立刻将火把伸过去将所有的灯台点燃了。有了数十盏灯火的照耀，周围一下亮堂了，我们也顿时看清了里面的摆设。只是在看清周围的情况后，我们心里不禁一惊。因为我们发现这次真的是弄错了。在我们周围大概有半个足球场大的空间，可是这里除了灯台之外，压根儿连任何东西都没有，我们要找的林海燕自然也不在其中。林海燕和那怪物究竟去了哪里，他们的神秘消失究竟该作何解释？我们三人大眼瞪小眼地望着，一时间有些不知所措。

就在这一愣神的工夫，我们身后突地传来“吱呕”一声，我们立刻转头去看，却发现一道黑影像是一阵风似的飘过，而那面砖墙也开始向着原来的位置转去。我们本能地扑过去阻止砖墙的归位，但最终还是晚了一步。“咣当”一声，砖墙关上了！

我们三个人在看到那道黑影的刹那就惊住了，尽管它的动作十分迅速，我们仍旧看了出来，它就是那个浑身长满黑毛的怪物！这是什么情况，我们追着它进到这间石室，它怎么会在外面的走廊里？而且最为重要的是，这个怪物把林海燕带到哪里去了，怎么没有她的踪影？莫非她已经遭了毒手？还有，那怪物到底想干什么，为什么要把我们关在这间石室里？

疑窦重重，短时间里我们根本找不出其中的玄机。更为关键的是，我们现在正身处那怪物的陷阱之中，别说去救林海燕了，我们自身的安全都成了问题。见门被关上，二捶不禁有些抓狂了，使劲儿砸着砖墙：“奶奶个熊的，让老子出去！让老子出去！”

看着二捶着急的样子，我跟福贵叔都没再制止他，因为此时我们都在担心，我们还能不能从这里出去，如果出不去，那么等待我们的就将是被活活饿死在这里。想到这里，我心中发寒，说实话，遇到这种情况我早就慌了，毕竟年纪还轻，经历的事少，心里就算有再坚定的信仰也起不了作用了。我强迫自己冷静下来，可内心却越发紧张起来。那个怪物到底是什么东西，怎么会如此的狡诈？

然而“屋漏偏逢连夜雨”，这时在这密封的石室内又发生了可怕的变化。那些正燃烧着的灯芯忽然兀自摇曳起来，数十盏灯火摇来晃去就如同是夕阳下波光粼粼的河面一样，晃得我们睁不开眼。这石室之内根本没有风，灯火怎么会摇曳？本来正在对着外面叫嚣的二捶也停了下来，转头问道：“怎么……怎么回事？”

我和福贵叔也看得莫名其妙，这灯台上的火苗刚才还好好的，现在怎么就跟着了魔一样。一时间，我们三个人全部愣在原地盯着那些灯台看了起来。这时奇怪的一幕发生了，只见原本浸在灯油中的灯芯竟像是一条受了笛子蛊惑的眼镜蛇一样，兀自舞动起来，而且更不可思议的是，在每个灯芯中竟然都有一只苍蝇大小的虫子钻了出来！这些虫子飞快地震动着翅膀，发出“嗡嗡”的声音。它们的样子像是小一号的螳螂，通体黑色，带着一股邪气。这是些什么玩意儿，怎么会从灯芯之中钻出来？难道是有人刻意为之？

这些“灯芯虫”从灯芯中飞出来，在空中集结在一起，密密麻麻地像是一群微型的战斗机，不容我们有所反应就劈头盖脸地向我们冲了过来。我、福贵叔还有二捶惊得面面相觑，心里暗道，这群“小瘪三”看来不是善茬儿。福贵叔是经过事儿的人，当下大喝一声：“快躲，这些小虫有毒！”

一听有毒，我和二捶都毛了，猛然一拉褂子将头给蒙上了，然而这群“灯芯虫”并不就此善罢甘休，一哄而上在我们的手面上叮咬起来。还别说，这群虫子虽然个头不大，但是咬在肉上，却一点都不含糊，跟马蜂蜇了似的。我们三人被咬得抱头乱窜，二捶一边跑还一边骂：“哎哟，疼死我了，这是群什么鬼东西？”

我们三人像是拉磨的驴一样在这个封闭的石室中一圈圈地跑着。二捶气急之下把这些“灯芯虫”的祖宗十八代骂了一遍。就在我们稀里糊涂地不知跑了多少圈之后，二捶一不留神，一下撞在了那铜灯架之上。“哐当”一声，灯架倒在了地上，也就在这同一瞬间，我们脚下的地面竟突然一分为二，露出一个大洞，我们三人只觉脚下一空，瞬间坠入了一片黑暗之中！

第六章　木鹊

我、二捶和福贵叔进入到这间石室想要寻找林海燕，没想到不仅没有找到人，还遇到了一群蜇人的“灯芯虫”。在慌乱之中，我们不小心触动了石室内的机关，结果三人一下就掉进了地洞中。好在地洞并不太深，只有两米的样子，饶是如此，我们还是被摔得七荤八素，昏昏沉沉地趴在地上，老半天才缓过劲儿来。

但好在二捶手里的火把未灭，让我们还可以在这地洞中看清彼此。

福贵叔之前就受过伤，这会儿更加严重，勉强支撑起身子坐靠在身后的墙壁上，面上一副痛苦之色。我和二捶面面相觑，不禁为福贵叔担忧起来。二捶问道：“福贵叔，你没事儿吧？”

福贵叔深吸了一口气道：“我……我不碍着，歇……歇一会就好了……”

我和二捶都知道，福贵叔是一副倔脾气，我们要再多说两句，一准儿会发飙，因此我们谁也不敢再说什么，只能在心里暗暗替他担心。

二捶举着火把开始在四周打量起来，他一边挠着身上被那“灯芯虫”蜇过的地方，一边说：“那是些什么破虫子，蜇得我又痛又痒。”

“依我看啊，那些虫子不是好惹的主儿，不知道是什么孽障，咱们掉到这里来，比让它们吃了强。”福贵叔说道。

说到那些虫子，不知道是不是心理因素，我忽然觉得手背上被咬的地方疼了起来，而且还十分的痒，感觉像是万蚁噬咬一般，难受至极。我把手凑到火把跟前去看，结果发现在我的手背上生出了很多花生粒大小的肉瘤子。福贵叔和二捶见此也是一惊，两人再一看自己被咬的地方，发现情形同我的一模一样。我们三人顿时慌了，这肉瘤子跟被蚊子叮了所起的疙瘩不一样，它形状怪异，外表的那层皮薄薄的，看上去明晃晃的，里面充满脓水，又胀又疼。更为可怕的是，就在我们吃惊地盯着这些肉瘤的时候，那些肉瘤竟然开始慢慢蠕动起来，那层薄薄的皮不断扭曲着，似乎是有东西在里面挣扎！

看着皮肤上发生的诡异变化，我们的精神已经到了崩溃的边缘，然而事情并没有到此打住，那依然在“挣扎”的肉瘤竟然全部慢慢变成了骷髅头的形状！见此，我吓得心跳都快要停止了，只觉得脑袋里轰轰隆隆的，像是有火车在呼啸一样，完全是一片空白。想必福贵叔、二捶和我的感受也差不多，因为在微弱的火光下，只见两个人的脸色惨白如蜡，像是失了魂儿一样。我们三人都不知道这是怎么回事儿，没想到被那小小的“灯芯虫”咬过之后居然会变成这样。它们到底是什么虫子，怎么会让人的身体上生出“骷髅头”？难道那些虫子乃是厉鬼所化？

就在我们三个惊愕的时候，从我们的前方突然传来了林海燕的一声尖叫：“救命啊！夏远、二捶，救我！……”

一听到这声尖叫，我、福贵叔以及二捶顿时忘了身体上的疼痛，神色紧张地互望起来。二捶说道：“是林海燕的叫声，她还活着！”

“没错，是林海燕，她一定有危险！”一想到我之前看到的那个浑身长满黑毛的怪物，我就担心不已，不知道林海燕落在那怪物手里会受多大的痛苦。

正当我们准备有所行动的时候，黑漆漆的前方又传来“哐当”一声，紧接着林海燕的叫声就消失了。听不到声音，我们一下又慌了，只能注视着眼前茫茫的黑暗，有些不知所措。刚才我们的视线都集中在身体上那些诡异的肉瘤上，没来得及查看周围的环境，这会儿一看才发现，我们的眼前除了一片黑糊糊之外，完全看不到任何东西，我们甚至不知道这里究竟是个什么地方，有多大。二捶茫然无措地问道：“咱们现在咋办”？

我也不知道该怎么办，转头看向了福贵叔，希望凭他的经验能想出好办法，没想到福贵叔也是紧皱着眉头：“这工夫也没别的法子，只能摸黑继续去找海燕那娃子！”

不再犹豫，我们三人毅然向前走去，手持火把的二捶打头阵。刚开始拿那只人骨火把的时候，二捶心里还毛毛的，这会儿紧要关头却再也顾不了许多，小心翼翼地往前走着。我跟在二捶的后面，心里也十分的紧张，脑海里满是林海燕的身影。我的眼睛紧紧盯着前面的二捶，跟着他向前走，可走着走着我就注意到，二捶脖子上的肉瘤又发生了奇怪的变化。二捶也是不走运，脖子这么重要的地方居然被那“灯芯虫”给咬了一口。只见二捶脖子上的那只肉瘤慢慢地伸展开来，里面像是有一根针要顶出来一样，把他的皮捅得老高，或许是因为太紧张的缘故，二捶没有太在意脖子上的这颗肉瘤的情况，只是下意识地用手摸了一下。然而就在他伸手去摸的一瞬间，那颗肉瘤竟然一下破开了。我看见一只白生生的、像是蜜蜂一样的虫子带着斑斑血迹从里面爬了出来！

我生平还是第一次看到这样的情形，惊诧地猛然停住了脚步。一直跟在我身后的福贵叔没有反应过来，一下撞在了我身上。福贵叔不知是什么情况，埋怨我说：“你这娃子咋回事，咋一声不吭就停下了？”

“二……二捶脖子上……，虫……虫子……”我一时间还没缓过神来，指着二捶的脖子竟语无伦次起来。

福贵叔觉得我非常莫名其妙：“你这娃子到底想说啥？”也就是在

这一瞬间，福贵叔顺着我的手指看到了那只正趴在二捶脖子上的白生生的虫子。那只虫子的尾部有一根长长的像是针头一样的刺，这会儿正要往二捶的血管中扎去。

二捶听到我们在后面说话，有些不耐烦地转过头来说道："你们俩叽叽喳喳地说啥呢，不想救林海燕了？"

多亏我眼疾手快，伸手就拍在了二捶的脖子上。二捶骤然被我打了一下，有些愠怒，瞪着眼珠子说道："哎，你这是干吗呀？"

我摊开手掌想对他展示那只从他脖子中爬出来的小虫子，没想到在这一瞬间，二捶一下拉住了我的手，将我的手背放在了火光下，仓皇说道："夏远，你手背上怎么了？"

我丈二和尚摸不着头脑，觉得二捶有些大惊小怪，就往我的手背上看去，只见在我手背上的数只肉瘤竟然也有白生生的虫子从里面爬出来，由于我手背上的肉瘤比较密集，从皮肤里爬出的虫子也比较多，所以一眼看去就像是自己的手背上被蛆虫爬满了一般。我倒抽了一口冷气，我们究竟是怎么了，身体里怎么会有虫子爬出来？

福贵叔那边也是一样，身上所有有肉瘤的地方，都有一只小虫子爬了出来，而且它们的尾部都长着一根长长的刺，似乎是准备要吸我们的血一样。我们三人这下都没辙了，惊慌地互望着，希望有人能有个好主意。福贵叔看着身上那些白花花的虫子，直冒冷汗，猝然说了一句："咱们不会招了尸虫吧？"

根据民间的说法，尸虫是一种在濒死之人的身体中衍生的一种能够蚕食人肉的虫子，这种虫子也叫埋葬虫，有帮人埋葬之意，只要人身体之中生了尸虫，那不出一天，人的内脏就会全被它吃光。因为这种虫子繁殖得很快，一只尸虫一次能够繁殖几百只的幼虫，它们在人体中折腾起来非常可怕。

福贵叔看到眼前的情形，所以才想到了"尸虫"一说。二捶和我也不管尸虫是何"神圣"，手忙脚乱地开始拍打起来。二捶一边打，一边说道："拍死你这些有娘生没娘养的臭尸虫！"

虽说我们的动作十分麻利，但那些尸虫的动作更加迅速，我们一不留神就被它们的尾刺给扎个正着，疼得我们直吸气。二捶被扎得受不了了，嘴里哎哟声不绝。最关键的还不是被它们扎着疼，而是它们像是旧社会的地主一样，一扎就肆无忌惮地吸食我们的鲜血。福贵叔那边已经有些体力不支，身体摇摇欲坠。我和二捶实在是急了，不仅没法帮到福贵叔，就连我们自身都难保。那些虫子在吸食了我们的血液之后，渐渐地能飞了，体形也渐渐变得跟那些之前的"灯芯虫"一样。见此我才想通，这些虫子竟是那"灯芯虫"的种，那些该死的"灯芯虫"，将我们蛰了一通还不算，还趁机把它们的卵产在了我们身上，好让它们的种喝着我们的血成长。这缺德的玩意儿，竟然用这种阴招来完成繁殖后代的过程，简直是欺人太甚。

可是气归气，我们却拿它们没有丝毫办法，它们飞起来之后，就开始跟我们打起了游击战，飞飞停停，弄得我们无计可施。就在这时，我们的前方忽然冒起了两团飘飘忽忽的火光。这两团火光越来越近，带着一种鬼气森森的感觉。我们三人心里无一不是"咯噔"一下，暗道："鬼火！"

鬼火在民间一直被认为是阎王爷的"鬼灯笼"，是用来收魂的，它能跟着人跑。人一旦被这鬼火扑到，小命就会立刻一命呜呼。随着那两团鬼火的靠近，那些原本还在垂涎于我们的虫子竟然像是感觉到了危险一般，一下子全部隐匿了，它们出现的时候极为诡异，散开之时也非比寻常，像是突然蒸发了一般。那鬼火绿莹莹的，渗透着森森的寒意。平常在坟地中见到这样的情形就已经是吓得毛骨悚然了，更何况这会儿我们更是处在这样一个阴冷的古墓之中。我只觉得身体不自觉地颤抖起来，小腿肚子也开始转筋，想拔腿开溜，却怎么也挪不动腿。二捶更是吓得连话都说不利索了，颤颤巍巍地说："福贵叔、夏远，有……有鬼！"

没了那些虫子的折腾，福贵叔终于缓过劲儿来，见到这两团越飘越近的鬼火，福贵叔一直没有出声，他紧紧地盯着，竟像是魔怔了一般。我和二捶面面相觑，以为福贵叔被那鬼火给迷了心性，刚要过去一看究竟，却听福贵叔说道："不是鬼火，是两只鸟！"

两只鸟？都这工夫了，福贵叔还有心说笑，明明是两团火，怎么会是两只鸟？我和二捶觉得莫名其妙，更加认为福贵叔是着了邪道。可随着那鬼火的靠近，我发现在那惨碧的鬼火后面的确有一张尖尖的长嘴。而那鬼火似乎就是被那长嘴含着。真的是两只鸟！这密封千年的古墓中怎么还有两只鸟活着？更奇怪的是两只鸟的嘴中居然还衔着绿幽幽的火光！

这里究竟是座古墓还是阎罗殿，怎么会有这么多光怪陆离的东西？不等我们有所准备，那两只嘴刁鬼火的怪鸟就飞到了我们跟前，这下我们终于看清了它们的样子。只见这两只怪鸟并不是真的鸟，而是用木扳拼装而成的木鸟！这两只木鸟形同喜鹊，但要比真的喜鹊大数倍，鸟头乌黑，鸟腹泛白，两只伸展的双翼成蓝色，活脱脱跟真的喜鹊一样。让我们最为惊异的是，木头做的鸟怎么会飞？我、二捶和福贵叔见到这两只会飞的木鸟，都十分惊叹，是谁有这么精巧的技术，居然让木鸟腾飞？惊奇之余，我的视线再也无法从那两只木鸟身上离开，发现那腾空的木鸟在飞翔之时，全身的木板居然在不停浮动着，说是木板，其实那木板薄如蝉翼，像是遇风便能漂浮一般。

二捶看得有些痴迷，不自觉地举着火把向那木鸟靠去，想要看得更清楚一些。然而变故突起，那木鸟嘴中的火光霎时大盛，猛地朝二捶吐出一口火焰。二捶本来正瞪大了眼睛看着那木鸟，防范不及，一下被烧了个正着。"哄"的一声，二捶的头发就冒了烟，二捶一声哀号就倒在地上打起滚来："哎哟，烧死我了！烧死我了！"

我和福贵叔不知是怎么回事，看着滚倒在地的二捶，立刻扑上去查看情况。可还未等我们挪动身形，那两只木鸟竟又同时吐出火来，奇怪的是，那木鸟像是长了眼睛一般，我们往哪里动，它们的嘴就移向哪里。我和福贵叔心下大骇，暗道，这他妈的到底是真鸟假鸟？

二捶在地上一阵乱滚终于把火给扑灭了，他被烧得不轻，头发和眉毛都烧焦了，脸也烧成了乌黑，乍一看跟鬼一样。好在皮肉烧得并不严重，二捶揉着脸蛋又站了起来。见二捶没事，我和福贵叔放下心来，可是这会儿，我们并不轻松，那两只木鸟还在紧追不舍地向我们吐火，烤得我和福贵叔像是来到了火焰山一般。那时候物资紧缺，每个人本来就没有几件衣服，因此我们生怕身上的衣服被烧坏，拼命地左躲右闪。

两只木鸟追得实在太凶，始终跟在我们的身后，相传鬼火跟着人气儿跑，可是这木鸟为何也会这样。莫非它们真的是阎罗王的“灯笼”？专门抓人吸魂的?

我们三人在这片巨大的黑暗当中，狼狈地东奔西跑，唯恐葬身于此。这次二捶跑得最快，他已经吃了一次苦头，再不敢落后，大踏步地往前奔着。我们三个人就这样没命地跑着，没了火把照明，我们也看不清方向，身后那木鸟依旧如影随形，不时还在后面吐着烈火，看样子不烧死我们是绝不肯罢休的。借着木鸟吐出的火光，我看见在二捶的前方出现了一扇敞开的石门。情急之下，我们根本来不及思考，接连窜进了石门中，也不知道是哪来的默契，三人竟然齐喊一声：“关门”。

说时迟，那时快，我们三人合力迅速推动石门，刚好在那两只阴魂不散的木鸟冲进来之前将石门关上了。

第七章　铜棺

在石门闭合的一瞬间，我们三人全部倚着石门坐倒在地，不住地喘着粗气，像是虚脱了一样。二捶一边喘息一边说："幸亏老子动作麻利，要不然一准儿被烤熟。"

我平复了一下起伏的胸膛，歪头看了一眼满脸黝黑的二捶，故意打趣地说道："你倒是没被烤熟，就是烤得有点像包青天。"

"那敢情好，我这一下就从一个无产阶级的人民群众变成国家干部了。"

"想得美，你以为国家干部这块酵面馍馍是你想吃就吃的吗，你得有金刚钻才行，要不然你也干不了那瓷器活。"

我和二捶正打着嘴仗，福贵叔忽然沉声说道："这都什么时候了，你俩还有心思胡闹？海燕那娃还死活不知哩！"

福贵叔一语点醒梦中人，我和二捶立刻正襟危坐起来。想起林海燕，我心里就满是忧虑，不知道她这会儿正承受着什么样的痛苦。二捶也是担心不已，问福贵叔："福贵叔，那咱们现在咋……咋办？"

“事情到了这地步还能咋办，找呗，可找归找，咱们总得想个法子把外面那喷火的木喜鹊给收拾了，要不然咱们爷仨还得受罪！”

福贵叔话刚说完，便忽然响起了一阵令人毛骨悚然的“呜呜呜”声，这声音起起伏伏，断断续续，满怀哀怨，竟像是鬼哭一般！

听闻此声，我们三人鸡皮疙瘩起了一身，身体也不住地颤抖。我紧张地说：“福贵叔、二捶，这……这是什么声音？”

二捶也吓得够呛，断断续续地说道：“这咋像是鬼……鬼哭……”。

“啥叫鬼哭，兴许是另有蹊跷，咱们看看就知道。”福贵叔一边说，一边从怀里拿出火柴来划着。我们之前的那根“人骨火把”刚才在混乱之际也不知丢到了何处，眼下只能靠火柴微弱的火光来照明。有了点光，心里算是有了些着落。福贵叔一手捏着火柴梗，一手挡着风，慢慢地向前面照去。在微微的火光之下，看见在我们前面有一方桌子大小、颜色泛绿的东西，而那幽幽的呜咽声似乎就是从里面传来的。那呜咽声让我的耳膜都为之战栗，只觉得全身的寒毛都竖了起来。

福贵叔趁着火柴还在燃烧，慢慢地向前靠去，我和二捶紧随其后，我虽然也在走着，但腿脚却发起软来，像是走在泥塘里一样。不知为什么，随着我们越来越靠近，那呜咽声竟越来越哀怨，声音也越发阴森恐怖。走在前面的福贵叔的后脑勺上也不禁冒出一片冷汗。终于，我们站在了那方东西的一侧，只见它长有两米，宽一米左右，高也差不多一米，通体呈绿色，乃是青铜打造，或许是由于年深已久的关系，它的表面锈蚀得很厉害，原本上面错综复杂的纹路已经看不清楚了。在看清这东西的一瞬间，我的脑子里立刻冒出两个字：“铜棺”。

福贵叔和二捶也明白了过来，在这样一座古墓中，看到这样一个形状的东西，它不是棺材还能是什么。因此二捶当场大叫出来：“这……这是口棺材！”

随着二捶的一叫，那铜棺之中也骤然响起一声尖锐的嘶叫声，我们三人顿时吓得向后退了一步，二捶一个踉跄差点摔倒在地。

这实在是太阴森诡谲了，一座埋在古墓中的铜棺居然会传出断断续续地哭泣声，这想来就令人头皮发炸，更何况我们是亲身经历。这时火柴已经熄灭，周围又陷入了一片黑暗，但那哀怨的呜咽却再次响起，在我们的耳际萦绕不去，简直要把我们逼疯。更为恐怖的是，那铜棺之中竟然响起“哐啷”一声，似乎是有东西想从里面出来，正在推着棺盖！

夏商周春秋时期是中国铜器的鼎盛时代，那时的王公贵族死了之后，多数会用铜棺入殓。所以，从眼前的这口铜棺来说，里面的人至少死了也有数千年之久，他怎么还能哭泣？他怎么还能开棺？这究竟是什么情况，难不成这里睡着一具千年尸王？想到这里我的脑海中一下浮现出了一张面色惨白、嘴唇血红、牙齿锋利如刀的面孔。我不禁更加骇然，恨不得立刻拔腿就跑。二捶跟我的情况差不多，他急切地催促福贵叔道：“福贵叔，快！快划火柴！”

福贵叔知道情况危急，伸手去点火柴，但不知道是不是惊骇过度的关系，划了几次硬是没把火柴划着，急得他直叨叨：“火神爷，快显灵！快显灵！”

终于，火柴被划着了，看着重新燃起的亮光，我们三人松了一口气。然而恍惚间，一阵阴风突然一飘而过，那刚点亮的火柴居然瞬间熄灭！在这密闭的石室中怎么会有风？难道是那铜棺中的邪祟搞的鬼？

福贵叔咬着牙说道：“我就不信邪了！”

福贵叔说着就又划起火柴，划了三五下，一点亮光终于燃起，然而还未等它“大放光明”，一股阴风再次吹来，火柴又熄灭了！这下我们三人全傻了，怔怔地站在黑暗中，任由双腿打颤，吓得竟然连动都动不了了。

真的闹鬼了！

二捶这会儿拉起我和福贵叔的胳膊说道：“福贵叔、夏远，咱们快……快跑吧！”

我心想甭管这铜棺里的是鬼，还是僵尸，反正不是什么好东西。石门外那两只喷火的木鸟，我们豁出去拼一拼还能跑得掉。厉鬼跟僵尸可远比它们难缠得多，我们三人现在已是强弩之末，再有什么鬼灵精怪出来，我们怕是应付不了了。福贵叔大概也是觉得此事的确是邪门儿，没再耍他的倔脾气，转身跟着我们就向外冲了出去。就在这时，那铜棺“哐啷”一声被推开了一点儿，里面传来一句熟悉的声音：“夏远、二捶救我！”

林海燕！没错，是林海燕的声音！我们听到这声音顿时停下了脚步，原来那在铜棺中哭泣的并不是鬼也不是僵尸，而是林海燕。可她又是怎么进到里面去的？难道是那怪物把她放到里面去的？

来不及探究其中的具体原因，我就对福贵叔和二捶说道：“是林海燕，快救她！”

福贵叔和二捶跟我转身就跑回到那铜棺面前。我们三人伸手就扣住了铜棺的棺盖，然后卯足了劲儿将那铜棺推开了，只见里面瞬间泄出一片白光，而林海燕就在这片白光之中坐了起来。她头发蓬乱，满面泪痕，身上沾满了鲜血，一下就扑在了我的怀中，呜呜痛哭起来：“夏远，吓死我了……”

福贵叔看到林海燕的样子担心不已，关切地问道：“海燕啊，你身上没伤着吧，咋流了那么多血？”

林海燕紧紧抓着我，这会儿哭得已经泪人般，连身子都抖动起来，嘴里断断续续冒出几个字：“是……是那怪物的血……”

见林海燕吓坏了，福贵叔便没再问下去，任她伏在我怀里继续哭着，感叹道：“唉，可怜的女娃……”

二捶见终于找到了林海燕，放下心来，转脸开始观察起那口铜棺来。他一边看，一边嘀咕：“真是怪了哎，这棺材里哪来的光？”

听二捶一说，我和福贵叔也转头向棺材中看去，只见在那铜棺中赫然躺着一具已经腐烂得只剩下森森白骨的骷髅！原来刚才林海燕一直与这具骷髅躺在一起，怪不得她会这么害怕了。经过了之前的百般折腾，二捶胆儿也大了，也不忌讳死人骨头这回事了，只见他在那具铜棺中翻来覆去的寻找光源。这时一直伏在我怀里的林海燕开口道：

“那……那骷髅的头会……会发光！”

我们一看，在林海燕的腿下面的骷髅头确实在隐隐发着白光。我从铜棺中将她抱了出来，经过这一会儿的平缓，林海燕好了很多，用手扶住我勉强能够站立。

看着林海燕泪蒙蒙的眼睛，我顿生疼惜之心，真不知道她在碰上那只怪兽之后是怎么挨过来的。同时心里也很诧异，她怎么会进入到那铜棺之中的？但眼下林海燕情绪不稳，我怕她会失控，便忍着心中的好奇没有发问。这时候二捶终于寻到了那颗骷髅头，只见两道夺目的光辉从骷髅头深陷的两颊中散射出来。我们紧紧盯着这只会发光的骷髅头，觉得十分诡异，骷髅头怎么会发光？

二捶也不知这是怎么回事，回头看了我和福贵叔一眼，说道：“真是邪了，这死人头还能发光”？

福贵叔盯着那骷髅头，眉头紧皱，说道：“不是死人头会发光，是那死人的嘴里有东西。”

“有什么东西？是不是什么宝贝？”二捶问道。

“没错，这还真是件宝贝，是颗夜明珠！”

“夜明珠！”二捶张大了嘴巴。

一听是传说中的夜明珠，我和林海燕也不禁好奇起来。福贵叔顿了顿，继续说道：“听以前的人说，古时候的皇亲国戚、大官死了是要厚葬的，他们的棺材里会摆放许多他们生前喜欢耍的宝贝，这里面最要紧的是要在死去的人嘴里放一颗夜明珠。据说这能让人的尸体不腐烂。还有的人说，这是怕死人到阎王爷那里告状要把他们的嘴给堵住。反正在他们那些有钱人就是有这些讲究。但不论是什么样的说法，照眼下的样子看，古时候是有这种习俗的。”

福贵叔的话刚说完，二捶就迫不及待地将那骷髅头的嘴巴给扒开了，里面果然有一颗核桃大小、光辉耀眼的珠子。二捶将珠子拿在手里说：“这玩意儿比火把可好用多了！”

的确，那夜明珠晶莹剔透，散发的光辉让整个石室都为之亮了起来。二捶小心翼翼地把玩着，脸上笑开了花。这小子纯粹是见钱眼开，这工夫眼里只有那颗珠子，估计连我们都给忘了。

在珠光的映照下，我开始打量起那口铜棺来。我在想这口铜棺中的骷髅会是谁呢？会不会是历史上的名人？想到这我的视线不禁移到了那铜棺之中。或许是因为林海燕在里面挣扎过的缘故，铜棺里的那具尸骨此时已经变得异常凌乱，零星有些腐烂的破布散布其中，显得有些凄凉。但就是在那些白骨和零星的破布中，我看见了一件东西，而且注意到那件东西上似乎还刻着字。那件东西像是一把尺子，大概有半米长，呈墨绿色，也像是青铜之物。在好奇心的促使下，我俯身就把它拿了出来。林海燕或许是惊吓过度，对那铜棺里的东西都比较忌讳，紧张地问道："夏远，你拿那东西干什么？"

林海燕此话一出，二捶和福贵叔也都看了过来。二捶戏谑道："夏远同志，怎么，你也找到了件宝贝？"

"什么宝贝不宝贝的，我看这玩意儿上有字，兴许从上面能看出来，咱们现在是在谁的墓里。"我一边说，一边打量起那玩意儿上的字来。

福贵叔看着我手里的东西，说道："这物件儿怎么瞅着像是木匠做木工用的尺子？"

我仔细一瞧，发现福贵叔说的没错，这还真像是一把木匠用的尺子，而且在尺面的两边还刻着长长短短的竖杠，像是刻度一般。在这些竖杠的中间刻着几个形状奇怪的字，由于生锈的关系，字迹变得有些难认，但我还是大体认了出来。二捶是火烧眉毛的急性子，急切地问道："夏远，上面刻的是什么字？"

我来不及多思考，照实将上面的字念了出来："公输子常所用之尺。"

二捶没读过什么书，有点儿不知所云，眨了眨眼睛说道："啥意思？"

"这几个字的意思就是说，这是一把一个叫公输子的人生前常用的尺子。"我摇了摇头对二捶解释道。

对了，公输子！这个名字为什么感觉这么熟呢？似乎是在那里见到过或听到过。我竭力想着公输子这个人到底是谁，这时我身后的林海燕忽然说道："公输子？公输子不就是鲁班嘛！"

听闻林海燕的话，我恍然大悟，没错，公输子就是鲁班。公输子又叫公输般，我还记得史书上说此人木工精巧天下无二，曾经"削木以为鹊，成而飞之，三日不下"。想到这里我不禁想到，那石门之外会飞的木鸟大概就是史书中曾经提到的"木鹊"，至于为何除了会飞之外，竟然还能追人吐火，其中想必还有奥秘。

"鲁班？咱们爷四个是在那大名鼎鼎的木匠老祖宗鲁班的墓里？"福贵叔有些难以置信地问道。

"是啊，福贵叔，咱们这回好巧不巧就跑到他的墓里了。"我答道。

对此，二捶也显得有些难以置信，问道："不大对头啊，按说这鲁班爷在古时候也属于劳动阶级啊，怎么会有这么贵重的夜明珠？"二捶边说，边将珠子递到了我面前。

"这并不稀罕，鲁班在世之时，为当时的楚国制造过用来战斗的'云梯'、'勾强'等器械，因此是楚国的功臣，受楚国国君所赐自然不少，有一颗两颗的夜明珠并不稀奇。"

"原来鲁班爷也是个大户啊。"二捶说着又开始把玩起那珠子来。

看着二捶那痴迷的样子，我和福贵叔相视一笑，福贵叔对二捶说道："你这娃子啊，要是放在古时候啊，一准儿会是个守财的主儿。"

"哎，守财怎么了，守财总比没有财可守强。"二捶不以为然地说道。

二捶话刚说完，我便觉得头顶上有阵阴风飘过，然后只见一只粗壮而锋利的爪子从上而下抓向了二捶。我心中一惊，大叫一声："二捶，小心！"

二捶闻声警觉地低头躲了过去，然而那粗壮的爪子还是在二捶的手腕子上抓了一把。二捶当即痛叫一声，手里的夜明珠再也拿不住，一下掉在了地上。

见此我们无一不是心中大骇，暗道，又是那怪物！原来它一直就躲在这间石室中！

第八章　吸血蝠

夜明珠的光芒非常耀眼，这间石室也并不是很大，几乎所有的角落我们都能看清，可是为什么刚才我们没有注意到那怪物在这里？而且在袭击完二捶之后，这会儿它竟又没了踪影！

我们四人畏畏缩缩地靠在一起。二捶重新捡起那颗夜明珠，用它为我们照亮，他手腕上被那怪物抓过的地方留下两道深深的血口，显得怵目惊心。二捶这会儿也顾不得伤口，左顾右盼地寻找那怪物的身影，以防它再来偷袭。

借着夜明珠的光亮，我又重新打量起石室之内的情形来，发现这石室之内除了这一口铜棺之外，再没有可以隐藏身形的东西。此刻铜棺大敞，里面也没有那怪物的影子。而四周的石壁上更是空空一片，前面的石门依旧紧闭如初，那怪物也不可能会从石门飞出去。它究竟去哪了？总不可能就这么在石室中蒸发了吧？

事情变得愈加诡异，我们紧张得大气也不敢喘。林海燕紧紧抓住我的胳膊，唯恐再次被那怪物抓走。这时我终于忍不住心中的疑惑，问林海燕说："海燕，你是怎么到这铜棺里去的？"

"我……我……"一说起之前的经历，林海燕变得非常紧张，"之前我们在一起正走着，我毫无准备就被一个东西提了起来，我看不见头上的东西是什么，只是吓得大叫，情急之下，还用你给我的断骨胡乱比画着，没想到一下画在了那怪物的肚皮上，顿时鲜血就流了出来，喷了我一身，一看到这么多血，我当时……当时就吓晕了过去。当我醒来的时候，就发现自己竟然在一口棺材里，而且就躺在一具骷髅上。我又急又怕使劲儿推棺材盖，可就是推不动，后来我实在忍不住，就哭起来了……"

听林海燕这么一说，我们明白了八九分，肯定是那怪物将林海燕放进那铜棺中的。至于它为什么没有伤害林海燕，可能是因为它觉得林海燕逃不掉，也有可能是以为昏过去的林海燕已经死了，要留着慢慢享用。反正它也不会有什么好心眼儿，这会儿不知道正猫在哪儿合计怎么祸害我们呢。

二捶拿着那颗夜明珠照来照去却始终没有发现那怪物的影子，急出了一脸的汗，说道："那鬼玩意儿藏哪儿了，也太不懂规矩了，跟流氓土匪一样就知道暗地里下黑手，真有本事，赶紧出来给我过几招！"

"行了，二捶，你就别猪鼻子里插大葱——装象了，那东西真要再出来，非吓破你的胆！"

我就见不得二捶吹牛，一听见他吹牛，就忍不住要呛他几句。

"哎，我说夏远，你这是故意跟我抬杠是吧……"

话还没说完二捶突然住口了，只见他一手托着夜明珠，一手指着我身后说道："你……你身后……"

我心里咯噔一下，背上顿时起了寒毛，暗道，莫非那怪物这次找上我了？我猛然回头看去，却发现身后空空如也。我长吁了一口气，放下心来，转头骂道："好你个二捶，敢捉弄我！"

我欺身朝二捶扑去，没想到就在我移动的这一瞬间，头上忽然一缕劲风压来，我再躲已经来不及了。我双肩之上瞬间被两只锋利的巨爪给插了进去，我顿时疼得浑身冒冷汗，手上再也使不出任何力气。站在我身边的林海燕也不知道哪里来的勇气，竟然一下从我手中拿过那根铜尺向那怪物身上打去。那铜尺足有两斤重，是鲁班生前做木工之时发明之物，后世的风水先生也会用它丈量阳宅以测吉凶，因此而被后世的人叫做鲁班尺。林海燕挥起它来并不费事，打在那怪物的身上，却感觉甚重。那怪物被打恼了，爪子上的力道加大了许多，抓得我骨头都要断掉。它猛地一挣，想要把我拉起来，结果可能是因为我身板儿重而未能成功。这时，福贵叔和二捶也扑了过来，那怪物或许是见大势不好，终于松开了爪子，呼扇了两下翅膀竟向着旁边的死角冲去，眨眼间就消失在了石壁上！

那怪物一消失，其他三人就扑到我身前查看我的伤势。我的两肩之上一边多了四个血洞，鲜血不停地从里面流出来，疼得我站立不住，身子一歪倒在了地上，福贵叔急忙扶着我靠在了铜棺上。林海燕毫不犹豫地将自己褂子的两只袖子撕了下来，包在了我的伤口上。看着林海燕的举动，我心里十分感动，心里暗道，如果这次能出去，一定要想办法送她一件褂子。二捶则拿起林海燕丢在地上的鲁班尺四下打量着，为我们做起了警戒。

经过包扎，我伤口上的血终于止住了，好在没有伤到筋骨，两条胳膊依然能动。福贵叔询问我伤势如何，我故作轻松地说："没事儿，区区几个血洞能奈我何？"

"夏远，你还是得小心点，你流了那么多血，得好好休息一下。"林海燕担心地说道。

二捶一听林海燕的话，立刻说道："这地儿可不能休息，那怪东西神出鬼没的，咱们得想法子先把它给灭了，才能好好休息，要不然咱们全得栽到它手里。"

"二捶说得在理，咱们爷四个得想个法子脱身，不能老在这耗下去。"福贵叔边说边将他的长杆烟锅握在了手里，到了这节骨眼上，福贵叔只能拿它来当作武器了。

石门之外有那两只吐火的木鹊，而石门之内又有那来去无踪的怪物，我们现在是进退两难。要是能一下子将那怪物和木鹊全部解决掉，那我们接下来再寻找出路就轻松得多了。也许能把门外的木鹊引到石室之中，让它与那怪物互相残杀，那我们就可坐收渔翁之利了。我把这个想法说给了众人，大家思考了片刻，觉得此计可行。只是二捶还有些疑惑，他说："现在我们在明，那怪物在暗，要是把那两只会喷火的木鸟引进来后，那怪物反而不出来，那我们不就遭殃了吗？"

"对啊，我们得先把那躲起来的怪物给引出来。"林海燕补充道。

听大伙一说，福贵叔这会儿竟然点起烟锅抽起来，他吧嗒吧嗒抽了几口，然后说："我倒有个法子，不知道可不可行。"

"好了福贵叔，有话您就直说吧，别磨磨唧唧的。"二捶迫不及待地问道。

"咱们啊，像那戏本里说的，先给它来个引蛇出洞，然后再来个坐山观虎斗。"福贵叔说道。

"什么啊，又是蛇，又是虎的，八竿子打不着，福贵叔你到底啥主意？"二捶说道。

福贵叔抽了一口烟锅，缓缓说道："说来简单，就是装一回死。"

我们听完都是一愣，不知道福贵叔到底打的什么如意算盘。福贵叔见我们云里雾里，便讲了他的盘算。

听了福贵叔的计划，我和二捶、林海燕不得不叹服，姜还是老的辣啊。这个计划的第一步，就是我们全部躺在地上装死。

说死就死，我们的动作麻利得很，眨眼间四个人就躺在地上一动不动了。虽然我们是装死，但眼睛却都还眯着，我们这是要以静制动，暗中等待那怪物的出现。此时二捶一手握着那颗夜明珠，一手攥着鲁班尺，而我也拿着福贵叔的烟锅。只要那怪物一出现，我和二捶就跟它缠斗下去，而两手空空的福贵叔和林海燕就趁机完成后面的任务。

我们躺下去之后，石室内陷入了一片死寂。我眯缝着眼睛打量四周的情况，肩膀上的伤口还隐隐作痛，但这种环境之下，除了死撑着之外并没有别的办法。其实，我们躺在地上是在跟那个怪物打赌，赌定在我们全部躺下去之后，那个怪物就会毫无防备地出现。时间一分一秒地过去，我躺得不禁有了睡意，但那怪物还没有出现。难道它已经看出这是我们的计谋，不肯轻易现身，还是正盘算着其他的鬼主意？

安静，出奇的安静。也不知道已经过去了多长时间，我们依然没有等到那怪物现身，我一动不动地躺在地上，感觉腿都麻了，其他人的感觉也应该如此。我想干脆起来算了，躺在这里纯粹是瞎耽误工夫，要是那怪物永远不再出现，难道我们就永远在这里躺下去？可是在躺下去之前，我们没商量要在地上躺多久算是计划失败，那时候我们就可以起来活动活动了。其他人没有动静，我也不敢轻举妄动，只能像挺尸一样继续躺着。大概又过了半个小时的样子，四周仍然没有动静，我实在有些躺不住了，打算开口问问是不是要改变计划，没想到就在这一瞬间发现石室的墙壁发生了变化！我是侧躺在地上的，因此我面部所对的正好是一面石墙，只见在夜明珠光辉下，那面石墙上有一块石头竟然在缓缓地移动！那块石头移动得毫无声息，不仔细看，根本不会注意到！

石头怎么会动，难道是那怪物暗地里启动了这石室中的机关？想到此处我心里大急，准备唤起其他三人赶紧逃命，没想到就在这一瞬间，石壁之上又发生了奇怪的变化，只见那块移动的石头竟像一片纸一样一下落到了地上，没有发出任何声音。

不是石头，绝对不可能是石头。石头落地怎么可能会没有声音？

为了避免打草惊蛇，我依旧眯着眼睛，连眼皮都不敢再多睁开一点，因此只能在有限的视野内看着眼前的情况。渐渐地那从墙壁上落下来的“石头”竟然动了起来，先是有两只短小的爪子露了出来，然后一个毛茸茸的头钻了出来，再接下来两只像帆布一样的翅膀伸展开来。没错，就是那只怪物！原来那只怪物一直就躲在我们四周的墙壁上，由于它本身的体色与石墙的颜色极为相似，它只要伸展双翅紧紧贴在墙壁上，与墙壁的颜色几乎毫无差别，就算是光线充足我们都很难发现它，更别说是在这样的情况下了。按照商量好的计划，只要这怪物走到我们身边，我和二捶就会一跃而起，然后扑向那怪物，而福贵叔和林海燕就去打开那两扇石门，将被关在门外的木鹊放进来，最后我们趁机跑出石室。关上石门，石室之内就只剩下那怪物和会喷火的木鹊，双方一定会有一番激战。这样一来，我们不仅解决了木鹊，还拖住了那怪物，可谓是一举两得。

眼看着事情就要按照我们的计划发展下去，我心里除了有一些兴奋之外，还十分之紧张，冷汗从后脑勺流到耳根，十分痒，但我依旧强咬着牙忍着。

那怪物慢慢转过了身，它显得十分警惕，没有发出任何声响，像是唯恐惊动我们一般，慢慢地向我们移动过来。这是我第一次看到那怪物的正面，只见它的脑袋如鼠，两只耳朵尖尖的，眼睛精光四射，紧紧盯着躺在地上的我们。它身后的两只巨翅垂在地上，配合着两只短小的下肢往前移动着。看到这样一幕，我心中大骇，因为那怪物看上去实在是太像一个身着披风、弓着背的小老头了！不过，我并不糊涂，深知人是不会长出翅膀的，更不可能会长出尖尖的耳朵。可这怪物到底是什么东西呢？

我正寻思着那怪物的来历，却见它突然咧开了嘴，露出两颗锋利的牙齿，与此同时还发出了一种让人寒毛直立的“嘿嘿”声，像是在奸笑一般。骤然听到这种声响，我想其他三人这会儿肯定跟我一样起了一身的鸡皮疙瘩。

在那怪物露出尖齿的刹那，我忽然认出了它，那根本不是什么妖魔鬼怪，而是一只巨型蝙蝠！无论是那如老鼠一般的脑袋，还是那像帆布一样的翅膀，都显示出了蝙蝠的特征，刚才我一直没有认出它来，是因为我实在想不到这世界上会存在这么巨大的蝙蝠。

我听人说过，蝙蝠中有一种吸血蝠，向来嗜血如命，一次能吸掉比自己身体还要重的血液。从之前那蝙蝠对人血的迷恋来看，它应该就是一只吸血蝠，它能长到如此巨大，看来没少祸害性命。

那巨型吸血蝠离我越来越近，看来它第一个下嘴的目标就是我。说实话，随着巨型吸血蝠越走越近，我的心也越跳越快，简直要从胸膛里蹦出来了。终于那两只粗壮而短小的爪子移动到了我面前。我暗道，动手的时机到了，我深吸了一口气，突然从地上蹦起来，手里拿着福贵叔的烟杆奋力打向了那怪物，同时大喝一声："同志们，行动！"

随着我一声大喝，福贵叔和林海燕火速从地上爬了起来，而二捶却依旧一动不动地躺在地上。我心里纳闷，二捶这家伙搞什么鬼，这要命的关头怎么不知道动弹？

巨型吸血蝠被这突如其来的变化吓了一跳，本能地一挥翅膀飞了起来，一下躲过了我手里的烟锅。我一击不中，还把伤口甩得生疼，但我还是咬紧牙，再次挥着烟锅打向了倒挂在石室顶部的巨型蝙蝠。这一次那巨型蝙蝠不再害怕我，张开血盆大口向我扑来。我手上的烟锅并非利刃，甚至连根棒子都不如，实是迫不得已才选用的武器，根本起不了克敌的作用，因此我不愿硬碰硬，就势一滚，躲过了那吸血蝠的一击，饶是如此，我肩膀的伤口还是撞在了地面上，顿时疼得我大叫了出来。然而，巧的是我这一滚正好滚到了二捶的身边，他现在仍旧没个反应。此时生死一瞬，那吸血蝠转眼又向我咬来，我情急之下，抬手就去拍二捶，耳中却听见了一阵呼噜声。这小子竟然睡着了！

第九章　虎口脱险

我实在是服了二捶了，在这样的情况下居然还能睡得着，实在是人中极品，他上辈子要不是一头好吃懒做的猪，打死我都不信。

巨型吸血蝠眨眼就又要扑到我身前，二捶却还在做着美梦，福贵叔和林海燕这会儿正合力拉着石门，根本顾不到我这边。别无他法，我只好自救，伸手从二捶手里拿过那块鲁班尺，不管三七二十一，卯足了劲儿劈向了那飞来的吸血蝠。吸血蝠虽然能够通过发出超声波来判断前方的物体，但我这次实属绝地反击，在无形之中做到了反击的两个要诀“出手要快，下手要狠”，将那鲁班尺结结实实地劈在了吸血蝠的面门之上。鲁班尺虽然并不锋利，但棱角之处却也是非常尖锐，因此这一下就把那吸血蝠的一只眼睛给戳瞎了，一股浑浊的鲜血顿时就喷了出来。那吸血蝠痛得身体一缩，转身竟向那石门冲去。福贵叔和林海燕这会儿刚把石门拉开了一条缝，没想到那吸血蝠会冲来，两人惊慌之下松开了手，石门又重新合上了。

趁着吸血蝠跑开的这一刹那，我一脚踢在了二捶的肚子上。二捶本来睡得正香，结果突感肚子疼痛，一下从地上坐了起来，嘴里大叫：“咋地了？咋地了？”

看着二捶那睡眼蒙眬的样儿，我气不打一处来：“牛二捶，你再睡就睡死了！还不赶紧起来加入到抗击怪物的斗争中来！”

二捶瞪着眼睛左右一看，从地上站起来，说道：“什么情况？”

“什么情况？那怪物是一只专吸劳动人民骨血的吸血蝙蝠，我们再不出手阻止，它就冲出石门道遥法外了！”我着急地说道。

“那……现在咋办？”二捶有点儿睡懵了，一时不知道该如何是好。

“咋办，打死它”说完，我就将手里的鲁班尺塞到二捶手里，然后冲向了那只吸血蝠。我们双方都见了血，早已杀红了眼，因此这会儿我也不再惧怕它，拿着长杆烟锅跟它干开了。

二捶见我冲向了吸血蝠，也不含糊，手握鲁班尺就大踏步地跟了上来。那吸血蝠感应到石门已合，猛然转身想要再逃开时，我和二捶已经赶到了它面前。我和二捶相视一眼，然后同时抡起手里的“武器”砸向那只吸血蝠。吸血蝠不是吃素的，扑棱着翅膀阻挡着我们的“狂殴”，它之前能将林海燕抓起来，力气自是大得很，我和二捶被它拨弄得晕头转向，一时间不知道该如何下手才能有效的击败它。

我心想，不能就这样毫无章法地跟它耗下去，必须完成之前的计划。于是我一边抡着烟锅，一边悄悄地向石门边上移动着，二捶不知我为何如此，但还是随着我的移动跟了上来。

福贵叔和林海燕见我跟二捶缠住了那怪物，便接着去拉那扇石门。终于在两人一起用力之下，将一扇石门拉开了。此时我和二捶已经将那吸血蝠引到了一边，这时只听福贵叔喊了一声：“门开了，快跑！”

福贵叔的这一声喊就像是胜利的号角一般，我和二捶听后二话不说，转身就朝石门冲了过去，此时那两只木鹊已经随着石门开启飞进了石室当中，不等我们有所准备，就吐出了两股火苗，我和二捶一咬牙，硬顶着火苗冲了出去。那吸血蝠本就是怕火之物，一见火光大盛，顿时吓得向石室之内躲去。而我们一行四人则趁机跑出了石门，然后迅速将石门关上了。

跟刚开始躲进石门的情形一样，我们这会儿也累得气喘吁吁，好在这次的行动有惊无险，我们终于从那吸血蝙蝠和木鹊的手中逃了出来。我一边大口喘着粗气，一边想，这鲁班的墓中怎么会有那么多让人诡异莫测的事情，难道都是鲁班生前都安排好的吗？鲁班在世之时是著名的木工大师，他一生有无数发明，无论是人民平常生活所用之物，还是军队行军打仗的器械，都研制出不少。在自己的墓穴之中设置机关对于鲁班来说，自然不是难事。在摆脱了吸血蝠、灯芯虫、木鹊之后，接下来是否就会平安无事了呢？这墓中是不是还有一些更加惊骇莫名的事物呢？这一切，都没有答案，也无法预测，不过起码我们现在都还活着，活着总比死了的好。

在我们歇息的这段时间里，石室之内像是开了锅一样，一道道的火光从门缝中映射出来，照得大家脸上火红。同时，我们听到石室之内不断地发出“稀里哗啦”的声音，像是那吸血蝠在竭力躲着木鹊喷出的火焰，这下可有得它受的了。

在当时的情况下，我还想不明白那木鹊为何会如此神奇，不仅能吐火，还能追人。直到后来在看到一些对“鬼火”的报道之后，我才想通，原来那木鹊的口中都放满了“磷”，这磷本就是一种极易燃烧之物，遇风便可燃本身又极轻，能随着人行走的气流漂浮。民间所说的能够追着人跑的“鬼火”其实就是“磷火”。鲁班很可能将“鬼火”追人的原理应用在了他所制造的木鹊之上，至于那木鹊遇火而不燃，很可能是因为制作木鹊所采用的木料是取自一种叫做海松的树木。这海松常见于我国的南海地区，它的散热性较好，能经受高温，是用来做烟斗的上好材料。

经过这么长时间的折腾，我们四人早已饿得前胸贴后背了。我看着二捶手里的那颗夜明珠说：“二捶啊，你说你手里的要是个山药蛋子多好，这会儿咱们好歹能吃上一口了。”

二捶瞥了我一眼说道：“夏远同志，亏了你还是城里来的知识青年，咋那么没文化呢？这夜明珠是那山药蛋子能比的吗，这颗夜明珠最少也得值二三十万个山药蛋子吧。”

“值倒是值，可咱憋在这里出不去，那夜明珠除了能发光外，还不如一个山药蛋子来得实惠。”平日里我们都在吃那山药蛋子，吃得嘴里寡然无味，然而现在想来这世上哪儿还有比那山药蛋子更好的东西。

福贵叔重新点起烟锅抽起来，抽了几口然后对我们说：“在这地方想弄口吃的可不容易，依我看啊，咱们倒是可以捉几只地鼠吃吃。”

“什么啊，吃老鼠？”一听吃老鼠，林海燕首先惊叫了出来，她平日里就怕老鼠，更别说要吃它们了。

那个年代粮食异常短缺，在青黄不接的时候，我们偶尔也会抓几只老鼠开开荤。要说这老鼠肉其实比猪肉好吃得多，瘦肉多，而且也紧实，吃在嘴里非常有嚼劲。果不其然，一说到吃肉，二捶就嘴馋起来，恬着一张脸对福贵叔说道：“福贵叔，这地方也没见有老鼠啊，咋地抓？”

“咋地抓？你看着就是了。”福贵叔说着就从二捶手里夺过那鲁班尺，开始在四周的石壁、墙角拍打起来。

听说过打草惊蛇，还没听过“打墙惊鼠”的，我们不知道福贵叔的这一招究竟管不管用，也不知道如何帮忙，便只能瞪大了眼睛瞧着。福贵叔左敲右打了足有一袋烟的工夫，却连一只老鼠都没有出现。福贵叔紧皱着眉毛，说道：“真是怪了，这法子一直灵的，今儿怎么没用了？”

“福贵叔，这个地方连一点粮食粒儿都见不到，哪里会有老鼠？老鼠到了这种地方也得挨饿。”二捶见福贵叔的法子不奏效，有些着急。

福贵叔若有所思，嘴里念叨着：“不应该……不应该啊……”

福贵叔的话还没说完，一只又肥又大的老鼠就从墙角窜了出来。这只老鼠赶上小一号的猫了，除了体型肥硕之外，两只眼睛像是绿豆一样滴溜溜直转。我们相视大喜，我、福贵叔、二捶二话不说就扑了过去。没想到这只大老鼠狡猾得很，一下从我们的脚边钻了过去。二捶眼看到嘴的“肉”就要飞走，哪肯轻易放过，当下迈着大步追了上去。二捶边追边道："奶奶的，我还追不上你一只破老鼠了！"福贵叔也跟着追了上去。

那只老鼠的确不小，如果能抓住，用火一烤也够我们顶一顶肚饿的，因此，我也想赶上去抓那只老鼠。林海燕看出了我的想法，说："我们也去追吧！别让它跑脱了。"

二捶手里拿着的那颗夜明珠算是我们的光源了，他这一跑，我们这边就黑了下来，周围冷冰冰的石壁显得非常阴森，因此就算不是为了去追那只老鼠，我们也不敢再待下去了。我和林海燕便一起追了上去。

一边追，我一边寻思，这古墓的动物有些太反常了，一只蝙蝠居然能长到像是人一样大，一只老鼠也长得肥胖如猫。这究竟是怎么回事？关于蝙蝠我没听说过什么说法，倒是听说过一则关于大老鼠的故事。

说是清末时期，八国联军打到了北京，他们带来了一只体大如牛、长嘴尖耳的动物。列强们为了显示他们物种繁多，让当时的国人去辨认这东西是个什么物件儿，猜中了有赏，猜不中就要抓去枪毙。一开始许多人都猜不出这到底是个什么动物，结果都被枪毙了。每天去辨认的人是按所住胡同的顺序排列的，眼看第二天就轮到了住在胡同尾的一个男子家里。这名男子年纪也就在二十上下，家中并无妻儿，唯有一老父一直以来悉心伺候。想到之前被杀的一些邻人乡亲，而自己明天一去也很可能就再也回不来了，这名男子不禁悲伤起来。一方面他年纪尚轻，就这样丢了性命，怎么也不甘心，另一方面，他的老父还需要人照顾，他死之后，老父从此就孤苦伶仃了。男子的一脸愁容让老父心里颇为难受，于是便问他究竟发生了什么事。男子向老父叙说了整件事情的经过。老父一生阅历颇多，对于一些传说轶事也了解不少，在听了儿子的话之后，他寻思一番，对儿子说，他曾听到过一种说法叫"千斤鼠九斤猫"，说是老鼠精能长到一千斤，而猫最重能长到九斤，这"九斤猫"正是那"千斤鼠"的克星。那些外国人带来的很可能就是一只千斤之重的大老鼠。恰巧这位男子家里从十多年前就养了一只老黄猫，这只猫通体金黄，全身没有一点杂毛，威武如虎，让人一看就觉得它定非凡品。老父让儿子将这只老黄猫称了一称，发现它不多不少正好九斤重。根据老父的指点，第二天，儿子将那只老黄猫用袋子装了，然后便去辨认列强带来的怪物。来到那怪物身前，男子二话不说就将袋子里的老黄猫放了出来。果不其然，那长嘴尖耳的怪物见到了老黄猫之后吓得打起哆嗦来。老黄猫见到天敌分外眼红，“喵”的一声便扑向了那怪物，那怪物当即被吓得“吱吱”乱叫。见此，男子心中有数，便对外国人说，这不过是一只大老鼠。那些外国列强想不到在中国居然会有人能认出这是一只大老鼠，当下十分惊奇，但又不得不按照之前的约定，赏了那男子。

刚才看到那只大老鼠的刹那，我心里就浮现出了这个故事，总觉得两者之间可能会有某种关联。此刻，我和林海燕脚步匆匆地跟在二捶和福贵叔的后面追着那只老鼠，落在后面的我俩根本看不到那只大老鼠的踪影，倒是二捶一边叫喊着，一边脚步不停地追着。二捶这小子越跑越快，跟在他身后的我们也只能随着他的脚步加快了速度。我们这会儿精力全部放在了那只老鼠上，完全忘记了方向，左拐右拐就不知跑到了什么地方。

我和林海燕唯恐被落下，紧赶慢赶地追着。就在我们跑得汗流浃背的时候，突然看见前面的二捶和福贵叔一下子停了下来。夜明珠依旧是熠熠生辉，只是两人的身影却显得有些呆板。我和林海燕觉得有些莫名其妙，不知道两人遇到了什么事，为什么会突然停了下来，难道又遇到了什么危险？

终于，我和林海燕跑到了福贵叔和二捶的身后。望着两人呆呆的背影，我开口问道：“哎，你们两个怎么了，跟电线杆一样站在这儿？”

没想到两人竟然没有理我，依旧怔怔地看着前方。我大吃一惊，难道是见鬼了吗，怎么一愣一愣的？顺着他们的视线看去，然而这一看之下，我不禁也愣在了原地。

我所看见的正是一只体大如牛的“千斤鼠”！

只见这只千斤鼠被装在一个巨大的的铁笼里。铁笼被固定在一个结实的架子上，周围缠满了铁链，也不知道是用来做什么的。那只被我们追了一路的大老鼠这会儿正用嘴巴将一只老玉米棒子塞进铁笼中，似乎是在喂养那只千斤鼠一般。看样子这只小老鼠像是那千斤鼠的孩子，一直在四处搜寻食物来喂养老母鼠。

看到这一幕，我着实被震撼到了，除了那只巨大的千斤鼠之外，还包括那只老鼠的“反哺”举动。动物尚且如此，身为万物之灵长的人就更应该孝顺了。

让我们奇怪的是，我们四人站在那千斤鼠之前，它却一点儿害怕的样子都没有。更让人惊奇的是，它吃东西的样子竟然跟人一样，是坐在铁笼中，用两只前爪捧在嘴前吃的。见此，我浑身一震，暗道：“莫非这老鼠真的成精了？”

第十章 僵尸之谜

越看那只千斤鼠越觉得心寒，因为我发现它的每一个动作都极像人类，就连表情都十分相近。它一身的灰毛，唯独眼睛上方各生有一道白色的毛发，就像是人类的眉毛一样。想必其他三人这会儿也跟我差不多，都在心里暗暗吃惊。

就在我们目不转睛地盯着那两只老鼠看的时候，那两只老鼠忽然像是商量好了似的，全部转头看向了我们，眼神中闪烁着一股妖光，似乎还带着一种诡异的笑意。这两只老鼠实在是不得了，不害怕我们也就算了，竟然还冲着我们阴笑，它们这是要干什么？

在笑过之后，铁笼之中的千斤鼠突然开始在笼中跑了起来，随着它的奔跑，那铁笼便开始飞速的旋转，周边铁链也稀里哗啦地缠在了一起。我们看着眼前的变化，吃惊得面面相觑，都预感到接下来可能会发生什么不同寻常的事情。林海燕忧心忡忡地对我说道：“夏远，那……那大老鼠这是要干什么？”

“不知道，看它那邪乎劲儿，肚子里肯定憋着坏水！”

“可我们现在怎么办？”

“别急，我们现在先静观其变，我倒是要看看，这只肥老鼠能使出什么招式来。”

我们四人依旧站在原地看着，只见随着铁链的缠绕，四周的石壁竟然是像是窗帘一样，一下被拉开了，在石壁的后面露出了极度恐怖的一幕。

死尸！大量的死尸！

我们万万想不到在这四周的墙壁后面居然还会藏着那么多的死尸，这些死尸全部是一身白衣，虽然经过岁月腐蚀，已经破烂不堪，但在这样的情况下依然显得十分醒目。

令我不解的是，这些尸体居然没有腐烂，只是全身上下变成了皮包骨，看上去非常怪异。经历过了许许多多的诡异事件之后，我们的胆子也大了许多，不再像是刚见到死人时那样害怕。让我觉得非常奇怪的仍然是那两只老鼠，特别是那只千斤鼠，它这会儿像个老和尚一样，双腿一盘，又坐了下来，还“吱吱”叫了起来。它的声音仍然是老鼠的叫声，只不过节奏非常有规律，像是在念经一般。

平常也听说过不少关于老鼠、黄鼠狼成精的故事，说是有些动物在吸收了日月精华之后，能幻化自如，可以变成人形闯入人世。而眼前这只千斤鼠虽然看上去仍是一只老鼠，但形态举止却与人一般无二，真的是非常奇诡。

从笼子到铁链，还有那开启的石壁，这一切似乎都是经过精心设计的，只是不知道墓主人设计这些的目的何在？

我正思索着其中的玄机，福贵叔突然说道：“这古墓里的怪事儿真是邪乎，咋会有那么大的老鼠？”

“光大就算了，它还在念经哩！”二捶指着那千斤鼠说道。

福贵叔重新扫了一眼周围的情况，对我们说道：“我看啊，这不是什么好兆头，咱们还是快走吧，那老鼠肉不吃也罢！”

在看了如此诡异的情形之后，我们哪还有心思吃老鼠肉，对福贵叔

的话自然是毫无异议。然而就在大家转身要走的刹那，那只千斤鼠突然“吱”“吱”“吱”大叫起来

变故突起，随着千斤鼠叫声的响起，周围的那些尸体忽然全部睁开了眼睛！

看到如此情形，闪入我脑中的第一个念头是，僵尸复活了！

本应在神怪小说中才会看到的事情，现在却真真切切的出现在了眼前！我们四人你看我，我看你，全都吓得面无人色。二捶见我们三人都没了主意，当下大叫一声：“同志们，跑啊！”

二捶的话一下惊醒了我们，就目前的状况，除了逃跑之外，再没有其他更好的出路。于是我们迈腿就要顺着原路跑回，可那些复活的僵尸却不放过我们，全都一蹦一蹦地围了过来，我们的后路一下子被它们封死了！

这些僵尸面色惨白，嘴唇乌黑，一个个伸展着双臂向我们靠了过来，我们四人被逼得紧紧靠在一起，不知道该如何是好。

关于僵尸的成因，历来有很多种说法，有的说人死之后如果埋在风水吉位之上，死者的尸体便会不腐。也有的人说，如果人生前心里怀有深重的怨气，那么他死后就会变成僵尸。我还听说过一种说法，说是在湘西那个地方有专门赶尸的道士，靠几张辰洲符和一把摄魂铃能够将死在外地的湘西人赶回家乡。

看着密密麻麻的僵尸，我们四人吓得腿肚子直转筋，二捶结结巴巴地说：“听……听人说，这些僵尸专门扑咬有阳气的活人，我看啊，咱……咱们这下凶多吉少了。”

福贵叔双眼一瞪：“怕他个屎，咱爷们豁出去，跟它们拼！”

在这些僵尸的后面，那两只大老鼠正阴森森地看着我们，尤其是那只千斤鼠，又是跑又是叫的，看上去倒是有些道行，这些僵尸肯定是他们给鼓捣醒的。见状我心里不禁大气，心里暗道，我们待会要是冲出去了，就让你们尝尝咱的厉害。

我正盘算着待会怎么整治那两只老鼠，那些僵尸却突然向我们扑了过

来，也不知道它们是哪来的本领，跳起来像飞一样，眨眼就扑到了我们面前。这些僵尸的牙齿和手上的指甲都锋利无比，要是被咬住或戳中，那滋味肯定不是好受的。林海燕看到这些僵尸的样子便十分惧怕，哪里还敢跟她们战斗，拼尽全力地躲着。我、福贵叔、二捶急了眼，跟这些行尸走肉硬碰硬地杠上了。二捶手里仍然拿着那方鲁班尺上下拍打，但却起不了什么作用，一尺拍过去，就像是打在了石头上一般。那些僵尸毫不理会，再次向他扑了过去。福贵叔那边的情况也好不到哪儿去，我把长杆烟锅塞给了他，他这会儿正用它驱赶扑来的僵尸，但却收效不大。我手上什么都没有，基本上跟林海燕一样，也只能左闪右避，只不过我比林海燕胆子大点儿，一旦看准时机，就会飞身一脚踹在那僵尸身上，只可惜那些僵尸全像是不倒翁一样，就算被我踹倒了也会立刻重新站起来。

刚开始，我们的气力还好，面对接连扑来的僵尸还能对付一下，可渐渐地我们的体力就不行了。一来我们手上没有能对付他们的武器，二来这些僵尸的力道大得很，我一不留神就被一个僵尸的指甲戳在胸口上，结果胸口立刻就被戳去了一层皮，疼得我直冒冷汗。其他人的情况跟我也差不多，身上多多少少都负了伤。其中林海燕的伤势最轻，因为我们三人都在拼命保护着她，尽量不让那些僵尸抓碰到她。

大概又过了半个钟头，我们的体力差不多消耗完了，身上的衣服已经被那些僵尸给撕得破破烂烂，全身上下也被咬了许多口。这些僵尸竟然跟那吸血蝠一样嗜血如命，一旦咬住你，就拼命地吸血，要不是我们互相之间可以帮衬一下，早就被吸成肉干了。再这样下去，我们绝逃不出这些僵尸的扑咬。我心急如焚，拼命想着脱身之策。

其实要说对付这些僵尸，火攻是最好的方法，在它们身上引一道火就能把它们烧成灰。但是眼下我们手里的火源在福贵叔的口袋中，这会儿他早已杀红了眼，再说根本也没工夫去烧那些僵尸。就算我们有工夫去划火柴，那些僵尸也不会一动不动地站在那儿让我们烧。因此火烧僵尸这个方法是行不通了，我们必须尽快想出其他办法来。

我脑子里想着事情，没注意到一只飞扑而来的僵尸，结果躲闪不及，一下被它咬住了脖子。两颗钢牙一下插进了我的脖子中，痛入骨髓。另外三人这会儿正被其他僵尸缠着，虽有心救我，却分身无术。我努力挣扎着，想从那僵尸的口中逃脱出来，怎奈那僵尸的双手像是两把铁钳一样将我紧紧地箍住了，让我再也难动分毫。我又急又气，简直快要疯了，求生的欲望鼓动着我，我鳖足了劲儿，猛抬膝盖一下顶在了那僵尸的肚子上。我这一击之下竟让那僵尸松了口，同时箍在我身上的手也松开来。脖子上的伤口不住地流出血来，我捂着伤口瞪着眼前的僵尸，心中杀意大起，准备跟它们拼命。

刚才那一顶居然把那只僵尸击退，也许死穴就在他们的肚子上也说不定。于是我又抬腿一脚踢在了一只僵尸的肚子上。果不其然，那僵尸被我踹得立刻倒退而去，再也不敢往我身前凑。见此招见效，我便对其他人大喊一声："打他们的肚子！肚子是他们的死穴！"

随着我一声大喊，本来只有招架之力而无还手之功的福贵叔和二捶顿时士气大增，他们学着我的样子，开始对那些僵尸的肚子下起狠手来。二捶本来就是个愣头青，这会儿更是不管不顾，"但求伤敌，不求自保"，无论扑来的僵尸是咬在了他身上，还是戳在了他身上，他都是咬着牙狠狠地在那僵尸的肚子上来上一拳，打得那些僵尸一个个委顿在地。福贵叔则老道得多，克敌之余不忘自保，拳腿并用地攻击那些僵尸的肚子。

一时间形势逆转，一个个的僵尸被打倒在地，再也站不起来了。最后一个披头散发的僵尸，在我和二捶、福贵叔的合力之下，也瞬间就被解决了。我和福贵叔终于放下心来，累得坐倒在地呼哧呼哧地喘着粗气，二捶似乎是难泄心头之恨，依旧对着一具僵尸踢个不停，嘴里直骂："让你咬我！让你咬我！"

那僵尸身上本来就沾满了我们的鲜血，被二捶这一顿打得更是变得血肉模糊。林海燕看着就快要吐出来了，她对二捶说："行了，二捶，别打了，怪恶心的。"

然而二捶并不听劝，他越踢越愤怒，最后竟然使足了劲儿，将手里的那方鲁班尺猛地插向那僵尸的肚子里。说来也奇怪，那僵尸全身都瘦成了干儿，唯独肚子上鼓鼓的。就在鲁班尺插入那僵尸肚子的刹那，僵尸的肚子中忽然传来“呱”的一声嘶鸣！我们都是一惊，目不转睛地盯着那僵尸的肚子。本来胆气十足的二捶听到那叫声也紧张了起来，问我们：“什么声音？”

刚才的声音我听得真切，不假思索地说道：“听起来像是一只蛤蟆！”

“没错，像是蛤蟆叫。”林海燕补充道。

福贵叔也觉得这事蹊跷，起身走到了二捶旁边。他慢慢地将那鲁班尺抽了出来，只听那僵尸的肚子里再次传来了“呱”的一声。

没错，的确是蛤蟆的叫声！

我们都忍不住心中的好奇，全都趴到了僵尸的身边，盯着看起来。福贵叔用那鲁班尺轻轻挑开了那僵尸的肚皮，只见在僵尸的肚子中真的有一只全身通红的癞蛤蟆卧在里面！这会儿它用着一双绿油油的眼珠子瞪着我们！在它的脑袋上裂了一道口子，似是被那鲁班尺刺出来的，一股黄水从里面不停地流出来。

猝然看到这样一幕，我们都觉得胃里一阵翻滚，想要呕吐。林海燕更是再也忍不住，趴在地上吐起来，只是由于长时间米水未进，什么也没吐出来。

我心里十分诧异，是僵尸把这血红的癞蛤蟆吞进肚子里的，还是这癞蛤蟆早就在人死之前已经钻进了他们的肚子中？其他的僵尸的肚子里面是不是也都藏着一只癞蛤蟆？能扑咬活人的僵尸跟这癞蛤蟆有什么关系？

这些疑问一下塞进了我的脑子中，搅得我心神不宁，就在这时，突听福贵叔说了一句：“这是蛊啊！”

看福贵叔似乎了解这其中玄机的样子，我迫切地问道：“福贵叔，你具体说说。”

二捶和林海燕也都转过头来，准备听福贵叔说清楚。福贵叔面露惧容，缓缓说道：“这蛊啊，在更早的时候在咱们这儿出现过，一些寡妇婆子也不知道是从什么地方学来的，将一些长虫、蛤蟆、老鼠捉了来，将他们放在一个罐子里让它们你吃我，我吃你，到最后剩下的那个，这些婆子便把她们秘密地养了起来，养在什么地方谁都不知道。但据说一旦养了蛊，这蛊便会万事帮着你，你想要钱，它便帮你得钱。你要有恨的人，它便帮你除掉他。咱们村的瞎子刘跟我说过，他那双眼睛就是被那蛊虫害的，他年轻那阵儿不正经，老在半夜去偷看一位有蛊的寡妇。曾经有一个夜晚他隔着门缝，瞧见那寡妇居然从嘴里拽出一条蛇来！瞎子刘这下才明白，蛊原来都养在蛊主的肚子里的。也是该那瞎子刘倒霉，一不留神居然被那寡妇发现了，瞎子刘撒腿就跑，没想到那寡妇也没往外追，只是大骂了一句，‘哪家的混球，定是要瞎眼的’。也不知道是怎么回事儿，从那夜以后，瞎子刘的眼睛就开始模糊，直到最后连一点光亮都看不见了，他一直跟村里的人抱怨是那寡妇的蛊害的。”

听了福贵叔的话，我们三人都愣住了，看来这蛊根本就是一种邪术，听着就瘆人，怎么会有人在自己的肚子里养蛇呢？就在我们发愣的这个空挡，之前的那只大老鼠竟偷偷地跑到一具僵尸身边“咯吱咯吱”啃起来。二捶拿起鲁班尺就朝它拍了过去，嘴里大骂：“好你个扁毛畜生，人是你吃的吗？”

只听“啪”地一声，那鲁班尺结结实实拍在了大老鼠的头上，大老鼠当场晕晕乎乎地转了一圈，然后一下倒在地上，嘴角吐血，死了。

那鲁班尺坚硬无比，再加上二捶又是气急之下拍出去的，因此才一下将那只把我们引来的大老鼠给拍死了。拍死一只大老鼠，这本来也没什么，但我们万万没有想到，这才是我们祸事的开始。

第十一章　鬼影

大老鼠一死，那只千斤鼠便像是疯了一样，用它巨大的牙齿拼命地咬那铁笼。无奈铁笼似是精钢所制，任那千斤鼠如何咬噬，也没有损伤分毫。

看着千斤鼠疯狂的举动，我们心中大惊，一时间有些不知所措。其实我们心里都明白，二捶一记鲁班尺拍死了千斤鼠的崽子，这怎能不让它狂躁？二捶也许是做贼心虚，结结巴巴地问道：“这家伙想干吗？”

不等我们回答，那千斤鼠又有了新的动作，它开始使劲儿撞那像是车轮形状的铁笼。铁笼被撞得荡来荡去，发出“吱呕吱呕”的声音。那些原本缠绕住铁笼的铁链也被扯得叮当乱响。千斤鼠本就体态庞大，这一顿狂撞的声势可想而知。

那千斤鼠八成是想从铁笼中挣脱出来为它的崽子报仇，它恶狠狠地盯着我们，恨不得一口把我们咬死。在这种情形下，我觉得我们还是走为上计，于是对其他人说道：“看那老鼠不是善茬儿，咱们还是溜之大吉吧。”

“没……没错，快走！”二捶早被那千斤鼠的种种举动吓破了胆，这会儿不由分说率先往回走去。

福贵叔和林海燕也怕再生意外，不再多说，赶紧跟了上去，我照旧是殿后。在我转身欲走的一瞬间，我又看了那千斤鼠一眼，只见它急得浑身的毛都竖了起来，张着嘴喘着粗气，模样很是骇人。也许是见我们就要逃走，那千斤鼠急了眼，一下扑在了那铁笼之上，发出“哐啷”一声巨响，随后铁笼剧烈摇晃起来。铁笼扯动铁链，铁链又扯动墓顶和石壁，整个墓室随之摇动起来，沙尘纷纷落下，我们连眼睛都睁不开了。

“不好，再这样下去，那老鼠就要把铁链给挣断了，我们快跑！”

福贵叔看出了其中的玄机，只要铁链一断，千斤鼠便能滚动铁笼追逐我们，我们哪里还有活命的机会。

当下四人撒腿就跑，情急之下也不辨方向。此时二捶手里仍然拿着那颗夜明珠照亮，我只觉得光影乱颤，眼睛被晃得难受异常。然而我们还没跑出去多远，后面就传来一阵“呼啦”之声。一听此声，我们全都惊出一身冷汗，看来那些精钢锁链已经被千斤鼠挣断了。随后，一阵“轰隆”声在我们身后响起，不用猜也知道，定是千斤鼠滚着铁笼向我们追来了！

“轰隆”之声越来越近，我们拼了老命向前跑着，生怕慢了一步，就会被碾成肉饼。身在最后的我紧张万分，心都悬到了嗓子眼，不时地回头看那迅速追近的铁笼。然而不看还好，这一看之下，我就觉得两腿发软，竟连腿都迈不动了。铁笼风驰电掣般向我们滚来，眼看就要追上我们。我心里暗暗着急，骂自己真是不争气，怎么在关键时候掉链子。可还没等铁笼从我身上碾过去，跑在最前面的二捶倒是一个踉跄栽倒在地。这座墓穴年代久远，地面凹凸不平，二捶跑得又急，才会落了个“嘴啃泥”的下场。我本来已是紧张得双腿打颤，但是一见二捶有危险，不知哪来的冲劲儿，竟快步赶了上去，与福贵叔不约而同地把二捶拉了起来。林海燕没想到二捶会猝然摔倒，所以一下从二捶身上迈了过去，待她反应过来，我和福贵叔已经赶了上来。林海燕转身去扶二捶，可千斤鼠滚动的铁笼瞬间就要追上来，情势紧迫，不容我们多磨蹭。福贵叔和我同时大吼道："继续跑！"

林海燕心神领会，不容分说继续向前跑去。幸亏二捶这小子是个舍命不舍财的主儿，尽管栽了一个大跟头，手里的夜明珠却仍然紧紧攥着，借着夜明珠的光，我们依稀能看清前面的路，不至于像没头的苍蝇一样乱窜一通。

我们就这样拼命地跑了大概半个多小时，后面的那只千斤鼠就像附骨之蛆一般紧紧追着我们。我们体力早已透支，但是求生的本能却驱使着我们继续跑下去。

墓中本就昏暗，再加上墓道错综复杂，我们在盲目地七拐八拐之后，完全迷失了方向，只能顺着墓道强忍身上的疲惫继续向前跑。好在二捶刚才只是受了些皮肉伤，因此被我和福贵叔拉起来后仍然能跑，倒是体力稍差的林海燕有些撑不住了，大口喘着粗气，我们能明显听到她的气管由于剧烈喘息而发出的"嗡嗡"声。

看着林海燕上气不接下气的样子，我心里着实难受，恨不得转身去跟那千斤鼠拼个你死我活，老这样没有极限地跑下去，大家就算不被碾死也会被累死的。然而就在我心焦之时，四周的墙壁却一下变得纯白如雪，我们像是突然跑进了一个纯白的乳窟一般。我们惊异万分，原本都是青砖的墙壁怎么会突然变成了白色？有谁会把墓墙都漆成白的？心里虽然疑惑，但是我们并没有停下来，继续奔跑着，可奇怪的是，一直紧紧跟随在我们身后的"轰隆"声却消失了，这说明那只千斤鼠停止了对我们的追击。

难道是千斤鼠也跑累了，放弃了对我们的追杀？

跑了那么久，我们早就虚脱了，一听后面没了声音，纷纷放慢了脚步。二捶回头看了一眼，发现千斤鼠果然没有追来，当下说道："别……别跑了！那家伙没追上来，先……先歇会……"

我们真是被累得够呛，这会儿都铁了心，就算那千斤鼠追上来，我们也不跑了，非跟它玩命不可。我累得浑身虚脱，心脏"嘭嘭"直跳，真想一个跟头躺在地上便不再起来。我们被困在地下已经很长时间，不仅水米未进，一路上还遇到很多诡异莫测的东西，无论从体力上还是精神上，我们都已到达了极限，要再这样下去，我们肯定会成为这座古墓中的孤魂野鬼。

停下来之后，我们谁都顾不上说话了，全部蹲坐在地上休息起来，一个个满脸涨红，气都喘不匀。整个墓道里变得安静起来，除了我们的呼吸声，再也听不到任何的声音。我深深地吸了几口气，渐渐缓过劲儿来。看着两侧的墙壁，我总觉得怪怪的，特别是那白色的墙壁中隐约透着一股邪气。福贵叔似乎也感觉到周围有些异样，首先站起身来，说："都别再歇了，咱们还得想法子出去，起来，接着走吧！"

二捶想要再歇会儿，说："才歇了也就一袋烟的工夫，再走我的腿就断了，福贵叔先别忙，估计那只大耗子也累得够呛，这工夫八成不准备追咱们了，咱们还是再歇一会儿。"

我也累得够呛，但是我隐隐觉得这里是个不宜久留之地，于是开口说道："福贵叔说得对，咱们不能在这儿耽误工夫，早点找到能出去的地方，咱们就能早回去，老待在这个鬼地方，咱们早晚会被折腾死。"

见我和福贵叔都说继续走，二捶干脆耍起赖来，"要走，你们走，我可是动不了了……"二捶的话尚未说完，只听从我们跑来的方向忽然传来几声尖锐的"吱吱"声！

是千斤鼠的叫声！

我身上的汗毛立刻竖了起来，难道那千斤鼠又追来了？或许是由于太紧张了，在听到叫声的刹那，我们竟谁都没有动一下，同时噤若寒蝉，静静地听着黑暗中的动静。

声音消失了，四周又重新变得寂静异常。我们四人同时陷入了沉默，紧张得大气也不敢喘，生怕那只千斤鼠会突然从黑暗中向我们扑来。林海燕更是吓得眼中满含泪花，无助地望着我，似乎是在问，黑暗中发生了什么？

千斤鼠刚才的叫声听起来急促而尖锐，似乎是遇到了危急的情况，它究竟遇到了什么？为什么会在尖叫过后就失去了所有的动静？

我努力猜想着其中的蹊跷，可就在这时，墓道之中再次传来了铁笼滚动的"轰隆"声，不等我开口，二捶一骨碌从地上爬起来，大吼道："操它祖宗，那大耗子又追上来了！"

那千斤鼠这会儿一准儿是歇息够了，又向我们催命来了。我们四人当下不由分说，拔腿就跑，结果没跑几步就脚下一空，全都摔倒在地，像滚葫芦似的滚了下去，原来我们前面竟是一个滑坡。滚了大概有十几米远，我们才停了下来。好在这滑坡之上非常平整，我们除了被吓了一跳之外，并没有摔伤。四人惊魂未定，互相搀扶着爬了起来。二捶用那颗夜明珠照了照周围的环境，发现在我们的身后竟然是一处水潭。水潭是六边形，看上去像是一眼井，周遭用六条大概一米长的大理石砌成。水潭之中浑浊不堪，无风而自动，泥沙不断从下面涌上来，像是里面有什么东西在搅动似的。水潭四周是一个天然的洞窟，并不太大，洞顶怪石嶙峋，如同骷髅倒悬一般阴森恐怖。

就在我们四人观察洞窟内的环境时，身后突然再次响起"轰隆"声！

一定是那千斤鼠滚动铁笼顺着滑坡滚下来了！

我们四人大惊，回头看去。果不其然，巨大的铁笼飞速旋转，向着我们轰然驶来，我们像是失了魂魄一样，一时间竟愣在了那里。福贵叔毕竟是经历过大风大浪的人，危急之间并未失神，冲我们大喊："快躲开！"

福贵叔的这声大喊一下把我们给惊醒了，我们慌忙朝两边跳开。那铁笼与我们擦身而过，声势堪比雷霆，"咚"的一声拱在了一条大理石上，然后像一个锅盖似的盖在了水潭之上，溅出许多水花，把我们身上浇了个透。

铁笼的形状像个轮胎，这样盖在那水潭上，如果没有外力将它扶起的话，任那千斤鼠神通有多广大，都休想再把铁笼竖起来。二捶清楚这里面的窍门，知道那千斤鼠已经到了任人宰割的地步，从地上爬起来就拿着那方鲁班尺向铁笼走了过去，边走边道："奶奶的，这下看你还有什么能耐，老子非扒了你的皮不可！"

我们被千斤鼠折腾得命都快没了，这下它落在我们手中，自然不能轻饶了它，便一起向铁笼围了过去。可是走近一看，我只觉得脑中轰然一声，头发根子都竖了起来。因为我看见铁笼之中那原本体壮如牛的千斤鼠这会儿已经只剩下了森森白骨！只有白骨，连一丝皮毛，一点血迹都没有！

千斤鼠怎么会突然变成白骨？是什么东西能够在这么短的时间里将千斤鼠撕咬得只剩一具白骨？刚才我们听到“吱吱”声的时候，是否正是这千斤鼠正在被撕咬？而且最关键的是，千斤鼠既然已经死了，那究竟是什么外力把铁笼滚到这里来的？

想到这里，我不禁慢慢转头向斜坡的上方望去。然而不看还好，这一看之下，我顿时吓得浑身发软，连话都说不出来了，因为我看见在滑坡上方的墓道中，一道白影正一动不动地站在那里！

真的见鬼了！那道白影怔怔地站在那里，似乎是正紧紧盯着我们！难道就是“它”把千斤鼠吃得皮毛不剩？想到这里，我心里就发寒，难道真的有鬼？它……它真的是鬼？

另外三个人注意到了我的异样，都顺着我的目光看去，在看到白影的一瞬间里，三人无一不是脸色大变！林海燕更是紧张地一下缩到了我身后，紧张地说：“夏远，什……什么东西？”

“不……不知道……”

俗话说久走夜路必撞鬼。我们在这古墓里待了那么长时间，这会儿终于遇到正主儿了。我紧紧盯着那白影，只见它仍旧是呆呆地站着，摇摇晃晃有些飘忽，似乎是悬浮在空中的。夜明珠发出的光虽然极亮，但那白影却恰恰躲在墓道的阴影中，我们只能看见一个白色的人形轮廓，却看不清它是何面目。

一时间四人都沉默了，不知道该如何应对眼前的情况。因为我们已经到了进退维谷的绝境，前面有那白影堵截，后面是那不知深浅的水潭和更深不可测的黑暗空间。我们除了保持沉默之外，并没有任何选择。

也许是因为心里发毛，二捶不自觉地向后退去，不经意间竟然碰到了那盖在水潭之上的铁笼，一下仰倒在了那铁笼之上。二捶本能地用手向后撑去，结果恰巧按在了那铁笼的空隙中，手里的夜明珠“咚”的一声就掉入了水潭中。二捶急喊一声：“糟了，老子的夜明珠！”

的确是糟了！我们四周陷入了一片黑暗，伸手不见五指。此时我们心里全部是一团乱麻，倘若那晃晃悠悠的白影再向我们飘来，那我们就真的是凶多吉少了。

在这突如其来的黑暗之中，不知道是不是因为过于害怕的缘故，我们竟然谁都没有出声，像是生怕会惊动什么恶魔似的，连呼吸声都收了起来。躲在我身后的林海燕这会儿已经开始发抖了，她的手颤颤巍巍地摸索到了我的手，然后紧紧抓住了。这只温润如玉的手，这只我曾无数次的幻想将其握在手心中的手，现在真的被握在了手中，但我的心中却没有半分的激动，反而是十分害怕，因为我不知道在这充满未知的地下世界中，我能否给予林海燕一份生存的希望。

“你们在哪儿呢，怎么不说话？”二捶终于从那铁笼之上爬了起来，见我们都不说话，忍不住开口询问。

“我在这儿呢，你们都靠过来吧。”这是福贵叔的声音。

听到福贵叔的声音，我忽然想起，福贵叔身上应该还有火柴，于是忙对福贵叔说：“福贵叔，你身上不是还有火柴吗，赶紧点着吧。”

福贵叔一听也猛然想起，说道：“哎呀，可不是，我这会儿怎么就给忘了。”

我和林海燕寻着福贵叔的声音，向他靠了过去，福贵叔从身上摸索出火柴，从中拿出一根开始划了起来。或许是在地下待的时间长了，那些火柴已经有些潮湿了，福贵叔划了几次也只是划出几个火星而已。在这过程中，二捶和林海燕一直伸着头看着福贵叔划火柴，而我则一直瞄着滑坡上的墓道口的方向，唯恐那白影会突然向我们冲来。福贵叔老划不着火柴，终于失去了耐性，骂骂咧咧地嚷道：“真是见鬼了！这火柴潮透了！”

听福贵叔一说，我忍不住也转过头去看。就在这时，火柴终于划着了，一团小小的火焰在黑暗之中燃烧起来。我们四人的脸上都不禁露出了一丝笑容，紧紧地盯着这团给予我们希望的火焰。就在此时，我猛然发现，在地上竟然有五条身影！我们明明只有四个人，怎么会凭空多出一个人的影子呢？

第十二章　参芋

我刚稍微平静下来的汗毛瞬间全部直立起来，手脚也异常僵硬，机械地转头望去，只见在林海燕的身后有一道白影站在那儿，它身体前倾，似乎是伸着头在看我们在做什么？我大叫一声："什么东西？"

其他人一愣，顺着我的目光看去。然而此时福贵叔手里的火柴只剩下一丝微弱的火光，我们都看不清楚这白影到底是什么东西。只有距它最近的林海燕看清了它的庐山真面目，她愣了一下，随即面露惊恐之色，大吼："快跑！"

恰在此时，福贵叔手里的火柴熄灭了，我只觉得一个人拉住我就跑，不用想，她就是站在我身边的林海燕。我慌张地问："林……林海燕，那是人是鬼？"

"不是人也不是鬼，是……是白蚁！好多好多的白蚁！"林海燕说道。

白蚁？怎么会是白蚁？我难以置信，那如人体一般的白影居然是一群白蚁！我心里正在琢磨着，二捶却突然大喊起来："哎哟，咬死我了！"

林海燕拉着我本来是往外跑的，听到二捶的喊叫，我们不禁停了下来。二捶显然已经遭到了进攻，只听福贵叔立刻大吼一声：“二捶别慌，咱们跟它拼了！”

听起来，福贵叔是要扑过去帮二捶，没想到二捶却突然说道：“别……别过来，这它娘的是个蚂蚁团！”

果然是白蚁！原来那道白影竟是由无数的白蚁集结而成。这群白蚁数量之多何止千万，怪不得它们才会在很短的时间里就把千斤鼠咬成了一副白骨。想到这里，我背脊一冷，如果不尽快逃离这里，那我们的下场就会跟那只千斤鼠一样。

目前那团白蚁已经在这洞穴之中，待在这里只有死路一条，我们唯一的办法就是原路返回，因此我吼道：“福贵叔、二捶，快走，离开这里！”

听到身后的福贵叔和二捶各自回应了一声，我就率先拉着林海燕向洞口冲了出去，由于前面是上坡而且十分光滑，我们跑起来很是费力。然而这并不是最糟的，最糟的是我看见又一道白影出现在了洞口！洞内没有光源本就十分昏暗，但是那白蚁结群之后形成的蚁团非常巨大，像是身穿了白衣的鬼魂，在黑暗之中看起来分外明显。也就是我一愣神的工夫，那团白蚁就向洞内拥了过来，我来不及出声，拉着林海燕就往回跑，然而还是晚了一步。白蚁团如洪水一样倾泻而下，我只觉得小腿以下瞬间一麻，感觉像是忽然被无数的针尖刺扎一样，林海燕的感觉大概跟我差不多，抓在我身上的手突地一紧，身子也向我身上靠来。我只觉得身上一软，心脏跳得愈发快了。

我和林海燕转身往洞内逃，而福贵叔和二捶却向洞外冲，结果我们四人恰巧撞了个满怀，全部倒了下去。二捶怒道：“你们俩怎么回事，怎么又跑回来了！”

“前面也有白蚁，咱们这次算是掉到白蚁堆里了！”我回应道。

“奶奶个熊的，这是老天要绝咱们啊，我现在浑身都是白蚁，再没辙，我就只剩骨头了!”二捶着急地吼道。

白蚁这会儿全部散在了地上，如同是大水漫灌般已经淹没过了我们的脚踝。数不清的白蚁顺着腿向我们的身上爬去，拼命地在我们身上撕咬着。这种感觉非常恐怖，像是掉进了麦芒堆里，更可怕的是这些“麦芒”竟然还会蠕动！我们四人再也无暇逃跑了，只能疯狂地在身上挠着，想要把这些白蚁从身上赶下去，然而白蚁实在太多，我们根本没有还手之力。我只觉得全身都湿漉漉的，鲜血已经从伤口中流了出来，再过一会儿，我们怕是真的就会一命呜呼了。我脑子飞转，想着绝地求生的办法。许多问题萦绕在我的脑海，这些白蚁是从何而来呢？沿途为什么没有看到它们的踪迹？

我正在思索，脑子里忽然灵光一闪！对了，我们一路上看到的白色墙壁，莫非并不是墓主有意为之，而是无数的白蚁汇集所成？怪不得那白色的墙壁看上去分外诡异！可是在我们跑过来的时候，它们为什么不趁机袭击我们，而是等我们跑进这洞穴之后才袭击那千斤鼠？难道是它那时候对我们有所惧怕？可是他们又惧怕什么呢？是惧怕我们这些人还是我们身上的东西？与刚才比起来，我们现在少了什么呢？

夜明珠！就是夜明珠！

刚才二捶手里拿着夜明珠的时候，那被我们当成鬼魂的白蚁团并不敢闯入洞中，而是躲在洞口阴暗的角落，可当二捶将夜明珠丢入了水潭之后，那些白蚁就毫无顾忌地爬到了这洞内。

这夜明珠乃是集天地之灵气而成，想必有着驱除邪秽的灵力，因此那些白蚁才不敢靠近。现在唯一能让我们摆脱这些白蚁的就是它，可它偏偏掉进了水潭里，而且水潭之上还有那铁笼覆盖着。

身上的白蚁越来越多，我们四人全部被咬得号叫不止。我强忍身上的疼痛，下定决心，要将那掉在水潭里的夜明珠找回来。其他三人自然不知道我的想法，但是时间十分紧迫，我来不及解释其中的缘由，立刻跑到水潭边去搬铁笼。就在这一刻，我突然想到了一个求生的办法！

蚂蚁本就是十分怕水的生物，我何苦非要找到那颗夜明珠呢，我们只须跳到这水潭之中就可以脱离那些白蚁的“魔爪”了。当下不再犹豫，我对其他三人喊道：“快跳到水潭中，蚂蚁怕水！”

听我这么一说，其他三人顿时恍然大悟，纷纷跑到了水潭边。二捶许是被咬得太厉害，这会儿昏了头，不等把盖在水塘上的铁笼搬开，就一下扑在了铁笼之上，砸得铁笼“咣当”一声响。我哭笑不得，对二捶说道：“牛二捶，你个笨蛋，笼子盖住了！”

“都什么时候了，赶紧把铁笼推开，要不然咱们爷儿个可真要死在这儿了！”到了这时候，福贵叔终于急了，率先伸手去搬那铁笼。

我和二捶、林海燕也不敢怠慢，紧紧抓住那铁笼向上抬起。没想到那铁笼是如此沉重，我们四人合力之下也只不过是将铁笼抬起了不到一尺。

福贵叔急道：“再使点儿劲儿！”

不用多说，这水潭里是我们唯一的避难所。不把铁笼搬开，我们就只有坐以待毙，因此，大家全都使出了吃奶的劲儿。终于，铁笼被我们拉开了，水潭上方空出一块，我们四人像是火烧了眉毛一样，不约而同地跳进了水潭中。

水潭里的水异常冷冽，我们身在其中，就像是赤身裸体躺在冬雪里一般，虽然如此，但却总比万蚁咬噬好太多了。从我们跳入水中的一刻起，那些原来附在我们身上的白蚁全部被井中的冷水泡离了下来，像是一层层的爆米花漂浮在水面上。我们四人都会“踩水”，这会儿终于松了一口气，仅将头露在水面，慢慢喘息着。

有了水潭的庇护，那些白蚁再不敢爬过来，我们四人在水潭中尽情的呼吸着。在这个诡谲莫测的地下世界，连呼吸都已经成了过度的奢侈。谁也无力开口说话，喘息是我们现在的第一要务。我一边喘息一边想，我们不可能永远待在这方水潭中，要想彻底摆脱那些白蚁，必须要找回那颗夜明珠。想到这里，我不禁向水潭下方望去，只见在水面之下隐隐有一点亮光传来。也许这亮光就是那夜明珠发出来的？虽然不敢肯定，但是到了如今的形势，一点求生的希望都不能放过，因此我对其他三人说了一句，不等他们有所反应，就一头潜入了水底，向着下面摸去。

我的水性向来不错，在没下乡之前就是我们院里的游泳健将，人送外号“小河神”。下乡之后，我更是把这一特长发扬光大，得空了就往小河边跑，在水里摸到的鲶鱼、鲫鱼、泥鳅不计其数。那些“吃啥啥没够，干啥啥不行”的知青们之所以喜欢跟我混在一块儿，就为了能时不时地蹭口鱼汤喝。

水下细沙翻滚，不知道是不是我们在里面倒腾的缘故，我睁开眼睛只看到一片昏黄，一股柔光从水下传来，感觉光源似乎并不远。我猛然往下一冲，向着光源靠去。涌动的沙子弄得我的眼睛有些发涩，十分难受，但事到如今也顾不了那么多了，我继续向下潜去。终于下面的光线亮了许多，一团模模糊糊的光晕出现在了我面前。我心里一阵欣喜，看来夜明珠就在眼前了。

然而，就当我距离目标越来越近的时候，却突然发现一段白生生的手臂从我旁边伸了过来！

水底之中怎么还会有人的手臂？

我惊得头皮一炸，本来憋在胸腔里的一口气突然吐出，水和沙呛进了我的嗓子里，我开始拼命扑腾起来，一种可怕的窒息感笼罩着我，我觉得全身都开始痉挛起来。就在我快要绝望的时候，我忽然觉得背后有什么东西拉我，我像是抓住了救命稻草一般，手脚胡乱挥舞，终于我的手碰到了一个人的臂膀，我紧紧抓住再也不放手，只觉得身体慢慢地被拉着向上游去。片刻之后，我的头终于浮出了水面。这件事从头到尾说起来也只是片刻的时间，但对我自己来说却犹如一个漫长的梦魇一般。

空气，清凉的空气扑鼻而来！令人绝望的窒息终于散去，我大口喘息着，随即听到林海燕惊呼道：“你们终于上来了，夏远，夏远你怎么了？”

听见林海燕如此关切的声音，心中顿时感到一阵温暖，想不到林海燕对我这么关心。我很想回应林海燕一声，无奈胸膛剧烈起伏，没法开口说话。同样在旁边大口喘气的福贵叔开口说道：“这小子溺水了，幸亏我和二捶下去得快，要不他就死在这里了！”

原来是福贵叔和二捶把我拉上来的，我深吸了一口气，稳了下心神，说道：“福贵叔，这次多亏了你和二捶……”提到二捶，我忽然注意到，从我上来到现在一直没听到二捶的动静，不禁问道，“二捶，二捶呢？”

听我一问，福贵叔和林海燕也觉出了怪异，都静下来听二捶的动静，可是却没听见二捶出声。

“莫非二捶那小子没上来？”福贵叔着急地说道。

我刚才在水下看到一条诡异的手臂这才在惊慌之中造成了溺水，难道说二捶也遇到了那条手臂？想到这里，我十分担心，唯恐二捶有了同样的遭遇。

我正要把刚才的经历说出来，却不料“呼啦”一声，一道黑影从水里冒了出来，紧接着只见我们周围瞬间变得一片大亮。我们定眼看去，发现是二捶举着那颗夜明珠从水里冒了出来。

这小子居然拿回了那颗夜明珠。说来也怪，从那夜明珠出现的一刻起，那些原本遍布在我们四周的白蚁全都迅速消退了，就像是从来没出现过一般。

我猛然想到，二捶既然拿到了夜明珠，也不知有没有看到那段白生生的手臂。然而不等我询问，二捶却首先开口了：“同志们，这次收获不小，不仅带回了夜明珠，还给你们带来了干粮！”

二捶说着就又从水里摸出一段白色的东西，赫然竟是我在水里见到的那条手臂！

福贵叔和林海燕也不知那是什么东西，问道：“这是什么东西？”

“什么东西？这你们都不认识啊，这不是莲藕吗？”二捶答道。

经二捶一说，我们才发现那东西看起来的确像是莲藕。我有些疑惑，为什么刚才在水底的时候，我会把它当成了人的手臂呢？

福贵叔和林海燕围了上去，我也忍不住好奇凑了过去。或许是刚刚溺水所带来的恐慌，我对那东西还是有所顾忌，不敢靠得太近。只见那东西白白的，长一尺许，一头粗一头略细，细小的部分零星生有几根须子。乍看之下像是莲藕却又比莲藕白嫩，像是人参却又比人参大了许多。我正琢磨着，福贵叔突然说道："哎呀，这可是个宝贝啊！"

"它是什么宝贝，福贵叔？"一听到宝贝二字，二捶眼里就放了光。

"这玩意儿叫参芋，刚解放那会儿，镇上的土改队斗地主那会，在镇上最大的地主刘宝田家里就抄到过这玩意儿，据刘宝田自己交代，这参芋可比百年老参精贵，服一块就能延续好几年的阳寿，在古代历来只有在宫里才能见到。这个刘宝田也是从一位由宫里逃出来的太监手里买来的。"

"照这么说，这东西能吃了？那咱们还等什么，我都饿得前胸贴后背了，再不吃点东西，待会儿你们就替我收尸算了。"二捶说道。

其实不用二捶说，我们早就饿得全身虚脱了，几经磨难之后我们还能撑到现在已经是个奇迹了，眼下除了这个宝贝参芋，我们再没有其他能充饥的东西，不管这东西有多值钱，我们也只好将它用来果腹了。福贵叔也深知此理，当下不再多说，将那参芋掰成了四块，我们每人分到了一块。

经历过长久饥饿的人在见到食物的时候，虽然很想将食物狼吞虎咽的吃下去，可一旦食物到了手中，就又舍不得将它很快吃掉，恨不得将食物一丝丝地放入口中仔细咀嚼，充分享受食物的美妙滋味。此刻手里捧着一小块参芋的我们就是这样的心情，每个人都小心翼翼地将它放进口中，然后轻轻地咬下一块，开始慢慢咀嚼。

刚听福贵叔说这参芋能够延年益寿的时候，我还觉得他有些言过其实，把它吃进嘴里之后，这才发现这参芋确实是一大珍贵宝物，只因随着牙齿的咀嚼它散发出一股浓郁的清香，味道甘洌，其醇如酒，却又无酒的辛辣。当它滑进胃里之后便像是在里面燃起了一个小火炉，一股暖意源源不断地向身体各处传送开来。吃完了参芋，我们四人无一不是精神焕发，像是重获新生了一样，浑身充满了力气。

二捶尝到了参芋的好处，觉得意犹未尽，吃完之后依然不停地咂吧着嘴。

看着二捶贪吃的样子，我不由得莞尔一笑："二捶，还想吃啊，可惜你不是骆驼，不能反刍，要不然你还能再吃一遍。"

"我虽然不是骆驼，但还真能再吃一遍，因为我刚才看见这水下还有一根更粗的参芋，你们等着，让我捞上来。"二捶说着就一头扎进了水里。

福贵叔对二捶的举动有些不满，愤愤地说："二捶这家伙真是贪得无厌！"

"这也怪不得二捶，他平时可是一天到晚嘴不停，只要能吃的，他全吃，现在饿了那么长时间，估计早就把他饿怕了，见到能吃的东西，他就不要命了！"林海燕替二捶辩解道。

林海燕说的没错，二捶这家伙最不经饿，一旦饿了，就算是皮鞋，他也能给你煮了吃。我们正有一句没一句地说着，水下突然传来"呼噜"一声，只见四周就忽然掀起了旋涡，我们还没明白是怎么回事，就被湍急的水流卷进了旋涡之中！

第十三章　鬼勾魂

我们像是掉进了无底洞，身体随着水流迅速飞转。我只觉得头晕目眩，不断有水灌进我的鼻腔和口腔，死亡的阴影再次逼近。突然，旋涡之下传来一股巨大的吸力，我们不由自主地被吸了过去，一路跌跌撞撞，好像是穿过了一条狭小的石道。我全身如同被撞散架了一般，痛得直抽冷气，最终我的脑袋撞在了一块石头上，昏了过去。

黑暗，长久的黑暗，我的意识陷入了一片混沌。

也不知过去了多长时间，我终于恢复了一点意识。我十分疲乏地睁开了眼睛，首先印入我眼帘的竟是一条张牙舞爪的刻在石壁上的龙。只见这条龙身形怪异，身体像是打了结般缠绕在一起，四周刻满了密密麻麻的符文，围着龙一圈圈环绕着。或许是意识不清的缘故，我看着那些符文，突然觉得它们旋转了起来，而那条龙竟龙眼一睁，猛然向我冲了过来。我吓得心惊肉跳，立刻从地上坐了起来，回头再去看那壁画时，却发现那条龙依然静静地待在石壁之上。冷汗从脸上流下来，心脏怦怦直跳，我暗自庆幸只不过是看花了眼而已。我深呼吸了一下，开始打量起周围的情况。刚一转头，却看见福贵叔、二捶和林海燕正围在一张桌子前吃着什么东西，我看不到三个人的脸，只觉得他们的肩头在微微耸动，吃得极为尽兴。我心想，你们也忒不够意思了，有好东西吃居然不叫上我。我起身向三人走了过去，嘴里喃喃道："你们三个居然孤立我，也太不仗义了！"

他们三人像是根本没有听到我说话一般，依旧坐在那里，连头都没有抬一下。我心想什么东西你们吃得这么香，连搭理我的工夫都没有，便伸着脖子看过去。然而三人像是故意捉弄我似的，把头围得更紧了。越是不让我看，我心里越痒痒，脖子也不知不觉的越伸越长。就在这时，他们突然回过头来，带着一脸的阴笑，然后猛地将手指插进了我的脖子！鲜血哗啦一下流了出来，同时从身后传来一声急呼："站住！夏远，快站住！"

脖子上的疼痛让我原本发昏的脑子清醒了许多，眼前的景象迅速变化起来，原本来插进我脖子里的手指居然变成了一支箭！

二捶在我身后紧紧抱住了我，大喊道："夏远，你中邪了啊？怎么往箭上撞！"

福贵叔和林海燕也快步走了过来，担心地望着我。这究竟是怎么回事？刚才明明看到是三个人用手指插进了我的脖子，现在怎么却变成了一支箭，而且这支箭竟然就被撑在一张青铜大弓之上，像是要射出去一般。好在箭头插入得并不深，要不然我当场就要去见阎王了。到了现在，我终于清醒了，才明白我刚才的所见全是幻觉，感觉上我是伸长了脖子去看三个人在吃什么东西，事实上却是我在伸着脖子往箭头上撞！这是怎么回事，难道我是真的中邪了？

二捶使足了力气将我从那弓箭旁拉开，然后从衣服上撕下一块布料包在了我的伤口上。林海燕一脸担忧地望着我："夏远，你刚才怎么会伸着脖子往那箭头上撞呢？"

"我……"

一时间我也不知道该如何向他们解释，这时只听福贵叔咳嗽了一声，说道：“他呀，只怕是被鬼勾魂儿了。”

“鬼勾魂？什么叫鬼勾魂？”林海燕问道。

“这鬼勾魂啊也是老一辈人常说的蹊跷事儿，说是八字弱的人，容易被些孤魂野鬼把魂儿给勾住，特别是在走夜路的时候，一旦遇上了鬼来勾魂儿，就会不自觉地被那鬼魂儿引着走上黄泉路，不是跳下山崖摔死，就是走到河里被淹死。老人们都说这些鬼魂儿都是些无处可归的厉鬼，只有把活人的魂儿勾去了，他们才能转世投胎。刚才夏远这小子的症状就跟鬼勾魂差不多。”

听了福贵叔这番话，我心里一紧，难道我刚才真的是被“鬼勾魂”了？我再次打量了周围的情况，发现周围一片昏暗，唯一的光源仍旧是二捶手里的那颗夜明珠。在夜明珠的光辉下，我发现周围的石壁上全部刻满了奇怪的符文，这些符文有的像是老道们画的符咒，有的像是面目狰狞的脸谱，看上去让人心里非常不舒服。

见我神情有些恍惚，林海燕对我说：“夏远，你没事吧，脖子上还疼吗？”

我看了一眼林海燕，装出一副轻松的神态：“没事，这点小伤算什么，我压根儿没当回事儿！”

脖子上的伤口应该很快就能结痂，我并不十分在意，让我疑惑的是，在我们失去意识之前，水潭中到底发生了什么？我们现在又是在什么地方？根据之前所发现的一些陪葬品，我们判定这里是鲁班的墓穴。可是虽说为了防盗墓贼，墓主都会设置一些机关，但也绝不会像这样奇特诡谲，这墓中到底有什么东西是墓主担心会被人盗走的？这里又隐藏着什么不可告人的秘密？

我脑海中思绪万千，一时间难以梳理，这时只听福贵叔突然问二捶：“二捶，刚才是怎么回事，你在水下面捅了什么篓子，让咱们爷四个稀里糊涂就到了这么个地方来了。”

被福贵叔一问，二捶有些心虚，支支吾吾地说道：“我……我也没干什么，刚才就是想再弄一个那宝贝参芋吃吃，可没想到它长得忒结实，我连吃奶的劲儿都使出来了，就是没把它拔下来，后来我一生气，干脆跟它干上了，握着它的根儿猛地一拉，想不到这下惹了祸，愣是拉起了一个磨盘大小绿幽幽的青铜盖，这青铜盖下面像抽水机一样，我还没反应过来呢，一下就被吸了进去，再后来我就没了意识，直到刚才才醒过来，这不一睁眼就看见夏远跟疯了一样，伸着脖子往箭上撞去。”

听二捶这么一说，我脑子里立刻浮现出了水潭的结构，水潭的底部定是有一个通向我们现在所在的位置的管道，墓主为了掩人耳目才在上面建造了水潭，而那个铜盖就是用来阻断水潭和管道的，只要铜盖一打开，水潭里的水便会往下涌流，所以才会形成漩涡，好在漩涡旋转得并不过急，要不然我们就算不被水淹死，也会被管道中的石头撞死。如此说来，我们是在水流的冲卷之下来到这里的，管道应该就在我们的上方，我让二捶举着夜明珠往上照了一下，果然在上面看到了一个黑糊糊的洞口，洞口下是一滩积水，我们果然是从上面掉落下来的。

从目前的情形来看，我们现在所处之地才是墓主真正想要隐藏的地方！我非常奇怪，闻名于世的鲁班为什么会在自己的墓穴中另设幽境呢？他究竟有着怎样的意图？那刻在石壁上的神龙和奇形怪状的符文到底有什么意义？还有那副青铜弓箭和鲁班有什么关系？

我们四人俱是疑问满腹，可是谁也解释不了这一个又一个的谜团。二捶在我们之中头脑算是最简单的，似乎连我们能否出去他都不关心，这会儿正双眼放光地盯着那副青铜弓箭。这小子向来是财迷心窍，看着他那副贪婪的神色，我故意调侃道：“牛二捶，牛博士，请问您看出这副弓箭是出自哪朝哪代的吗？”

二捶抬头看了我一眼，知道我在笑话他，索性猪鼻子里插大葱——装象，挺直了腰杆，摆出一副官僚主义的架势，说道：“咳……这个……伟大领袖毛主席教导我们‘没有调查就没有发言权’，这个问题嘛，我们还要好好调查，仔细研究，反复验证再做定论。俗话说‘心急吃不了热豆腐’，夏远同志你今后做事情可要学会脚踏实地，不要急躁啊！”

“牛博士，话虽如此说，但你也不能拿着磨叽当沉着，要知道时间就是金钱，时间就是生命……”

林海燕见我和二捶在这样的情况下还有心情说笑，哭笑不得：“都什么情况了，你们两个还闹，还是快想想办法从这里出去吧？”

林海燕的话倒是点醒了我，我们被埋在地下后屡遭波折，也不知道过去了多长时间，再不从这个危险丛生的地下世界逃离出去，也许就真的要死在这儿了。虽然我们在吃了那珍贵的参芋之后，体力恢复了不少，可它毕竟不是仙丹，我们早晚还会饿，没有食物来充饥，我们最多活不过一星期。想到人生也许要就此完结，我在心生恐惧之余，还有些落寞和不甘，不过才二十出头，还有许多事情仍未曾经历，生命就这样草草结束，怎么会甘心呢？想到这里，我打起精神，开始仔细观察起那副青铜弓箭来。其实自打我第一眼看到这副青铜弓箭之时，就产生了一种莫名的恐慌，这副弓箭上好像有一种神秘的气息，一靠近它就会有一种令人汗毛竖起的惊悚之感。

二捶一手举着夜明珠，一手从腰间抽出那柄鲁班尺，围着弓箭转个不停，在上面敲敲打打，样子好像以前的私塾先生。当鲁班尺敲在那箭头之上的时候，我忽然发现鲁班尺和弓箭虽然都是青铜所造，色泽却相差甚远。

那鲁班尺通体发绿，铜锈斑驳，颜色暗淡无光，像是生了绿毛的馒头一样，而那副弓箭却是颜色泛绿，绿中透亮，光滑如玉，质地如翠。我曾听人说起过，青铜器皿年岁越久，它的铜性会慢慢消失，它的形质就越像玉石，表面也就越光滑，颜色也会变得更加莹润。

显然，从色泽上来看，青铜弓箭的年代要比鲁班尺的年代更加悠久，也就是说青铜弓箭早在鲁班诞生之前就有了。这副弓箭为什么会被藏匿在这么一个隐秘的地方？难道说弓箭之中藏着惊世的秘密？

想到这里，我更加仔细地观察起这副弓箭来。这副弓箭弓身长大概有一米半，弓身上刻着流畅飘逸的饕餮纹路，箭长近一米，被紧紧地定在了弓弦上。或许是太紧张的缘故，刚才我们谁都没有注意到弓箭的特殊之处。首先是弓弦坚韧无比，像是一种金属丝，但又比真的金属丝更具韧性。古人的智慧不可小觑，但是在数千年前，他们也不可能制造出如此纤细而柔韧的金属丝，倘若弓弦并非金属丝所制，而是类似于丝织物一类的东西就更不可能，因为历经如此漫长的岁月，要是丝织物的话，早就烂成灰了，怎么会到今天还会韧性十足呢?

除了弓弦外，我还注意到铜箭的尾部是撑在弓弦上的，弓弦向后弯曲，像是后面有人在拉弓一般。看到这里我猛然一惊。常言道“箭在弦上不得不发”，现在的情形就是箭在弦上，可为什么箭没有射出去呢?

我趴着头继续观察，二捶还以为我发现了什么宝贝，急忙问道：“哎，夏远你看出什么来了，这东西是不是老值钱了？”

“这东西值老鼻子钱了，你知道要是把它卖了，咱们会怎么样吗？”

“会怎么样？咱们一辈子不愁吃喝？”

“是啊，谁不想呢？可是，咱们要真把这玩意儿卖了，那可是倒卖国宝，一准儿是吃枪子儿的下场。”

“真的假的？你少糊弄我。”二捶将信将疑地说道。

“我还能骗你，不信你试试……”

我话还没说完，忽然发现在铜箭与弓身接触的地方，有一个铜环恰好将铜箭箍在了铜弓之上。我恍然大悟，怪不得箭无法射出去，原来是那铜环的缘故。我好奇地伸手碰了一下铜环，没想久经锈蚀之后，铜环竟然在一碰之下瞬间断成两截，原本箍住铜箭的力道突然消失，铜箭“嗖”的一声射了出去。我们都没想到这箭会自己飞出去，全部惊讶地瞪大了眼睛，只见铜箭一下射进了对面的墙缝之中。我们之前并未注意到墙上的那些裂缝，当箭头插进去之后，我们才发现，那些裂缝的形状与箭头的形状竟然十分吻合，似乎是经过了仔细设计似的。莫非弓箭摆放的位置和角度以及那铜墙之上的孔洞，都是墓主安排好的，是一种精巧的机关设计?

就在我一晃神的瞬间，只听轰然一声，那被铜箭射中的石壁竟然一下裂开了，这青铜弓箭上果然隐藏着玄机！机关已经启动，这打开的石壁背后也许还有着什么潜在的危机，当下我机警地对其他人说道："别愣在那里，快闪到一边，说不定这里还有陷阱！"

自从闯到这古墓中来，我们就没碰上什么好事儿，一路上可谓是九死一生。那石壁一开，我们的心里就都做好了最坏的打算，因此听我一说，其他三人立刻迅速地躲到了一边。石壁完全打开之后，我们既没看到洪水猛兽，也没遭遇强弓劲弩，然而这石壁后面的景象，却比洪水猛兽和强弓劲弩更加令人吃惊!

第十四章　棺材上的秘密

随着石壁的开启，二捶手中的夜明珠的光辉自然挥洒过去，石壁后的空间渐渐地被照亮了，只见一股夺目的金光从石壁后面照来，闪得我们眼睛都睁不开。

黄金！遍地的黄金！有生之年我从没有见到过如此之多的黄金！

黄金垒砌的墙壁，黄金铺就的地面，还有黄金熔铸的两具棺材！难以相信，世界上竟然会有人真的这么疯狂，会用黄金来建造自己的墓室。

我们四人都被眼前的景象惊住了，目光呆滞地盯着那满室的黄金。我们的脸上都被这黄金的光芒照成了金色，仿佛我们也是从金疙瘩里蹦出来的。在这样的情况下突然间看到这么多黄金，我不知道内心涌动的是兴奋还是其他，但却很快就冷静了下来，特别是看到那两具夺人眼球的金棺时，我才豁然醒悟。我之前的猜测都错了，这里其实并不全是鲁班的墓穴，墓穴真正的主人，或者说墓穴最早的主人其实另有其人，而且他的来头比鲁班大得多！

鲁班虽然也是一代匠作大家，但绝对不会有这么大的财力来建造如此奢侈的陵墓。所以我们一开始就猜错了，那些我们曾看到过的遍地的尸骨并不是鲁班的殉葬者，而是这两具金棺主人的殉葬者。怪不得这墓中会有那么多的机关埋伏，原来这里竟是一座墓中墓！也就是说之前已经有一位神秘人在这里建造了陵墓，鲁班又把自己的墓穴建造在了此人的陵墓之中。为了防止陵墓被盗，鲁班和原来的墓主都在墓中布置下了很多的埋伏，要不是我们四人一路之上抱着视死如归的心情来克服各种困难，这会儿只怕早就升天了。

我心下寻思，鲁班为何要将自己的墓穴建在此人的墓穴当中？莫非这里就是难得一见的风水宝地，鲁班起了鸠占鹊巢之心？这座墓穴最早的主人又是谁？这么多机关陷阱的掩护，难道仅仅只是为了防备盗墓贼？

事情变得愈加扑朔迷离，但情势不容我们一一理清，当前唯有从这里逃出去才是重中之重，否则即便我们拥有了这些黄金也没什么用。

二捶自从石壁打开之后，眼里就冒出了火，看样子是被这些黄金给迷住了眼，见没有机关发动，他率先就迈步走了进去。我们三人也难忍黄金的诱惑，紧跟了上去。二捶一进到里面，就对墙壁和金棺一通乱摸，脸上乐开了花：“哎呀，咱们这是来到金窟窿里了，这可全都是实打实的金子！”

福贵叔看到这么多金子，脸上也不禁动容，喃喃道：“这么多金子，不知道够生产队的老少爷们吃喝几辈子的！埋在这里真是造孽啊！”

“可不是吗，这么多金子，可不能让它们埋在这里，咱们必须想办法把它们从这里弄出去，让这些金子去造福广大人民群众！”二捶边说边走，走到墓室的最里面后，他忽然愣住了，怔怔地看着墓室的内角，再也说不出话来。

两具金棺恰好挡住了视线，我们不知道二捶这小子看到了什么，但是从他的表情我们就知道，他一定是看到了什么让人吃惊的情景，因此我们警惕地停住了脚步。林海燕最经不住吓，紧张兮兮地问二捶：“二捶，怎……怎么了？你看到什么了？”

“死……死人！”二捶结结巴巴地答道。

听到是死人，我们反而放心下来。古墓之中什么都缺就是不缺死人，这里本来就是放死人的地方。我边向里走，边对二捶说：“不就是死人吗，瞧把你吓得，咱们这一路上死人见得还少吗，你个胆小……”

话未说完，我就闭嘴了，因为我也看到了二捶所说的死人。的确是一个死人，但与其说是死人，倒不如说是一具骷髅。这具骷髅样子十分诡异，全身上下所有的骨头都呈黑紫色的，像是被浆染过一般。他身体下蹲，身体抱作一团，紧紧地靠在墙角，尽管已经过了数千载的光阴，骨架仍未散掉。福贵叔和林海燕也围了过来，福贵叔看了一眼骷髅，眉头一皱，说道：“这人看来是中毒死的。”

“中毒死的，怎么看出来的？”二捶忙问。

“一般人死后，身上的肉烂没了，剩下的骨头都是白的，不像这个人的骨头全都成了黑紫色，这是中毒的迹象。以前咱们蒿岭村出过一个仵作，也就是现在的法医，咱们祖上跟他有交情，他没事儿的时候，跟我说起过这些事儿。我以前也没见过中毒的人死后是什么样，这也是头一回见，我看啊，跟那仵作说得差不多。”

福贵叔的话一下触动了我，我觉得这件事十分蹊跷：“怪了？这个人怎么会死在这儿？明明就有棺材，他怎么缩到这儿来了？要是他中了毒的话，又是怎么中毒的？”

听我一说，其他人也觉出了不对劲。林海燕看着周围的黄金说道：“没错，这里有些古怪！你们看，这里虽然全是黄金打造，但是历经数千年之后，本应该尘土遍布，蛛网丛生，但现在却连一点灰尘都没有！”

林海燕的确没说错，我用手在一侧的墙壁揩了一下，发现手上纤尘不染。这对一座数千年的地下古墓来说根本就是奇迹。为什么这间墓室与其他的墓室不一样，连一个蜘蛛网、一点灰尘都没有呢？难道这里还有人经常来打扫吗？想到这里我起了一身的鸡皮疙瘩，莫非这里还住着一个幽灵？

我不敢将心里的想法说出来，但是其他人似乎也想到了这一点，顿时大家心里都忐忑起来，谁也不再说话，墓室里突然陷入了一片寂静。大家都开始向周围打量起来，生怕这时真的会飘出一个幽灵来。在左右扫描的时候，我忽然发现在金棺的棺面上隐隐刻着几幅图，大概是因为金子本身光泽太亮的关系，之前我们并没有注意到这一迹象。我对其他人说："你们快看，那棺材盖上好像刻着什么东西！"

"哎，可不是，跟那连环画似的！"二捶首先将头凑到棺材盖上看了起来，边看还边叨叨，"这上面还写着字儿呢，歪七扭八的，还不如我写得好看。"

我们都伸着头趴在棺材盖上看了起来，棺面上一共刻了三幅图，每幅图上都刻着一段文字，似乎是对图画的注解。在第一幅图上，我们看到一位手持巨剑的方脸男子策马杀向迎面冲来的头戴面具的士兵。那些面具看上去十分狰狞，如同从地狱里窜出的恶鬼一般。图画虽然刻得栩栩如生，但我们并不知道它所传达的是什么意思。二捶更是看得抓耳挠腮："这画的什么玩意儿，没事儿在黄金上乱刻乱画，真是不注意文明。"

"牛二捶，你懂什么，这上面刻的是墓主生平的丰功伟绩，你看上面不是写着呢吗！"想不到林海燕竟看懂了图画上的字。我连忙问道："这些字写的是什么？"

虽然同样是知青，但林海燕的文化功底要比我扎实很多，再加上她家里又是书香门第，从小便受过良好的熏陶，看起古字来并不算难。

"第一幅图上的字写的是，'大羿平东夷'，大概是说有一个叫大羿的人平定了东夷这个地方。"林海燕向我们解释道。

"大羿？大羿是谁？怎么没听到过这个名字？"我一边说一边向第二幅图上看去，希望能在上面找到答案。刚看了两眼，脑中就轰然一声，我立刻对其他人说道："我知道这个人是谁了！"

看过第二幅图上的内容，这个人的名字简直就要呼之欲出。只见在第二幅图上，人物依旧是第一幅图中的方脸男子，他手握巨弓，箭已在弦，对准了天空，而在天空之上有十个大大的在燃烧的火球。看到这里，我几乎按捺不住要叫出来："这就是传说中的后羿射日啊！"

后羿射日的故事在民间流传极广，基本上所有的人都听过这个故事。二捶立刻手掌一拍，大叫道："这他妈的刻得还真是后羿射日！哎呀，这里不会就是后羿的墓吧？"

我脑子一转，忽然想到了我们刚才所见的那副铜弓，心中一动，说道："看来没错，这里就是后羿墓，你们看那副青铜大弓，平常人怎么可能拉得动，它很可能就是后羿的射日神弓！照这么说就对了，图上说的大羿其实就是指的后羿！"

听我这么一说，福贵叔竟然激动起来，声音有些颤抖地说："哎哟，老天爷，看来后羿射日的事是真的了！"

"唉，那怎么可能，福贵叔，不要瞎崇拜，古时候的人难免也是爱面子，明明没干过的事儿，就喜欢往自己身上揽，吹牛也不是咱们新社会人的特权嘛。那后羿的箭一不是炮弹，二不是原子弹，能一下就把太阳射没了？哈哈，太没谱了，我看呀，那些给后羿送终的人刻这个画就是说后羿这个人射箭很厉害，没别的意思，咱也别太当真！"二捶抓住机会就唠叨上了。

二捶平日里说话不着调，这次说得倒是不无道理。后羿射日按照正常逻辑来说的确是一件非常荒谬的事情，用现在的话说就是黄鼠狼和鸭子聊天——无鸡（稽）之谈。二捶正为自己能透过事物的表面看清本质而自鸣得意，林海燕开口了："后羿射日这件事未必不是真的。"

听林海燕一说，我和二捶都是一愣，互相看了一眼，然后盯着林海燕问道："怎么可能？"

林海燕没有看我们，他指着第二幅图说道："你们仔细看这图上的火球，这上面画的并不是太阳，而是一种动物！"

"动物？怎么会是一种动物？"谁会相信太阳会是一种动物？我便伸头去看，仔细一看之下，才发现那团火球的确不是太阳，而是一种浑身浴火的动物，只因外层的形状是个圆形，才被我们当成了太阳。在火球内部其实是画了一种龙头马身，身披龙鳞的动物，看上去非常像是年画中的火麒麟。我不禁惊道："难道后羿射的不是太阳，而是火麒麟？"

"火麒麟？你可真会瞎编，三岁的小孩子都知道麒麟纯粹是古人想出来的东西，你倒好，这会儿又来个火麒麟，那待会儿我看太上老君都出来了！"二捶觉得我说的话极不靠谱，因此借机讽刺我。

我就见不得牛二捶这副腔调，愤愤地说道："牛二捶同志，俗话说'耳听为虚眼见为实'，你自己睁大了眼睛去看，那火球里画的像不像火麒麟。"

"看就看，再怎么看也不可能是火麒麟，我就不信世界上有火麒麟这东西！"二捶说罢伸头就去看。看清之后，他的表情微愣了一下，显然是觉得图上所刻有些不可思议，但是仍旧不服气："这哪里像是火麒麟，明明像是火牛，反正一点儿也不像麒麟。"

"没错，图上刻的的确不是麒麟！"林海燕说道。

"不是麒麟，那是什么？"我诧异地问道。

"你们看，这图上刻的字是'大羿射忨祟'。"林海燕指着图上的字说道。

那个"祟"字我勉强能够认出来，但是那个"忨"字我却不认识，刚听林海燕读起来像是"万岁"的"万"，所以听起来像是"大羿射万岁"，福贵叔一听不禁有些莫名其妙，问道："后羿还造过反？"

林海燕一听有些哭笑不得，但她也明白这怪不得福贵叔，福贵叔大字不识一个，理解错误也纯属正常。当下解释道："这个忨祟并不是指皇帝，而是两个同音不同形的字。结合图上的情形来说，忨祟实际上指的是一种浑身浴火类似火麒麟的动物。有可能是当时这些叫忨祟的动物在民间出没，没少祸害百姓，所以后羿就用弓箭除去了它们。后世的人为了歌颂后羿的英勇事迹，才把那些浴火的忨祟神话成了太阳，这也才有了'后羿射日'的故事。"

结合民间传说以及我们现在的所见，林海燕的解释算是合情合理。后羿射日是百分之百不可能，但是除去几个凶猛野兽倒挺可信的。我只是奇怪，难道世界上真的会有全身冒火形似火麒麟的动物？可是没见过不代表不存在，天下之大无奇不有，这大自然我们人类所知晓的也不过是千万分之一，或许在我们未知的世界中的确存在这样一种动物。

接下来我们继续又看起第三幅图画来。第三幅图相比前两幅要怪异得多，因为上面画的东西是一个送葬的仪式。两幅闪着金光的棺材摆在一个古老的祭台上，一个长发遮面、手拿骷髅手杖，形似巫师的人在金棺前舞动着，感觉上有点儿跳大神的意思。另外图上还刻了三个字，林海燕说这三个字是“大羿薨”，意思是说大羿去世的意思。

通过棺面上的三幅图，我们知道了这棺材的主人就是那位神话一般的人物后羿。令我们不解的是另一具金棺的主人，那会是谁呢？难道是传说中后羿的夫人嫦娥？

二捶很想打开后羿的金棺看一看里面有没有什么宝贝，结果被福贵叔给制止了，他说这后羿好歹也是一代英雄，咱们误入这里已经是罪过了，再不可做偷死人东西之事，那可是损阴德的。二捶拗不过福贵叔只好作罢。我们的视线开始转移到另一具棺材上面，想看看上面是否同样刻有讲述死者生平的图画，更想验证一下这棺材里的人是不是传说中的嫦娥。

果然不出我们所料，第一幅图就显露了棺主的身份，因为图上写着四个字：嫦娥嫁羿。我心中一乐，还真是嫦娥的棺材，看来民间所传的嫦娥奔月的故事纯粹是瞎掰。我们接着看第二幅图，没想到上面画的竟是一个炼丹炉，丹炉下面火苗熊熊，而从丹炉上方的观望孔中看去，里面所炼的竟是那种叫作“忨祟”的动物！

怎么会突然有一副炼丹的图画出现在棺面上，莫非炉中所炼的是传说中的“长生药”？而且这种药就是用“忨祟”炼制而成？“忨祟”与万岁同音，难道吃了“忨祟”练成的丹药真的能活至“万岁”？嫦娥偷吃仙药的事情究竟有没有发生过？

我心中捉摸不定，只好继续接着往下看去，突然“咣当”一声传来，那原本打开的石壁竟然关上了！

第十五章　墙洞

我们四人都围在金棺面前，谁也没有靠近石壁，石壁怎么会在突然间就关上了？难道我们无意中碰到了室内的什么机关？

林海燕神色慌张地问道："这……这是怎么回事？"

"不知道，难道是谁碰到什么机关了？"我回应道。

我们四人刚才都盯着金棺上的图画，谁也没有碰过什么机关，莫非真的像我们之前猜测的，这里潜伏着一个神秘的幽灵？

不知道为什么，我不自觉地向墙角的那具骷髅瞥去。这一看瞬间就惊出了我一身冷汗，因为那具原本缩在墙角的骷髅竟然不见了！而且更为诡异的是，墙角的位置竟然有一个水桶大小的洞，刚才或许是由于骷髅挡住的关系，我们没有发现它的存在。洞口形状并不规则，看起来像是用什么工具凿过。

我很奇怪，这里怎么会有一个洞呢？这时候他们三个也都察觉到了这一变化。

是什么东西悄悄关上了墓室的门？一具原本死去的骷髅怎么会神秘消失？难道这里真的有鬼？

我们在不知不觉中全都背靠背的围在了一起，唯恐有东西对我们突然发动攻击。林海燕紧紧地靠在我身边，我感觉她身体在微微地颤抖。我伸手握住了林海燕的手，林海燕向我投来感激的目光，她手心已经沁出汗来。我很想对她笑一下，说一声这没什么大不了的，但却始终张不开嘴。

我一直盯着墙角的那个洞看，从洞的大小来看，绝不像是老鼠洞。我很纳闷这个洞到底是怎么来的？那具骷髅也许就是从这个洞中消失的，而在洞的另一头，又会是什么？

来到这座古墓之后，我们虽然经历了不少古怪离奇的事情，但却从来没像现在这样摸不着头脑过。因为我们连是什么东西把我们困在这里都不知道。我暗暗想，不会是金棺里的后羿和嫦娥的尸体在作祟吧，难道是我们的举动触怒了他们？

我本来是一个无神论者，但莫名其妙地被关在一个封闭的墓室里这么久，心里的信仰早就动摇了。眼神也不由得向着金棺瞥去，甚至内心里已经在默默地说，后羿大哥、嫦娥姐姐，你们可都是历史名人，可不要来谋害平常百姓啰，这对你们的名声不好。

二捶这会儿也是紧张到了极点，又将那把鲁班尺握在了手中，嘴里喃喃道：“不管是什么东西，老子是鬼来杀鬼，妖来斩妖!”

我了解二捶，他嘴里越是说狠话，心里就越害怕，别看他五大三粗，胆子却比老鼠大不了多少。

我们四人靠在一起，大气也不敢喘，紧张地看着周围的情况。然而差不多半个小时过去了，我们周围却依然十分平静。墓室也就那么大，所有的死角我们都打量过了，就是没有看到任何东西。越是看不到任何东西，我们就越害怕，因为不知道到底是什么东西在搞鬼。

福贵叔沉着脸对我们说到：“咱们还是先从这里出去吧，这种地方不是活人待的地儿。”

这间墓室的确不是久留之地，虽然到处都是黄金，但对此时的我们而言还不如一粒粮食来得实惠。我们小心翼翼地向着那已经闭合的石壁靠去，在上面一阵乱摸，却怎么也找不到任何能够开启石壁的机关，到后来大家都有些急了。

我心里琢磨着，那个墙角的洞口不知道能不能让我们从这里逃出去呢？那个洞口虽然不是很大，从中间爬进去还是不成问题的，只是不清楚在洞中等待着我们的又会是什么。

我把我的想法告诉了他们，他们也觉得眼下并无他法，只有从那个洞口钻出去才是脱身的唯一希望。我率先向着洞口靠过去，二捶也识相，第一次主动把夜明珠递给了我。我低头向洞内看去，想看看里面是什么情况，然而我刚伸头过去，就看见一道黑影突然从里面蹿了出来！

神经本来已经崩到了极点的我，猝然看到这样一幕，心里顿时咯噔了一下，不自觉地向后退了一步，大叫道："什么鬼东西？"

二捶正好跟在我后面，被我一脚踩个正着，他没被吓着倒是被踩得不轻，嘴里"哎哟"大叫了一声。

我定眼看去，只见那黑影竟然就是神秘消失的骷髅！接着，令我们胆寒的事情发生了，那具骷髅竟然复活了，像是一条蛇一般趴在地上，来回蠕动着。我们看得汗毛直立，双腿打颤，一时间谁都说不出话来。

我紧盯着那具骷髅，内心的恐惧不言而喻。可是我总觉得事情十分蹊跷，明明已经没有生命的骷髅，怎么还能够动？难道说他是鬼魂附体？

骷髅身上依旧通体黑紫，透着一股难以形容的妖异，渐渐地向我们爬了过来。此时我们之中除了二捶手中的那根鲁班尺还算一件像样的家伙外，其他人都是两手空空，因此我们不敢正面迎敌，只好缓缓地向后退去。

看着骷髅蠕动的怪异摸样，我心中纳闷，怎么回事，这骷髅如果真的是鬼魂附体的话，也不应该是在地上爬啊，最起码也得像人一样双腿直立啊？

我正思考着，福贵叔突然惊吼一声："这……这……这不是人……是……是蝎子！"

我心想这明明就是一具骷髅，怎么会是蝎子，福贵叔会不会是吓坏了。然而，事实证明福贵叔并没有说错，那骷髅的确是一只蝎子。因为我看见从骷髅的尾骨后面竖起一根和蝎子一模一样的带着毒钩的尾巴！

一具人的枯骨中竟然会生有尾巴，简直让人难以相信。看清骷髅的真实模样后，我才恍然醒悟，同时胃里一阵痉挛，心中感叹道，想不到世界上会有如此变态的事情。

我们眼前的这具骷髅的确不是一般的骷髅，而是蝎子与人合并在一起的物种，由于骷髅和蝎子的颜色十分接近，如果不仔细看，根本看不出其中的端倪。蝎子的双钳被紧紧地缚在了骷髅的手臂上，两者竟然已经长在了一起，而骷髅的颈椎也从蝎子的背部穿过，赫然与蝎子的尾巴连接在了一起。且不说这样的组合是多么的诡异，单就是看这只大如人体的蝎子，我们心里就发寒了。

是什么人有这么变态而疯狂的举动，让一只毒蝎与人长在了一起？从骷髅现在的样子看上去，应该是在他生前就有人将这尾巨蝎植在了他的身上，之后随着巨蝎的成长，他身上的血肉也都成为了巨蝎的养料，同时他的全身也遍布了蝎子的毒素，如果被他戳破了皮肉，很可能就会当场毙命。难以想象，骷髅的主人生前曾忍受过多么大的痛苦。

这具骷髅让我想起了之前碰到的那些僵尸，在它们的腹中我们看到了寄生其中的巨型蟾蜍，据福贵叔说这是一种蛊术。难道这“人蝎不分”的骷髅也是一种蛊术？想到这里我的脑海中浮现出了金棺上那位长发遮面、手持骷髅头的巫师，莫非这一切的安排都是出自她的手笔？

在远古时期，巫师扮演着人类与神明沟通的角色，在某种程度上她们的行为举止就代表了神明。人类当时对世界认知有限，对巫师奉若神明，这就造成了巫蛊文化的繁荣，从而衍生了许多疯狂的、没有人性的蛊术。这些蛊术大多血腥残暴，令人目不忍睹，我们现在所见的骷髅不过是沧海一粟。当初古墓的建造者将这个骷髅留在这里，想必就是为了让它将闯进墓穴的盗墓贼赶尽杀绝，以保护死者亡灵。

此刻我们身处密闭的墓室，面对着一只非人非蝎的怪物，内心的不安可想而知，特别是看着那亮如银针、长如笛子的毒钩，我们身体已经在轻微地战栗，唯恐它突然就向我们扎来。我暗想，难道刚才就是这具骷髅乘我们围在金棺前的时候，去启动了的墓室的机关，把我们困在这里，然后再对我们来个赶尽杀绝？如果真是如此的话，那就太可怕了，因为这意味着我们所面临的是一个狡猾的，甚至通晓人性的怪物。

高举着蝎尾的骷髅像是看透了我们的心思，不紧不慢地向我们逼来。见此情况，福贵叔对我和二捶说："咱们爷仨先稳住这蝎尾骷髅，让海燕去探探那墙角的窟窿是不是条生路。"

林海燕知道福贵叔是怕她有危险，所以让她躲到一边，有些不情愿地说："可是……"

"没什么可是了，都这时候了，你这女娃听话！"福贵叔怒道。

林海燕无奈，只好向着洞口移过去。然而令我们想不到的是，那蝎尾骷髅本来是正对着我们的，这回却突然身体猛转，向着林海燕迅速爬了过去，那巨大的毒钩在空中一扬便向着林海燕插去，我想去阻止已经是来不及了，心里大叫糟糕。林海燕也被吓傻了，双手抱住头部靠在了墙上。眼看林海燕就要被蝎尾骷髅的毒钩贯穿，二捶突然发威，手持鲁班尺向着那蝎尾砍了过去。二捶本来就一膀子力气，再加上鲁班尺坚逾金铁，打在那蝎尾之上顿时发出"啪"的一声，就像是打在了杨木疙瘩上。二捶的这一击虽然没能对蝎尾骷髅造成重创，但却救下了林海燕。林海燕惊魂未定，眼中露出了泪花，福贵叔赶忙说道："海燕还愣着干吗，快跑过去！"

林海燕急忙收拾心神，擦了一下眼中的泪花，快步向对面墙角的洞口奔去。然而不知为什么，那蝎尾骷髅似乎是怕我们闯入其中，一见林海燕跑过去，立刻掉转身子堵了过去。我虽然手无寸铁，但怕林海燕再次遭遇危险，便也豁出去了，当下扑身而上，向着那根蝎尾抱去。蝎尾骷髅未曾防备，我一举成功，然而这也只是拖延了它的行动而已，它的力量是如此之大，尾部像是扭动的巨蟒一般，一下就把我甩了出去。我的头一下撞在了墙壁之上，顿时撞得我眼冒金星，晕晕乎乎，如坠五里云雾，接着一阵剧痛传来，我伸手一抹，鲜血已经流了出来。为了拖住蝎尾骷髅，福贵叔和二捶根本顾不上我。两人一起向那蝎尾骷髅扑了过去，然而这次蝎尾骷髅已经有了防范，未等二人扑至，蝎尾就像条神鞭一样，"刷"地一下抽在了两人的脖子上，两人跟我一样结结实实地撞在了墙上，同时痛呼出来。我看情况不好，这蝎尾骷髅有一股蛮劲，而且身形十分灵活，长久周旋下去，我们万万不是它的对手。

就在我们与蝎尾骷髅周旋的这会儿，林海燕已经钻到了那黑糊糊的洞中。她进去之后迟迟没有出来，不知道在里面遇到了什么情况。我心中担忧不已，强忍着晕眩，从地上站了起来，想要冲到洞里看个究竟，可就在我站起的一刹那，那蝎尾骷髅像是非要置我于死地一样，双钳摆动，带动着骷髅的手臂向我插了过来。我只觉得一股腥风扑来，当下本能地就地一滚，滚到了金棺旁边，躲过了这一击。

二捶和福贵叔见我处境危险，再也顾不了许多，强忍疼痛从地上站了起来，准备向那蝎尾骷髅扑去。我也扶着身旁的金棺勉强站了起来，心想，奶奶的，今儿老子就跟你小耗子咬老猫——玩命。我正要冲上去，胳膊一动却触动了金棺的棺盖，我心中一动，忽然想到，这棺材盖不就是我们最好的武器吗！它虽然是黄金打造而成，比木头棺材要重许多，但合我们三人之力将它抬起来也并非难事，用它既可防御，又可适时发动进攻，实在是非常实用，于是我立即冲福贵叔和二捶喊道："快过来，用棺材盖收拾它！"

福贵叔和二捶被我说得一愣，两人互看一眼，没明白我的意思。情形紧迫，那蝎尾骷髅已经举着毒钩再次向我们冲来，我急得大叫："你俩别磨蹭了，再不快点儿，咱们可就玩完了！"

一看那蝎尾骷髅逼来，福贵叔和二捶再不敢怠慢，立刻奔到金棺旁边。二捶问道："你小子又有什么幺蛾子？"

我双手扣在金棺盖上，说道："哪那么多话，当然是用棺材盖砸死这家伙！"

二捶和福贵叔一听，也觉得此法可行，顿时心神领会，双手也扣在了棺材盖上。我们三人猛地一使劲儿就把那棺材盖给提了起来。这棺材盖的确不轻，我们三人合力也不过是勉强将它抬起。也就在这一瞬间，金棺中的景象出现在了我们眼前。在这座古墓中经历了这许多古怪诡异的事，我们三人早已做好了各种心理准备，但是看到金棺中的尸体的时候，却还是再一次惊住了！

第十六章　蜕皮

在这样的情形下，就算从棺材中跳出一个绿毛僵尸，我们也不会惊讶，但棺材中的尸体却偏偏是一具面容清纯、皮肤白皙的女童。这女童身着暗绿色古衣，面露微笑，看上去十分安详，就像只是在熟睡一般。虽然传说里尸体被埋在风水穴位上后身体会不腐，但像眼前这具尸体一般容貌依旧的却闻所未闻。看着女童的尸体，我心中疑云又起，这棺面上明明刻着“嫦娥”两个字，按说这棺中之人就是嫦娥才对，可是传说中已为人妇的嫦娥又怎么会是如此幼小的女童呢？

我想得出了神，就在此刻那蝎尾骷髅又扑了过来，二捶见我表情呆滞，立刻大喊：“夏远同志你是鬼上身了吗，动作麻利点！”

我恍然惊醒，只见那一尺多长的毒钩向我的眼睛刺来，想要躲闪已经来不及了，百忙中我稍微侧了一下头，毒钩贴着我的头皮就划了下去，我只觉得头皮上一阵火辣辣的疼，伤口似乎不浅。疼痛之际，我原本握在棺面上的手不禁松开了，二捶和福贵叔顿觉双手吃重，再也把持不住，一下让棺盖跌落在地。我暗道糟糕，没有棺盖的阻挡，我们就成了案板上的鱼肉，只能任人切剁了。未曾想到的是，金棺的棺盖落地之时正好压在了蝎尾骷髅的双臂上，让它的身体再也动不了了，只能不停地甩动蝎尾来威吓我们。我们三人连滚带爬逃出了蝎尾骷髅的攻击范围，一边惊恐地看着那摆动的蝎尾，一边喘着粗气。刚才真是好险，要不是我躲得快，这会儿怕就是个独眼龙了。

二捶是那种一得势便猖狂的人，见蝎尾骷髅已经威胁不到我们，就指着它大骂起来："好你个危害人民群众的妖孽，我看你就是欠修理，要不是今儿个老子没吃饱，早把你收拾利索了！告诉你，甭给老子狂，老子发威了就是十个你，咱也能一巴掌把你给拍死。"

"行了，牛二捶，甭穷得瑟了，真把它惹急了，咱们可就吃不了兜着走。"我说道。

二捶就是典型的"死鸭子嘴壳硬"："哼，被那棺材盖压着两个胳膊，它还能有什么本事，除非它把胳膊挣断，要不然它还能拿咱们怎么办？"

蝎尾骷髅被压住后变得更加暴躁，努力挣着双臂，想要再次向我们扑来。我见它一时之间没有危害到我们的可能，便起身向墙角的窟窿走了过去。刚才林海燕钻到那窟窿里之后，便没有再出来，不知道是不是遇到了什么危险。就在我刚一猫腰准备往窟窿里钻的时候，头发凌乱的林海燕突然露出头来。见她一脸欣喜的样子，并没有发生什么意外，我顿时放下心来，说道："林海燕，你没事吧？"

"我没事，夏远，我们有救了！这洞口是通向地面的，我刚才从这里爬上去，发现上面有亮光，好像是出口呢！"林海燕开心地说道。

听了林海燕的话，福贵叔和二捶也兴奋地走了过来，我们四人惊喜异常，不再多说，立刻准备离开。我们让林海燕率先钻进了窟窿，福贵叔和我都催促二捶接着往里钻，没想到二捶一脸不甘地望了一眼满屋的黄金，有些不舍地说道："咱们就不带点金子回去吗？"

"你小子咋是个要钱不要命的主儿，赶紧走！"福贵叔沉着脸说。

二捶只好悻悻地往窟窿里钻去，然而还没等他弯下腰，那蝎尾骷髅突然一挣，一下将两只手臂挣断，然后向我们扑了过来。我实在不知道它为何非要对我们赶尽杀绝，宁愿丢了两只蝎钳也要置我们于死地。但蝎尾骷髅来势汹汹，似乎是想一举把我们撞个稀巴烂的样子，也容不得我思索，赶忙拉着二捶就向旁边滚去。福贵叔也猛地扑倒在地，躲过了蝎尾骷髅的扑咬。我们还来不及从地上爬起来，蝎尾骷髅便甩动毒针向我们扫了过来，其势如刀，一旦被扫中，我们很可能就会被斩作两截。没办法，我们三人只好接着向墓室一侧滚开，恰好滚到了金棺棺盖的旁边。二捶早就被蝎尾骷髅惹得发怒了，顿时大吼一声：“咱们跟他拼了！”

二捶说完就抬起了棺盖儿的一侧，我和福贵叔也立刻伸手将棺盖儿抬了起来。恰好蝎尾骷髅再次扑来，我们三人一起咬紧牙，合力将棺盖向蝎尾骷髅丢去！我们的动作十分迅速，蝎尾骷髅还没来得及有所反应，腹部便“啪”的一声被棺盖砸了个正着，从声音听上去，像是有几根肋骨被砸断了。只见那只蝎尾骷髅疯狂地扭动了一会儿，最后终于像是蔫儿了的月季一样落在地上一动不动了。看着被压在棺盖之下的蝎尾骷髅，我们仍然心有余悸，互相看了一眼，脚下竟有些站不稳了。这时林海燕再次从洞中钻了出来，想来是在洞中见我们没能跟上，便又爬回来看我们是否遇到了什么危险。她望着那只躺在地上气息微弱的蝎尾骷髅说：“怎么回事？”

“先别问了，我们还是先走吧，早点离开这里，我们就早点重返阳间。”我说道。

“对，咱们有话出去再说。”福贵叔说道。

我们转身向洞口钻去，二捶却又大叫起来：“哎，先别走，你们看！”

这个二捶真是的，肯定是惦记着墓室里的金子不肯走，我便有些生气地说：“二捶，那么多金子，咱们带出去不仅花不出去，还会招人怀疑，你就死心吧！”

“哎，你这人怎么老是隔着门缝看人——把人看扁了，我说金子了吗。”二捶没好气地指着那蝎尾骷髅说道，“我说的是它，你们看，它的背在慢慢变大呢！”

听二捶一说，我和福贵叔好奇地望了过去。二捶说得不错，那骷髅的背部的确在慢慢地变大，好像有东西要从里面蹦出来似的。我听说母蝎子在产子的时候是背部裂开，然后小蝎子就会从里面爬出来，莫非这被植入人体的蝎子是要产子？

我正琢磨的时候，那蝎子的背部突然像炮仗一样“嘭”的一声爆开了，随后一股紫色的雾气从里面喷了出来，气味分外呛人。我不知道是什么情况，诧异地望着福贵叔，希望他能告诉我们这是怎么回事。福贵叔惊恐地瞪大了眼睛，突然说了一声：“不好，这畜生是在吐毒气，咱们快撤！”

原来这蝎尾骷髅在濒死之际仍然憋着坏水想害我们，将其体内的毒气全部喷了出来，我们反应稍慢，已经吸了不少的毒气。这毒气又腥又臭，闻了就想干呕，我只觉脑子里也是一阵晕眩。迷迷糊糊中，福贵叔推了我一把，冲我吼道：“赶紧走，再不走就来不及了！”

当下我们三人像是热锅上的蚂蚁一般，依次钻进了墙角的窟窿里。我和福贵叔身形较瘦，钻进去很容易，可体胖腰圆的二捶就费事了，肚子一下卡在了洞口，幸亏有福贵叔和我的强拉硬拽，要不然就被卡在那儿进不来了。

我们三人终于钻进了洞中，我隐隐感觉那毒气好像也灌了进来，因此奋力攀爬。到了洞中我们才完全清楚了洞内的结构。原来这洞里竟是一条螺旋上升的通道，四周坑坑洼洼，但凹痕十分一致，像是用同一种工具挖掘出来的。我心里疑惑，这条通道是怎么形成的，难道是盗墓贼所挖？可是如果真的是盗墓贼，他们怎么会舍弃了墓室中无数的黄金？我脑中疑云重重，但眼下一心求生，我也没有心思深入的想下去，只是向上爬。爬了不多久，我就赶上了前面的林海燕。林海燕似乎在那个位置已经待了许久，见我爬上来，紧张地问道：“你们怎么才跟上来，我等你们好一会儿了。”

“别说了，快爬，要不然咱们就得中毒而死！”

林海燕似乎还想说些什么，被我一催，也只好继续向前爬去。越往上爬，毒气的气味便越来越淡，似乎已经传不上来了，我这才渐渐放心下来。爬了大概半个小时左右，洞内亮光乍现，我们抬起头来，终于看到了阔别已久的蓝天白云。在这一刻，我心中突然一酸，险些流下眼泪。在被困地下的这段时间里，我们经历了种种难以想象的危险，最终还能够幸运而坚强的活了下来，这是多么难得！所以在重见光明的这一刻，我感觉想是重生一般。

忍着心里的激动，我们迅速从地洞中爬了出去。爬出地洞后，我们全都欣喜地躺在了地上，大口大口吸着地面上的新鲜空气，觉得世界上再没有比这更好的东西了。林海燕激动地握住了我的一只手，满眼含泪地望着我说：“夏远，我们终于逃出来了！”

我看着林海燕美丽的眼睛，心中同样激动，内心里涌动出一股想要紧紧地抱住她的强烈欲望。然而理性最终制止了我，我是在党和国家教育下成长起来的知识青年，在没有确定婚姻之前，我是不能越雷池半步的。我慢慢地将手从林海燕的手中抽出来，然后故意问道：“你们说，我们是在什么地方？”

“不管在什么地方，只要是在人间就好。”躺在地上闭着眼睛的二捶说道。

福贵叔看了一眼周围的情况，说：“从周围酸枣树的生长情况上来看，这里应该是天台山的南面，天台山很蹊跷，酸枣树大多长在山南，很少见。”

“哎，这的确是件怪……”我话未说完，突然觉得肚子里一阵翻搅，张口就吐开了，我腹中本没有什么食物，这会儿只是吐出了许多黄水。

“你小子看来不行，身体欠锻炼啊，以后还得跟我多学……”二捶本来想嘲笑我，话说到一半，也突然哇地一口呕吐了开来。与此同时，福贵叔也吐了起来。

林海燕看着我们，一脸恐慌地问道："你们这是怎么了？"

我知道这一定是那蝎毒在作祟，想要告诉林海燕，却怎么也说不出话来，因为我突然觉得脑袋发胀，浑身疼痛难忍，犹如掉进了荆棘丛一般。福贵叔和二捶也跟我一样，全身变得通红，浑身的血管胀得像指头粗细的钢筋一般。林海燕吓得张大了嘴，待在一旁不知所措。

接着我感觉像是遭了电击一样，一道道的电流贯穿全身，每一寸肌肤都像是烧焦了一般。我伸手一抹，就将脸上的一块皮肤抹了下来。我脑子里已经变得混乱不堪，在这一刻，我突然很想就此死去，不要再遭受这样的折磨。

我迷迷糊糊地看到福贵叔和二捶也是一样，面目狰狞地将身上的皮肤一块块地撕了下来。林海燕由于离开那间墓室的时候较早，所以没有中毒，但不幸的是，她目睹了我们中毒之后的整个过程。她无助地愣在那里，眼泪不停地往下流。

后来我觉得身体像是被抛进了烈火之中，渐渐地失去了意识。

也不知道过了多久，我在篝火的劈啪声中醒来，第一眼就看到了坐在篝火前正抹着眼泪的林海燕。我想叫一声林海燕，然而却虚弱地说不出话，我勉强翻了一个身，却发现身体如同一滩烂泥，不再听我的指挥。纵是如此，林海燕已经注意到了我，她见我睁开了眼睛，立刻向我靠了过来，焦急地说道："夏远，你终于醒了，你们可把我吓死了。"

我望着林海燕，发现她眼睛红肿，知道她肯定是大哭过，强打精神努力说出了一句话："我……我们怎么了？"

林海燕将我的头扶起来，让我枕在她的腿上。看着我虚弱的样子，她再次流出泪来："咱们从地下上来后，你们先是一个接一个的吐起来，然后就全都在地上打起滚来，直到后来你们竟然……"说到这里林海燕好像是有什么难言之隐似的，望着我竟说不下去了，我冲她眨了眨眼睛，让她接着说下去。林海燕深吸了一口气，终于鼓足勇气接着说道，"最后你们竟然像蛇一样蜕下了一层皮……"

我心里咯噔一下，暗道这是怎么回事，那蝎毒怎会如此厉害，竟然让我们全身蜕了一层皮！想到蜕皮我忽然觉得全身冷飕飕的，往身上瞄了一眼，发现身上的衣服破破烂烂，比乞丐穿的还要破，肯定是我们难以忍受痛痒将皮肤连同衣服一起撕破的，之后林海燕便将那些破衣烂布重新穿在了我们的身上。此时我枕在林海燕的腿上，心里十分温暖，却又十分尴尬，不知道她在看到我将衣服撕光之后，心里会作何感想。林海燕看着我有些闪烁的目光，似是明白了我的心思，变得不好意思起来，一时间我们都陷入了沉默。或许是太过疲惫，我渐渐地睡着了。

我再一次醒来的时候已经是第二天的早晨，林海燕坐在那堆篝火旁正在添柴，我感觉全身上下已经恢复了些气力，只是觉得身上的皮肤有些皱皱巴巴的，便从地上爬了起来。林海燕见我能够站起，一脸的欣喜："你没事了吧？"

"嗯，好像没什么事了！"我见原本睡在我身边的福贵叔和二捶不在身边，便问林海燕："福贵叔和二捶哪里去了？"

"他……他们……"林海燕结结巴巴地说不出话来。

"他们怎么了，说呀。"我怕二捶和福贵叔又出什么意外，急切地问道。

"他们去……去埋你们蜕下的那些皮了。"

想到蜕皮的事情，我就一阵闹心，我们这是怎么回事，以后还会不会再蜕皮？我本以为蜕过一层皮后，身上的皮肤会变得白嫩许多，想不到反而会变得又黑又糙，肤皱巴巴，褶皱嶙峋，就像是支离破碎的黄土高原一样。我一夜之间便耗掉了几十年的时光。我紧张地问林海燕："你快看，我是不是变老了，我是不是变老了？

"这……"林海燕欲言又止。我知道她不说话代表她不想伤害我，一时之间怔怔地说不出一个字来。

就在我发愣的时候，福贵叔和二捶回来了。看着他们的面容，我心里十分黯然，因为他们此刻看上去就像是老了二十岁！

第十七章　查无此人

福贵叔和二捶的脸上都布满了皱纹，两鬓也变得斑白，见他们这样，我自己的样子也就可想而知了。这样的结果对我们来说就像是遭受了晴天霹雳，我们三人互望着，满脸愁容。

林海燕见我们都不说话，也是十分难过：“咱们现在怎么办？”

福贵叔叹了一口气说：“还能咋办，俗话说，命由天定，咱们不就是变老了点嘛，人总会变老的嘛。现在只能走一步算一步了，咱们先回余家寨把咱们的家伙带回队里，然后再向队里把咱们遇到的情况反映一下。当然了，咱们从墓里带出来的那颗珠子也要交公，这是国家的东西，咱们可不能干那种昧良心的事。”

说起珠子，二捶猛然拍了下大腿，冲我问道：“夏远，那颗夜明珠呢？我最后可是把它交给你了。”

我立刻在身上翻起来，可就是没有珠子的踪影。我问林海燕：“你昨天给我穿……穿衣服的时候，有没有看到那颗珠子。”

林海燕摇了摇头：“没有啊，好像昨天我们从洞里面爬出来的时候就没见你拿着，要不然我们也不会从里面摸黑爬出来了。”

林海燕说得不错，昨天我从墓室中爬出来的时候的确没有带着那颗夜明珠，它是什么时候丢的呢，我努力回忆着。二捶把夜明珠给我之后，我就去那墓室墙角的窟窿查看，可就在那一瞬间蝎尾骷髅冲了出来，我一惊之下向后退去，后来我脑子里就再没有那颗夜明珠的印象了。很可能就是在那时候把夜明珠弄丢的，只因为我们在那黄金砌成的墓室之中，眼睛为金光所吸引，再加上那蝎尾骷髅不断向我们发动进攻，所以才没有及时注意到夜明珠的遗失。当下我将我的想法告诉了其他人，他们也点头称是，看来那颗夜明珠是落在那墓室之中了。

我们十分惋惜，如果将那么大一颗珠子上交政府，我们整个生产队肯定会受到政府的褒奖。褒奖事小，现在珠子丢了，证明我们在地下经历的证据也没有了。我们正在发愁，林海燕突然说道：“二捶，你不是一直拿着那根鲁班尺的吗，它也能证明咱们在古墓里待过。”

“对，那根鲁班尺算是战国时期的古物，考古专家们一看就能看出其中的门道。”我说道。

我们都打量着二捶，发现那根鲁班尺并不在他身边。二捶一副沮丧的样子，缓缓说道：“你们看什么看，要是那鲁班尺还在，我早就把它抱在怀里了。在和蝎尾骷髅打斗的时候，我早忘了把它丢到哪里去了。”

在当时的政治环境下，如果没有具体的证据就去向上级汇报我们在地下的那些诡异经历，肯定会被视作宣传封建迷信思想，我们最后的下场很可能会是被捆着去游街。一时间我们四人同时陷入了沉默，虽然从古墓中逃了出来，但我们却不知道如何回归到正常的生活中去了。我们应该怎么向生产队汇报我们的经历呢？

二捶见大家都不说话，急躁地站起来：“我看咱们别想了，先回去弄点吃的再说，我快饿死了！”

“嗯，我看二捶说得对，身体是革命的本钱，好歹咱们总得先吃顿饱饭再说。我看啊，咱们压根儿就别跟生产队提古墓的事儿，就说咱们被埋在地下之后，在马列主义的鼓舞之下，由精神带动肉体，硬生生用手从里面扒拉了出来。甭管他们相不相信，反正咱们就是从里面出来了。他们难不成还让咱们带着他们重新钻一遍不成。”我喋喋不休地说完，发现福贵叔眉头紧皱，便问他：“你说呢，福贵叔？”

福贵叔咳嗽了一下：“我看啊，咱们也只能这样了。”

商量好之后，我们便向着余家寨赶去，打算先回到原来打井的工地。在我们出事之后，那两个去帮我们打井的妇女肯定会回村里报告我们遇险的事儿，现在余家寨的人很可能正在工地上刨土挖石头救我们，现在赶去一来可以告诉他们我们已经脱险，二来是收拾东西，好回生产队报告情况。

然而，当我们赶到工地之后，眼前的情景却让我们傻眼了。因为在那片空地之上不仅空无一人，就连那口塌陷的井也仍然保持原样，我们的帐篷还扎在那里，用来做饭的铁锅也仍然架在一旁。在我们出事的这段时间里，这里似乎连一个人都没有来过。

这怎么可能，在我们遇险的情况下，余家寨的人怎么会没有派人来救援呢？被困地下的这段时间虽然令我们感觉十分漫长，但实际上也就是两三天的事。按照当时的管理制度，生产队长一声令下，生产队的男女老少肯定都会前来搬石头救人，两三天之后的现在，这里的石块应该早就被挖开了才对，可现如今这里怎么竟会是这般模样呢？

二捶见此情景早就气得一蹦二尺高，叫道：“余家寨的人都是些什么玩意儿？咱们辛辛苦苦地给他们打井，他们可好，咱们一出事儿，他们就成了没事人。真是气死人！”

见到这种状况谁都会生气，可是气归气，我总觉得事情不对头，那时候的人对于“一方有难八方支援”的精神十分看重，怎么会在我们遇难的时候袖手旁观呢？

我想不出其中的缘由，也不敢妄下定论，于是说：“咱们先弄点吃的再说，吃完了去余家寨问问就知道是怎么回事了。”

福贵叔点了点头：“嗯，咱们先生火做饭，吃了就去找他们生产队长问个明白。”

我们从帐篷里取出山药蛋子，用刀削干净，放进锅中，加了些水和杂合面，稍稍放了些盐。我们将火烧旺，一会儿的工夫便煮开锅了。我们许久未进食，这下见到吃的，变得像饿狼一样，连山药蛋子带面汤吃了个锅底朝天。吃饱喝足，我们又在工地旁边稍稍休息了一会儿，随后收拾家伙行李向余家寨的生产队长家赶去了。

我们心中带气，所以见到村长后也是一脸凶相。然而令我们想不到的是，生产队长见到我们后的第一句话竟是："井是不是打好了？"

"还他妈打井，我们差点打没了命！"二捶不分青红皂白就开吼了。

生产队长见我们一个个面色凝重，而且看上去面容也较之前衰老了许多，当下紧张地问道："怎么了，不会是出事儿了吧？"

"这还用问吗，我们被埋在井下两三天，你们怎么不去救人？"二捶怒道。

"被埋？难道说井塌了？"生产队长诧异地问道。

"可不是吗，我们没死在里面算是祖上积了大德了。"

"哎呀，真有这事儿？！但你们怎么也没人来报个信儿啊，只要信儿一到，咱们寨子里的老百姓一准儿马上就赶过去了。"

"呸！还让我们报信儿，我们都埋在地底下了怎么报信儿，倒是你派去的那两个妇女没跟你报信儿吗？"二捶越说越生气。

"妇女，什么妇女，我们压根儿没派人过去啊。"生产队长一脸的莫名其妙。

听生产队长一说，我们顿时全愣住了。怎么可能没派妇女过去，我们明明在打井的时候有两个妇女过去帮工，说是余家寨派过去的。我记得我在下井之前还注意到她们的脚上是生了六根脚趾头的，我当时十分奇怪，只是没有来得及详细询问就下井了。

生产队长看上去并没有骗我们的样子，当下我们便开始详谈起来。据村长说他们村劳力本来就欠缺，根本派不出人手帮我们，更不可能会派两个妇女给我们帮工了。我们有些怀疑，将两个妇女的样子详细描述给了生产队长，但是生产队长却摇头说，生产队中绝对没有这两个人。

这下我们开始冒冷汗了，要是余家寨没有派人去帮过我们，那两个脚上生有六趾的妇女又是从何而来呢？她们怎么会平白无故地以余家寨的名义来帮我们呢？

我们又问生产队长，附近有没有其他的村子。生产队长坚决地说没有。

一瞬间我身上的汗毛都竖了起来，难道那两个妇女是鬼？但我立即否定了这种想法，她们出现的时候是青天白日，鬼怎么可能会在白天里就出来呢。

余家寨的生产队长也觉得这件事情十分蹊跷，便让人询问全队的村民，最近有没有陌生妇女出现，可是全队所有的人都一口咬定这两天没见过其他的陌生人。

井没打成，那两个妇女也没找到，我们只好带着所有的疑问回到了蒿岭村，按照我们之前商议的托词向大队做了汇报。大队跟余家寨核实之后，也没有再仔细追问我们逃生的过程。大队长见我们全部受了伤，而且面色衰老，便让我们休息几天，好好养伤。

我们本以为生活终于可以恢复平静时，蜕皮的事情却再次发生了。

从大队回去的当天晚上，福贵叔把我们召集到他家中，商议统一口径的事情。正一边喝水，一边商议，我们三人突然又同时呕吐起来，还是像上次一样，失了魂似的在地上又滚又爬，拼命在身上抓挠，一抓就是一层皮。

有了上次的经验，林海燕沉着了许多，她紧紧关上了房门，以防我们蜕皮的事情泄露出去。然而外面的人没吵到，却吵到了睡在隔壁的福贵叔的老爹——马老爷子。马老爷子已经年过七旬，身体格外健壮，至今耳不聋眼不花，只是背有些驼，在村子里德高望重。福贵叔向来对老爷子十分孝顺，家中诸事必先请教过马老爷子才做决定。这次我们所经历的事情实在是太超出想象，所以福贵叔没有告诉马老爷子。

马老爷子本来已经睡下，但听得我们这屋里鬼哭狼号，还以为发生了什么事，便急匆匆地走了过来。马老爷子一推门便瞧见了我们三人躺在地上痛不欲生的样子，顿时也慌了，急忙向林海燕询问情况。事已至此，林海燕也不好再作隐瞒，大体说了下事情的经过。马老爷子焦急万分，不停的叨念着“作孽啊”一类的话。但他很快就镇定了下来，和林海燕一起将昏过去的我们扶到了床上。这一夜我们就在一种难以形容的灼热感中度过了。

第二天醒来的时候，林海燕已经为我们做好了早饭，而马老爷子就坐在我们床边。从床上起来之后，我们觉得自己又衰老了许多，脸上的皱纹更加深了，头发也白了大半。两天之内，我们竟像是老了三十岁。我们三人愁眉苦脸，照这样下去，不出几天，我们就会老得动不了了，再老下去就只能一动不动地等死了。

马老爷子看出了我们的心思，缓缓说道：“你们的事儿，海燕这孩子跟我说了，你们先别愁，兴许有法子能解除你们的毒，先吃饭吧。”

听了马老爷子的话，二捶一拍大腿：“去他娘的，爱啥时候死就啥时候死，要死也得做个饱死鬼。”说罢拿起窝头就啃了起来。

我却吃不下去，心想大好的年华就这样白白浪费了，早知道就不到这打井队里来了，真是悔不当初。正郁闷着，林海燕将一个窝头递到了我面前。

“夏远，先吃点东西吧，别急，总会有办法的。”

我抬起头来，看着林海燕清澈的眸子，胸膛里一阵温暖，心里的恐慌也消失了，便接过窝头也啃了起来。林海燕为我们每人盛了一碗玉米糊，我喝着热腾腾的玉米糊，心想，随它去吧，反正现在还没死。

见我们开始吃东西，马老爷子接着说道：“我知道你们中的是蝎毒，昨儿夜里我也见识了这毒的厉害，就咱们当地的那些个土郎中，是肯定解不了这么厉害的毒的。不过我知道一个地方，你们倒可以去试试。”

“什么地方？”一听说有希望活命，二捶立刻开腔了。

“你小子先别急，听我慢慢给你说。”

“哎呀，您老可快说啊，我们这病候可拖不得。”

“呵呵，好，我快说，你还真是个急性子。天台山你们都去过去了，在它的东面还有一座小山，这座小山已经很靠海了，人们都叫它白石岭。在这白石岭上有两件事情很蹊跷，一是这山上的石头有一大半都是沙白沙白的，越是山下的石头越白；二是这白石岭无论啥时候去，它都静悄悄的，连根针掉在地上都能听得见。老一辈儿的人都说，这白石岭上除了满山的石头，满山的松树，再没其他活物。可也有人说，白石岭上住着猛兽，一旦走到里面去就休想再回来。以前经常有人和家畜在里面走丢。我年轻那会儿也是个愣头青，上山打柴就爱往没人去过的地方钻，有一回我提着绳子和斧头就到了那白石岭上。这白石岭还真静得出奇，一丝声响都没有，我一个人走在里面，心里也是发慌，但我当时有一膀子力气，手里还有斧子，也不怕什么猛兽，心想，撑死胆儿大的饿死胆儿小的，就拿着斧子照着那些树砍起来，从草叶上还有露水儿那工夫一直砍到太阳爬到正当中。后来我砍得又累又饿，就拿出干粮来吃了一通。那时候正是大暑，天儿热，人也容易困，我吃饱喝足了就想找个凉快儿的地方眯一会儿。说来也巧，我看到一棵大松树下有一块平平整整的白石条，正好能让我躺在上面眯一会儿。当时我也是年龄小，没经验，啥都没想就躺了上去。那白石条在松树的影子下，凉丝丝的，躺上去比凉席还痛快，我就那么睡下了。可是觉睡到一半儿，我就觉得全身开始痒起来，我困意重，用手抓一抓便接着睡，可是过了有一袋烟的工夫，我就痒得受不了了。从石头上坐起来一看，这可不得了啦，一群红蚂蚁不停地从那白石条下面爬了出来。就在我睡着的那一会儿，它们已经爬满了白石条，我浑身上下也都是蚂蚁，有的还钻到了我的耳朵眼儿里咬得我又痛又痒，我实在受不了了，在地上打起滚儿来，可是还是不管用，身上起的疙瘩跟小孩子的拳头一样。我也是急疯了，在白石岭上乱蹿起来，跑了半天，一个没留神就掉进了一口一米来深的井里，哎，这下我的命可算捡回来了。”

第十八章　葫芦精

马老爷子讲到这里喝了一口水，接着说道：“我那时是个旱鸭子，不会水，掉到井里后，我心想这下完了，一准儿要被淹死了。可想不到，那井里的水不陷人，我在里面不用手扑腾也沉不下去。更怪的是，我那些身上被咬的地方让水一泡，疙瘩竟慢慢消了，也不疼不痒了。我后来听人说，这世上有种神泉能够治百病解百毒，看来我当初遇到的也是一口神泉啊。”

“哎呀，马老爷子，你这是在消遣我们啊，世上哪有这种事儿？”二捶觉得马老爷子说的事情过于蹊跷，不太相信。

“你这娃还有疑心病，我一大把年纪了还骗你们作甚。再说了，你福贵叔也染了这毒，我能看着他不管？”马老爷子一脸严肃地说道。

我也拿不准马老爷子的话，没有开口。见我们都不说话，林海燕说道：“马老爷子说的话，我相信，我父亲以前订过许多英文报纸，有一次我从一张报纸中看到过一个关于‘神泉’的新闻，说是在英国有一口神秘的山泉，你只要在里面洗过一次澡，身上的疾病就会消失了。许多身患重病的人都去寻找这口山泉，可是只有有缘的人才会找到山泉并洗除疾病。这跟马老爷子说的十分接近。”

听林海燕一说，我心里也开始痒痒了，但是一汪井水又怎么能够洗去我们身体里的剧毒呢?

这时一直不说话的福贵叔开口了：“我看咱们现在这个情况，也只能‘死马当活马医’，去那白石岭走一遭，是生是死就看老天爷的意思了。”

“也只能这样了，‘阎王让你三更死，绝不留你到五更’，咱们就去试试运气。”二捶也知道目前只有这个办法，答应得十分痛快。

看来我们非要去一次白石岭不可了，我有些担心，马老爷子当年也是误闯到那口井的，时隔多年，他还会记得是在什么地方吗?

我将心中的疑惑说了出来，马老爷子闭着眼睛想了一下，然后说：“我记得当年在那井的上方有一架葫芦，葫芦藤爬满了两边的树，有几根还伸到了那口井里，后来我就是抓着那些葫芦藤才爬上去的，要不然我就被饿死在那儿了。”

这是我们唯一的线索。虽然要在偌大的白石岭上寻找一架胡芦藤，其难度跟海底捞针也差不了多少，但为了解除我们身上的毒，现在也只能去搏一搏了。

生产队长只给了我们三天的假，因此我们必须尽早动身。当即我们便分工忙活了起来，我和林海燕负责准备干粮，福贵叔和二捶则去准备上山的一些工具。

那个时候没有什么稀罕的吃食，平常最常吃的就是窝窝头、煎饼，菜也是些大白菜、土豆一类。我们这次要做好“持久战斗”的准备，因此要准备些能久放的食物。我和林海燕商量了一下，决定蒸两锅窝窝头带着，然后再带一些生的山药蛋子。此去是为活命，也顾不了讲究食物的可口与否了。

福贵叔和二捶则准备了一些绳索和一盏旧马灯，还有两把斧子、两把镰刀，一旦遇到什么猛兽，我们可以用来防身，不至于像在古墓中一样，只能空手御敌。

待一切收拾妥当，我们四人便向白石岭出发了。白石岭在天台山以东，我们要走差不多半天的路才到。我们翻过了天台山之后，又走了很久才来到了那白石岭脚下。

这白石岭是一座孤零零的山头，比天台山略矮，但山体也十分庞大，山上松树遍布，在夜色下看上去黑黢黢的。我们来到白石岭之时，月亮已经挂在当空，我们身上的伤口未愈，又走了那么久的路，浑身上下都酸痛不已，打算先吃些东西，然后再上山去寻那口井。

二捶生了一堆火，烧了些水，然后又把那些冷的窝窝头放在火上烤了烤。我们早就饿了，一口气就把烤好的窝窝头吃完了。稍作休息，我们便一人点了一根火把进山了。

走进白石岭我们才发现，马老爷子说得没错，这白石岭上静得出奇，一点动静都没有。既听不到夜猫子的叫声，也听不到虫子的鸣响。我们小心翼翼地走着，仔细地看着沿路，毕竟攸关我们的性命，谁都不敢大意。

白石岭的石头在月光的照射下显得越发惨白，像是死人的脸一样。我们搜寻的路线是螺旋式上升的，因为只有这样才能在最短的时间里把白石岭搜个遍。一路之上我们很少说话，都瞪大了眼睛寻找着马老爷子所说的葫芦藤。

我们四人举着火把在山中寻觅了很长时间，可是除了一棵棵的松树和一块块的白石头以外，什么也看不到，自然也没有葫芦藤和井窟窿。我们的心里是又急又怕，因为谁都不知道那令人极度恐慌的“蜕皮”什么时候会再次发作。

大概到夜里三四点的时候，我们都累得再也动不了了，一夜的山路让我们备受煎熬，脚底板上都磨出血泡来了。二捶嘴里开始嚷嚷：“咱们先歇会……歇会……歇会再找。”

福贵叔见我们累得的确够呛，也同意休息五分钟。我们都累得双腿发酸，见能休息片刻，恨不得立刻躺在地上。

福贵叔拿出烟袋来抽了几口，在我们周围散发出一股淡淡的烟叶味。或许是身子乏了，闻着那烟味我竟觉得十分清香，也想跟福贵叔要过来抽几口。我以前也抽烟，特别是读中学那会儿，抽得比我爸都多，后来有一次我偷拿家里的钱买烟，结果被我爸发现，当场给我一顿好揍，从那以后我不仅不敢再偷拿我爸的钱，连烟也不敢抽了。我爸在部队算个干部，脾气向来刚正，但在政治斗争中被划成了右派，挨了不少批斗。

或许是这几天的经历让我有些消沉，我开始对知青的生活产生了厌倦，心里开始默默地想家了。林海燕见我神色凝重，问道："夏远你在想什么呢？"

我勉强一笑："没什么，就是觉得累了。"

"喔，那你喝口水吧。"林海燕将自己的水壶递给了我。

不知道为什么，自从我们从古墓里逃出来以后，我觉得林海燕变得比以前更温柔了，也不像以前那么要强了。我接过水壶喝着，心里洋溢着一种甜甜的幸福感。就在这一瞬间，我看见对面的松树上居然有一个光着屁股的大胖小了在盯着我们看。我心里一惊，当下水没喝进嘴里，倒是被呛了一口，我一边咳嗽着一边指着对面那棵树说："你们快……快看，那是什么！"

听我一说，其他人立刻顺着我的手看过去，只见那个大胖小子忽然"咯咯"一笑，然后往树下跳去，转眼就不见了。

突然看到这样诡奇的一幕，我们心中的惊奇自不必说，一时间全都傻傻地愣在了那里，半天回不过神来。二捶揉了揉眼睛说："我……我没花眼吧？那是谁家的胖小子？"

"这白石山上连个活物都没有，怎么会有大胖小子？"我说道。

"是啊，是不是咱们都看错了？"林海燕惊讶地说道。

"这真是'怪事年年有，今年特别多'，自从打了余家寨的那口井，咱们怎么老是碰上邪乎事！"福贵叔说道。

"真他娘的邪门儿，那大胖小子怎么一下子就不见了呢？"二捶边说边走到了那棵树下去看。

我也觉得奇怪，那白生生的胖娃子往树下一跳就没了，他难道是土行孙转世？我跟在二捶的后面也走了过去。我还没走到那棵树下呢，二捶就大叫起来："你们快来看，葫芦！"

我们本就是为了找葫芦藤而来，一听到葫芦二字别提多兴奋了，福贵叔和林海燕立刻围了过来。二捶说得没错，在那棵松树下的确有一个葫芦，而且这个葫芦异常的大，看上去就像个大小子。我们怔怔地看着，心里都打起了鼓。刚才胖小子就是在这个地方消失的，而刚巧这里正好有一个这么大的葫芦，很难相信这只是一个巧合。

我们都听过"参娃子"的传说，说是人参长到一定年月就会身负灵性，而且能化为六七岁的小孩子，他们不会作乱，只是偶尔在人间出现一两次。如果用红绳一下套住他头上的小辫子，那么他立刻就会变回原型，人要是吃了这样稀世的人参就会长生不老。

我向来认为这只不过是一种传说，但是刚才我的确真真切切地看到了一个类似于传说中的参娃子的东西，只是这次可能不是参娃子，而是"葫芦精"。

我们围在那大葫芦面前，谁也不敢轻举妄动，因为根据传说，遇到这种宝贝，只要一不小心就会让它逃遁。

我心想如果这东西真的像是传说中的那么灵验，那么吃了这么一个宝葫芦，我们的毒大概就轻而易举地解掉了。我正算计着，没想到那葫芦竟突然动了，它一下横倒在了地上！看来是真的，这大葫芦的确是一个千年不遇的葫芦精！

福贵叔也知道这宝贝的重要，当下大吼道："快抓住它！"

虽说传说中抓参娃子要用红绳拴住它，可是我们眼下哪里去找那红绳，再说关键时刻也顾不了那么多，我们全都扑了过去。二捶是向来见到宝贝就不要命的人，只见他率先就扑了过去，可惜那葫芦精忽然就地滚开了，二捶不仅扑了个空，还摔了个"狗吃屎"。葫芦精滚得十分快，眼看就要没影儿了，我们自然二话不说就追了过去。说来也奇怪，按说那"葫芦精"应该是往山下滚才对，可它却偏偏是往山上滚的。我们拼尽全力快步追着，可是无论怎么赶，却总是差上那么一步。我气得够呛，心想这家伙是不是闲得没事故意要着我们玩啊。我攥着拳头，瞪着那还在滚的葫芦精，说道："好小子，别让大爷我逮着你，逮着你就把你屁股打成两半。"

二捶跑在我前面，听见我在后面叨叨，回过头来说道："夏远同志，我发现你连一点儿常识都没有，屁股本来就是两半的。"

二捶也够没劲的，这时候了还不忘跟我抬杠。我回道："人的屁股是两半的，那葫芦精可不是人，它跟咱们不一样，它天生只有一个屁股蛋儿。"

"行了，你俩就别斗嘴了，这玩意儿对咱们解毒有帮助，尽早抓住它！"福贵叔对我们嚷道。

见福贵叔有些愠怒，我和二捶便不再说话，专心去追那葫芦精。追着追着，天就快亮了，地平线上已经开始有昏黄的朝霞了。在太阳升起的那一刻，只见那葫芦精一下就钻进了前面的一片草丛中。我暗道，追了那么长时间，可别最后落得个竹篮打水一场空。便加快步伐，一下冲向了那片草丛。就在双腿跨在草丛边的一刻，我吓出了一身的冷汗，因为我看见，草丛后面赫然就是一面悬崖。我立刻急刹车，停住脚步，然而上半身还是由于惯性而向前倾了过去。我看着悬崖下面的陡岩峭壁，心里暗道，完了，这下我要牺牲了。不知道为什么，我这时很想大喊一声："别了，司徒雷登！"

眼看我就要坠落悬崖，身后伸出两只手突然抓住了我的皮带，猛一用力，就把我拉了回去，已经完全失去了重心的我仰头便倒在了地上。我一下子瘫在了那里，久久才睁开眼来，只见福贵叔和二捶像一摊泥一样坐在地上大喘着粗气，显然是他们把我从鬼门关给拉了回来。

林海燕吓得身体直抖，连话都说不利索了："夏远，你……你没事吧？"

我平缓了下呼吸，虚弱地回应道："还……还好。"

二捶抹了一把脸上的汗："我看啊，这东西一旦成了精，就没有不坏的，憋足了坏水想害咱们，刚才要不是我和福贵叔动作麻利，夏远这会儿估计已经摔成肉饼了。”

“唉，咱们爷四个一路追那个葫芦精，硬是没想到它会把咱们往死路上引，不过咱们也是命不该绝，没出大祸就行，没出大祸就行啊。”福贵叔也是惊魂未定，这会儿身上的衣服都湿透了。

天已经渐渐亮了起来，那个葫芦精早已不见了踪影，而我们要找的神泉也还没有找到，看来我们这一晚上是白忙活了。就在我们不知道下一步该怎么办的时候，林海燕突然指着悬崖对面大叫道：“你们看，葫芦藤！葫芦藤就在对面！”

看着林海燕惊喜的样子，我们全都从地上爬了起来，朝她指的地方看了过去。果然，在悬崖对面的山腰上，有一架郁郁葱葱的葫芦藤，这串葫芦藤密密麻麻地缠在几株松树上，上面有许多硕大的葫芦挂在上面。“踏破铁鞋无觅处，得来全不费工夫”，想不到寻觅已久的葫芦藤竟然就在对面。找到了葫芦藤，就能找到那口能为我们解毒的井。放眼看去，或许是由于地形的关系，我们竟然看不到那口井，看来一定要过去到对面的山头看个究竟了。横在我们面前的是十几米宽的悬崖，绝对无法直接过去，我们唯一的方法就是下山，然后绕过悬崖，再登上对面的那座山头。为了抓紧时间，我们立刻就出发了。

所谓“上山容易下山难”，我们的心中虽然急切，但是也不敢过于着急，因为随时有可能“一失足成千古恨”。路上我们又零星吃了点儿干粮，然后互相扶着前行。

一路奔波，我们终于来到了目的地。此时大家早已是累得上气不接下气，感觉身上的零件都已经不听使唤了。好在那串葫芦藤已经出现在了我们眼前，我们撸了撸袖子，顺着爬了过去。

随着跟葫芦藤的距离越来越近，我发现葫芦藤上的葫芦都格外的大，有的比我们见到的那个葫芦精还大。不管葫芦大小，我们此行也不是为了葫芦而来，而是为了马老爷子说的那口井。当下我们四下打量，终于在一棵松树下发现了一个井坑。这下我们终于舒了口气，把身上的行李全部丢在旁边，一边歇息，一边观察起井坑来。

其实这个井坑并不能叫做井，而是一个形状不规则的水坑，说来也怪，它的形状竟然也像是一个横倒的葫芦。马老爷子说当年的时候那井也只不过是一米多深，但现在看去竟然有七八米深的样子，而且水下黑糊糊的，像是有什么东西似的。从这水坑来看，这里应该是一处山泉，只是不知道这水坑是天然而成还是有人为之。

我们正趴在水坑前看着，突然我觉得有人从身后推了我一把，我没有防备，一个踉跄就栽了下去！

说，当初他是在水中不停搓洗才解了红蚂蚁的毒，看来我们也只能照着他所说的做了。

虽然心里急切地想去救林海燕，但我现在却是泥菩萨过河——自身难保。照这样看来，我们也只有先清除身上的蝎毒再计划从这里逃出去了。于是我们三人开始在水里搓洗自己的身体。在经历过两次蜕皮之后，我身上的皮肤变得愈加黝黑，而且也更粗糙，特别是脸上的皮肤可谓是皱纹遍布，更明显的是，我们感觉到体力的下降，身体机能也有衰退的迹象。

随着搓洗，我觉得身上开始凉起来，不是水浸在身上的凉，而是一种十分舒适的凉，感觉像是烈日里躺在冰块上，然后这股凉意渐渐地侵入到我的身体中，缓缓地释放，一直延伸到每一寸皮肤，真他娘的神奇。而且马老爷子所说不错，我们刚落在水里的时候，为了不被淹死，会本能地游水，然而事实上我们根本不必这样做，因为这水自然而然地就把我们浮了起来。

我忽然想到，上面的葫芦藤之所以能够结出那么大的葫芦，也许就是因为长期受到这汪水的灌溉的关系。而那个“葫芦精”的形成大概也是吸收了这汪水的精华的缘故。

在水中泡了差不多一个小时后，我们的身体发生了明显的变化，先是从皮肤中慢慢沁出一层紫色的汗珠，然后皮肤也变得紧实起来。我觉得通体舒畅，比洗热水澡还要舒服。

福贵叔和二捶跟我的感受也差不多，两人一直在感叹着水的灵性。二捶尝到了甜头，便在水中上上下下，唯恐身上有没泡到的地方。我自觉体内的蝎毒已经排得差不多，就又担心起林海燕的安危来。福贵叔跟我一样，也挂着林海燕的安全，他不时地往水坑的上方看去，试图寻找出去的办法。

马老爷子当初是抓着从上面垂下来的葫芦藤才爬出去的，但我们现在却没有那么好的运气，因为没有葫芦藤从上面伸下来。我抬头望着上方那片狭小的天空，终于体会到什么叫坐井观天了。正恍惚着，二捶突然从水下冒了出来。他猛然喷出一口水，大口喘着粗气，看来是在下面憋得太久了。

福贵叔看二捶神色有些不正常，问道："你小子又瞎忙活啥？"

"我可没瞎忙活，你们看我找到了什么？"二捶说着就举起来一件绿油油的东西。

我和福贵叔都好奇二捶从水下抱出来的是个什么东西，伸直了脖子去看，却见二捶手里的东西是一个坛子。坛子大概有二捶的腰身那么粗，大概是在水里泡久了的缘故，周身都是绿色的苔藓，坛子上方用黑布封着，看上去就像古时候装酒的坛子，我惊讶地问二捶："二捶你抱的是个什么东西？"

"不知道，你们看看是不是宝贝？"二捶瞪大了眼睛说道。

"牛二捶呀牛二捶，你什么时候能够改掉你这个贪财的毛病啊？"我哭笑不得。

"不要乱给我扣帽子，我怎么就贪财了？我只不过是好奇，好奇你懂吧？世界上很多科学家、发明家可都是先有好奇心，然后才进入科学界的。"

福贵叔盯着那绿油油的坛子看了半天，眉头一直皱着，像是看到了什么不吉利的东西似的。二捶见不得福贵叔凡事都拉着一张脸的作派，有些不悦："我说福贵叔，你有什么话就说，别憋在心里，你拉着脸算是怎么回事？"

福贵叔没有搭理二捶，而是喃喃道："这咋像个骨灰坛？"

"骨灰坛？"

二捶一听，心里一惊，手瞬间就松开了，坛子向下落去。我立刻伸出双臂抱住了坛子，"你慌什么，福贵叔也没把话说死呢，兴许坛子里的东西是件宝贝呢。"

"嗯，我瞧着它像是骨灰坛，可也说不准。"福贵叔说道。

"哎，福贵叔，你怎么没事学起吓唬人来了，真是，吓得我浑身一哆嗦。我就说嘛，这里哪来的骨灰。"二捶说着就又从我手里把坛子抱了过去。

“想知道里面是什么东西还不容易嘛，打开看看就知道了。”要说我的好奇心一点不比二捶少，也想知道里面到底装的是什么玩意儿。

一说要打开，二捶有些心虚，说道：“那……那……还是你来开吧。”

说完，二捶就又把坛子塞到了我的手里。我心想你这家伙也太不够朋友了，好事自己揽，坏事推给我。不过这种时候，我也顾不上跟二捶计较了，把坛子接过来后伸手去扯那黑布，坛口下面虽然还有根麻绳绑着，但或许是年代久远的关系，已经没了力道，被我一扯就断了。

黑布揭开后，我们还来不及去看坛子里的东西，一股浓郁的香气就散发了出来。我们更加好奇了，全都往坛子里看去。一看之后，我们全都呆住了，坛子里面所盛的竟是一块白花花的肉！这块肉晶莹剔透，如同汉白玉一般，看上去肥嫩而柔滑，最为奇特的是它竟散发出一种奇特的香味，这种香味绝不是肉的香味，也绝不是花香，而是一种难以形容，会让人精神一振的香味。

这股香味实在太香，我们惊讶得面面相觑，福贵叔皱着眉头说道：“这东西这么香，不会是鸦片膏吧。”

“鸦片膏都是黑的，而且也不会跟肉一样。这东西不是鸦片膏。”我说道。

“那这东西是啥玩意儿，怎么会有人将这块肉放在这个坛子里？”二捶问道。

我脑子一转，心想这汪水这么神奇，不知道是不是与这块肉有关？可是这块肉又是从哪里来的呢？从装肉的坛子来看，它绝对是一件远古时期的东西，这块肉被放在这里面不知道已经有多少岁月了，可是它为什么没有丝毫腐烂的迹象？

正专注地盯着这个古坛看，我突然感觉到水坑里的光线暗了下去，同时有一道阴影从我们上方压了下来，我的脖领处冷飕飕的，有一种锋芒在背的感觉。我猛然回头看去，只见那个白白嫩嫩的葫芦精竟然顺着一根葫芦藤下到了水坑中，正瞪着一双鬼灵精怪的黑眼珠看着我们手中捧的那坛肉！见我猛然回过头去，它像是被吓了一跳，顺着树藤向上爬去，它爬藤的姿势十分怪异，也十分的迅速，我们还没反应过来，它就蹿到了水坑上方。

我看着那还垂在坑中的葫芦藤，立刻伸手抓住，然而也就在这时，那“葫芦精”突然快如闪电地从上面冲了下来，伸手一下就把那坛子抄在了手中，然后又以迅雷不及掩耳之势爬回了井坑上方，冲我们嘿嘿直笑，眼睛都眯成了一条缝。我看着“葫芦精”的笑容直起鸡皮疙瘩，因为那笑容绝不是小孩子所能有的，在那笑脸中藏着一种妖异的感觉。

一转眼的工夫，“葫芦精”就消失了。我心里很诧异，那葫芦精怎么会来抢那坛肉？莫非是肉的香气把它引来的？坛子里的肉到底有什么玄机，连葫芦精也来惦记了。

二捶见手里的坛子被抢去，立即痛呼起来：“哎呀，那该死的葫芦精把咱们的坛子抢去了！”

二捶对自己向来不会见外，在他看来，只要是他发现的东西就应该是他的，因此在他的意识中那方古坛已经是他的东西了。我抓着那个垂下来的葫芦藤，说道：“先别管什么坛子不坛子的了，咱们先爬上去再说吧。”

葫芦精虽然抢走了那方古坛，却给我们带来了一根葫芦藤，这也算是我们走了大运了。二捶和福贵叔也知道机不可失，当下表示同意。

我比福贵叔的气力要大一点，体重又比二捶轻一些，因此就由我先爬上去，然后再把他俩拉上来。

我用力拽了一下葫芦藤，试探了一下藤蔓的韧劲，觉得它可以承受我的体重，就拉着它向上爬去。坑壁上坑坑洼洼，虽然用手难以攀住，但尚可以用脚支撑。如此攀爬并不容易，我爬到一半的时候，手掌就开始脱皮，爬的时候手掌就像是在砂纸上磨一样，非常疼。我憋足了劲儿往上爬，全身的肌肉都紧绷得像是干巴的窝窝头一样。爬了好一会儿，我终于爬出了水坑。爬这一通累得我大汗淋漓，骨头和肌肉就跟僵住了一般，稍微一动就全身剧痛。

我坐在水坑边上休息了一会，左右一看，发现我们带来的工具都还在水坑旁边。看到这些工具我心里一紧，心想林海燕现在不知道怎么样了，我们待会要去哪里找她呢？

关于林海燕的线索，一时之间也找不出来，眼下我也只有先把福贵叔和二捶拉上来再说。葫芦藤虽然可以承受我的重量，但经我拉扯之后，韧性已消，未必能承受得住二捶和福贵叔。于是我找出我们带来的麻绳，将它的一端拴在旁边的一棵有一人粗细的树上，另一端丢进了水坑中。随后福贵叔和二捶先后从下面爬了出来。见大家都累得浑身酸痛，我们便在水坑边生了一堆火，将身上的衣服烤干，又从包袱中拿出一些干粮吃了。恢复了一些体力后，我们正商量如何去找林海燕，突然听见一阵窸窸窣窣的声音从山上传来。我们转眼望去，只见那“葫芦精”提着那个从我们手里抢去的坛子跑来了。看见它回来我们都十分吃惊，暗道它莫非还要把那坛子送还我们不成？

这是我第一次有机会仔细观察“葫芦精”，前两次都因为时机仓促的关系，都没有看清楚，只是隐隐觉得我们看到的白白嫩嫩的东西就是所谓的葫芦精。现在仔细看过去，才发现那东西根本不是什么葫芦精，因为它跑起来的姿势十分怪异，像是猴子一样，手也在地上支撑，而且最为重要的是，它身后还长了一条短短的尾巴。我心里奇怪，莫非它并不是所谓的葫芦精？但如果它不是葫芦精，昨晚我们所追的那个会跑的葫芦又该怎么解释？

“葫芦精”越来越近，只见它像是十分恐慌，嘴里“吱、吱”直叫，声音十分尖锐，像是在躲避着什么。我瞪大了眼睛往后看去，发现后面的草丛中晃动不止，像是有东西在里面狂奔一般。是什么东西让“葫芦精”这么害怕？

眼看“葫芦精”已经跑到我们的脚下，我们心中都是一阵快意，以为可以捉到一个千年不遇的宝贝。没想到就在这时，一道黑影“刷”地一下扑了上来，我们定睛一看才知道糟了。我们又遇到麻烦了！

第二十章　仙家

能让“葫芦精”如此惊慌失措的，自然不是善类，那是一条长达六七米的锦麟巨蟒！

“葫芦精”行动之迅捷，我们刚才已经见识过，但令我们想不到的是，锦麟巨蟒居然比它还快，我们只觉眼前一花，“葫芦精”就被咬住了。“葫芦精”痛得“吱、吱”直叫，原本抄在手中的坛子瞬间脱手飞了出去。锦麟巨蟒见坛子一飞，就立刻张口放开了“葫芦精”，然后身形一扭向着那坛子扑了过去。

原来这条锦麟巨蟒的目标不是“葫芦精”，而是古坛中的那块肉。这块肉到底是什么东西，竟让它们如此不惜生死地争来争去，莫非是传说中的唐僧肉？

巧合的是，那坛子飞出之后一下落在了二捶的脚前，“啪”地一声摔了个粉碎，那坨白花花的肉也掉了出来。二捶早就被锦麟巨蟒吓破胆了，虽然知道脚下的肉一定不是寻常的东西，但也不敢轻举妄动，唯恐惹恼了锦麟巨蟒。可是锦麟巨蟒情急之下扑来，力道太猛，身体一下撞在了二捶的身上。二捶猝不及防，一下被撞倒在地，基本上是直挺挺地摔倒，后脑勺结结实实地撞在了地上，大叫一声："哎哟，我操你大爷，疼死我了！"

二捶疼恼了，一手抓起散落在旁边的一把镰刀，抡起来就向锦麟巨蟒插了下去，镰刀一下插入了巨蟒的体内，鲜血瞬间喷了出来。锦麟巨蟒受伤不轻，身体猛地扭曲起来。这时那刚刚逃出蛇口的"葫芦精"再一次向着那块肉奔了过去。这时我才确定，这"葫芦精"根本就是一只通体发白的猴子。这只白猴的与众不同之处在于，它身上没有一根猴毛，全身光滑如蛋白，尾巴也非常短，跟兔子尾巴差不多，远远看去就像是一个光着屁股蛋子的娃娃一般。不过就近一看，就能看出它的面容和四肢都有非常明显的猴子的特征。我觉得非常奇怪，这只猴子怎么会是这种形态?

锦麟巨蟒见白猴又要夺走那块肉，也不顾身上的伤，猛然张开血盆大口向白猴咬去。白猴惊慌之下竟将已经抓起来了的肉扔向了旁边的火堆，锦麟巨蟒追过去的时候已经来不及了，那块肉落在火中，就像是雪花落在火炉上一样，瞬间就化成了一股蒸汽，浓郁的香味再次弥漫开来。

锦麟巨蟒见到嘴的肉瞬间化为乌有，像是发了怒一般，尾巴猛然一甩打在了白猴的身上，白猴一下飞了出去，恰好撞在旁边的一颗松树上，全身顿时血肉模糊，再也无法动弹。接下来，锦麟巨蟒的目标就对准了我们。

可气的是，它的第一个目标竟然是我。慌乱之下我一下就被巨蟒给缠住了。蟒蛇的绝招就是将猎物紧紧缠住，然后迅速收紧身体，使得猎物窒息而死，凶悍的蟒蛇用这种方法能杀死勇猛的鳄鱼。

我被锦麟巨蟒缠住，感觉身体里的血液都像是停止了流动，血管和青筋全都爆了出来。二捶和福贵叔见状从地上摸起斧子就冲了过来。锦麟巨蟒也不是傻子，见二人气势汹汹地冲过来，卷着我就向旁边的草丛拖去，我被缠得快要断气，一点反抗能力都没有，只能对二捶和福贵叔大喊："快！快！我快没气儿了！"

也不知是哪里来的默契，福贵叔和二捶兵分两路，一左一右向着蟒蛇包抄过来，很快就把锦鳞巨蟒堵住了。二捶举着斧子就朝巨蟒劈了过去，可是锦鳞巨蟒的动作也非常敏捷，头部向边上一扭，就躲过了二捶的进攻。福贵叔利用这一间隙，也挥起斧头劈向了巨蟒的尾部，这下锦鳞巨蟒没能躲过，如同酒瓶粗细的尾巴硬生生被福贵叔给劈了下来。

锦鳞巨蟒疼痛不已，本来缠住我的躯体瞬间松开了，我觉得身上的力道顿消，终于放心下来，深深地吸了口气，暗自庆幸还活着。然而那像是疯了一般的锦鳞巨蟒仍然没有放弃对我们地扑咬，我们一时之间还摆脱不了危险。

我们三人这会儿也急了，索性跟锦鳞巨蟒拼了起来，福贵叔和二捶都有利斧在手，而我则是两手空空。我正在心里嘀咕，为什么每次都是我落得手无寸铁？那锦鳞巨蟒的身躯就扫了过来，我见二捶之前插在它身上的镰刀还在，立刻伸手抓住了镰刀的刀柄，猛地一划，瞬间在巨蟒身上划出一道半米长的血口，同时我也被蟒躯结结实实地打在了身上。我只觉得像是被一棵树干抡在身上一般，一下就滚了出去。

二捶和福贵叔继续与锦鳞巨蟒缠斗，我忍着身体上的疼痛从地上爬起来，捡起甩在地上的镰刀，再一次扑了过去，心中暗骂："奶奶的，看来今天非是要逼着我们为民除害不可了！"

锦鳞巨蟒身上不时有鲜血流出来，我们身上虽然没受重伤，但也沾了不少蛇血在身上，只觉得这蛇血又腥又臭，闻一下就要呕吐。

虽然不停地流血，但锦鳞巨蟒却越发的凶悍，我们身上多多少少都被它咬伤了数处，好在这种体型庞大的巨蟒没有毒牙，要不然我们早就成了它的腹中之物了。时间一点点过去，我们已经开始体力不支，气喘得都跟拉破风箱似的，而锦鳞巨蟒却毫无疲态，依旧不依不饶地疯狂向我们扑咬着。

二捶累得斧子都快拿不动了，满脸大汗地说："咱们要不跑吧，跟这玩意儿斗下去，什么时候才是个头啊？”

“谁不想跑，可现在咱们还能跑得动吗，估计腿还没迈出去呢，这巨蟒就把你的屁股给咬住了！”我说道。

“没错，咱们不能跑，别说跑不动，就是跑得动，万一咱爷仨跑迷了路，可不好再出去了。”福贵叔说道。

“那咱们该咋办，总不能活活被累死吧？”二捶问道。

“咋办？今儿不是咱们把它送上西天，就是它把咱们吃到嘴里，除了跟它干，没别的法子。”

福贵叔说的没错，我们眼下除了拼命别无他法。想到这里，我们三人又握紧了手里的家伙向锦麟巨蟒扑了过去。

我这次也算是豁出去了，先是将镰刀狠狠地砍在了锦麟巨蟒的身上，然后合身扑上，用身体一下砸在了镰刀的头上，像钉钉子一样，将镰刀贯穿蟒身钉在了地上。锦麟巨蟒疼痛不已，猛然回身张着大口向我的头部咬来，我只觉得一股浓重的腥气扑面而来，心里虽是害怕，但身体却一动不动，紧紧地按住蛇身，不让它任意扭动。二捶和福贵叔趁机挥动利斧双双砍在蟒身之上，锦麟巨蟒瞬间变成了三节。蟒头在我面前落下，依然凶悍地发出“咝、咝”声，我吓得立刻从地上蹿了起来。

锦麟巨蟒的断躯渐渐地不再动了，福贵叔说：“咱们也算积了公德了，把这妖孽给除了。”

“我可不想积这种德，差点儿就把小命丢了，你说咱们怎么那么背，老是碰上这些玩命儿的事儿，我看哪天咱们得找个寺庙去烧烧香，去去晦气！”二捶说道。

“哎，牛二捶你不是一个无神论者吗，到这会儿怎么信起佛来了，你不怕人家说你是封建迷信啊？”平常跟二捶闹惯了，我忍不住又跟他斗起嘴来。

“我怎么就封建迷信了，我只不过是求个心里踏实……”

二捶正说着，我们正上空突然有一道闪电劈了下来。天空猛地一亮，然后再次恢复了昏暗，随即一声闷雷传来。

福贵叔立刻说：“看来要下大雨，咱们赶紧收拾东西，找地方避雨！”

福贵叔的话才刚说完，豆子般大小的雨滴就砸了下来，衣服刚烤干没一会儿，就又给淋湿了。不过这雨下得也好，正好冲冲我们身上的血腥味，要不然穿着这身腥臭难闻的衣服也是受罪。

雨越下越大，很快就在地上形成了水流。我们迅速跑到那水坑边上，将工具和干粮收拾妥当，准备找地方避雨。没想到就在这会儿我们又看到了那个冒牌的“葫芦精”，它已经能动了。我暗道：“这家伙倒也福大命大。”

我正想跑开，却见冒牌“葫芦精”钻进了一个树洞中。我心想，这家伙挺精的，还知道钻到里面去躲雨。

福贵叔和二捶已经在叫我了，但我忍不住好奇，还是走到了那树洞前，想看个究竟。树洞的洞口不大，但里面还很宽敞，洞中放了两片裂开的葫芦瓢，这两块葫芦瓢合在一起，就是一个完整的葫芦。我立刻解开了之前的一个谜题，明白了昨晚我们为什么会看到会自己滚动的葫芦了。肯定是那白猴在被我们发现之后，慌忙跳下了树，然后躲进了两半葫芦瓢中，那时天色昏暗，我们未能发现其中的奥妙，所以才以为是“葫芦精”现身。至于这只白猴为什么会如此怪异，不仅长得像是小孩，而且也极具灵性，可能是与那汪神奇的水有关，大概是因为它经常喝里面的水，身体这才慢慢地发生了变化。

二捶见我老盯着那只白猴瞧，问道：“喂，你还老盯着它看啥，是不是想除了它，要不要我替你动手？”

“除个屁，走了，让它活着吧。”我从那树洞前走开了。虽然这只白猴差点让我命丧悬崖，但终归没死不是，大人不记小人过，而且这家伙压根儿不算人，姑且饶了它吧。我们已经被淋得浑身湿透，二捶也懒得去管那只白猴，我一走，他也就跟了上来。福贵叔也没过来瞧一眼，而是一直在一棵松树下忙活着，像是在收拾什么东西，雨下得太大，我眼睛都快睁不开了，也没多在意。我和二捶走过去的时候，福贵叔也收拾妥当，于是我们三人就上路了。

我们在雨中匆匆走着，在山上跑了一大圈，想找一个山洞躲一躲雨。此时天色已黑，再加上被大雨淋得心烦意乱，我们早就迷了路，只好在山里乱转起来。不过我们运气尚好，转了大概有一个钟头后，终于发现了一个狭小的山洞。我们二话不说就冲了进去。

山洞的洞口虽然不大，但里面却是非常的幽深，黑漆漆的，只有洞口的地方还有些亮光。我们这会儿又冷又饿，也顾不上去看洞内的情况，在洞口便停了下来。我心想，如果现在能生上一堆火烤一烤，那该多舒服。可惜这是妄想，经过这么长时间的雨淋，福贵叔身上的火柴肯定早就被淋湿了。我正在遗憾，福贵叔却从怀里摸出一个油纸袋，然后又从油纸袋中拿出了一根干燥的火柴。我不由得肃然起敬："福贵叔，果然姜还是老的辣啊，你居然想到用油纸把火柴包起来，你怎么就知道今天会下雨啊？"

福贵叔呵呵一笑："我不是诸葛亮，可不知道天什么时候刮风下雨。我是怕咱们这次又跟上次一样，一见了水就等于没了眼，火柴点不着，什么都看不着了，所以就提前用油纸包了一盒火柴，以防万一，没想到真就派上用场了……"

福贵叔正说着，二捶却突然说道："福贵叔，有火柴什么用，咱们也没什么可点的东西，你们看咱们身上还有什么东西是能点着的。"

"不用你小子说，我心里也有数，要不然你叔我活了这么多年不就白活了吗，我早有准备。"说着，福贵叔就把那个用来装工具的布袋拿了起来，然后把里面的东西悉数倒了出来。

从布袋里倒出来的除了我们所带的那些工具，还有一堆干枯的松针。这些松针从松树上脱落之后，又经过太阳的曝晒，十分干燥，用它们来生火，那是最好不过的了。我惊讶地说："福贵叔，你这是啥时候准备的啊，这下咱们可就能生火了。"

"啥时候？就在你俩看那'葫芦精'的时候，我找了棵松树，将它下面那些没被雨水冲到的松针全部装到了布袋里。我就知道咱们能用得着。”福贵叔还不清楚“葫芦精”的原委，直到这时还认为那白猴是葫芦精变的。我心里暗自庆幸，幸亏福贵叔当时没注意那白猴，要不然我们这会儿就只能挨冻了。

我们当即生起一堆火，将身上的湿衣服脱下来，一一地烘烤，同时还拿出几个窝头一起烘烤。过了一会儿，衣服渐渐干了，窝头也烤热了，散发出淡淡的香味。我们正要开吃，身后突然传来一阵“稀稀拉拉”的声音。久历险境，我们分外的警惕，顿时转头看去，只见一团白色的东西慢慢地从洞中爬了出来。我觉得那东西十分的古怪，透出一股邪气，福贵叔却突然说出了两个我想不到的字：“仙家！”

第二十一章　噬魂兽

福贵叔突然说出“仙家”两个字，我和二捶都吓了一跳，以为福贵叔看到了神仙，眼珠子不禁就瞪大了。

那团白色的东西渐渐爬入我们的视野，原来竟是一只刺猬！

这刺猬生得十分奇特，全身的硬刺光亮如针，一双黑溜溜的眼珠子直勾勾地看着我们，毫无畏惧之色，更奇怪的是，它竟慢慢地爬到了那堆篝火前，眼巴巴地望着我们手里的窝头。我们惊得面面相觑，一时之间不知该如何应对。

在民间，“刺猬”被视作是仙家，据说它们都会一些隔空取物的法术。只要把仙家伺候好了，那一家人就会从此吃喝不愁，但要是伺候不好，仙家随时都会走掉。我曾听福贵叔说起过，有一年村里的一家贫困户给儿子办婚宴，本来村民们都以为这家人的席面会非常寒酸，去了之后却发现酒席上已经摆满了大鱼大肉。要知道摆这样场面的一个婚宴，就是村里的大地主恐怕也舍不得啊。不过村民们倒也不是太奇怪，都以为这是主人家为了绷面子而豁上了老本儿了。在举行了拜堂的仪式后，大家伙就坐在酒席上大吃大喝起来，席上的鱼肉菜肴味道鲜美，众人吃了之后都是赞不绝口。有了好菜肴，众人的酒兴就浓了，结果喝到最后，竟然把主人家预备的酒都喝完了。众人意犹未尽，却也不好意思再喝下去，正准备拍屁股走人，却见主人家端了一壶酒走了出来，将酒壶交给陪客的本家人，然后说道，今儿是儿子的大喜，一定让众人喝个痛快，今天这里还有一瓮酒随便大家喝。听了主人家的话，众人都有些哭笑不得，眼前明明是一壶酒，主人家却硬是说一瓮，这不是打肿脸充胖子吗。主人家说完就回屋了，大家就又吃喝起来，大家都以为那一壶酒最多每人一盅就没了，后来才发现那酒壶中竟然像是有倒不完的酒一般。众人喝了一盅又一盅，直到所有的人都醉得动不了的时候，那酒壶中的酒却还剩了足有大半壶呢。自此之后，大家就知道了，原来这家人家中住着仙家在帮助他。

传说中仙家有五种，其一就是刺猬，剩下的则是狐狸、老鼠、黄鼠狼和蛇，合起来被称作“五大仙”。刺猬叫做“白仙”，其他的分别为“狐仙”、“灰仙”、“黄仙”、“柳仙”，俗称“灰黄狐白柳”。

在蒿岭村，人们最为崇拜“白仙”，也就是刺猬，因为刺猬从来不主动攻击人，也不伤害家畜，这是其他“四仙”所不能比的。

寻常的刺猬见了人之后都会溜着街角跑掉，而且极少会在白天出现，但眼前的这只刺猬却反常得很，一不怕人，二不怕光，一双眼睛直直地盯着我们手里热乎乎的窝头，似乎是要我们分它一块儿。福贵叔从自己的窝头上掰下一块放到了刺猬的身前，这刺猬也不客气，趴在地上吃了起来。

我们也都饿了，虽然觉得刺猬的行动怪异，但是也没有多想，掰着窝头就吃了起来。

洞外，大雨滂沱，击打在山上的岩壁上，发出稀里哗啦的声响。

我们吃完窝头，身上也被火烤暖了，一股疲乏之意席卷全身，我们三人都是昏昏欲睡，火光闪烁中，只见那只刺猬竟也卧在火堆旁打起盹来。我们谁也没在意，全都靠在石壁上睡着了。

睡梦中，我看见林海燕在一片荒野之中大叫着救命，在她的身后有一个巨大的黑影狂追不舍，眼看黑影猛然向她扑去，我着急万分，伸开双臂前去阻拦，就在这时，只听“嘭”的一声，林海燕的身体竟然爆炸了！

我瞬间从梦中醒了过来，惊出一身的冷汗。洞外雷声轰隆，雨势更大了，听着哗啦啦的雨声，我心里竟莫名地紧张起来。林海燕的身影还在脑海中萦绕，心里满是忧虑。

我望了一眼福贵叔和二捶，发现两人还在沉睡，已经起了轻微的鼾声。我身体一侧，躺在地上，想接着睡会儿。就在我闭上眼睛的瞬间，忽然看见那只刺猬像人一般从地上站了起来。我没有动，眯着眼睛想要看看它到底想做什么。

刺猬没有觉察到我已经醒了，抖了抖身体，只听“叮当”一声，一枚绿幽幽的铜钱掉了下来！我心里一惊，刺猬的身上怎么会有古铜钱？

接下来，那刺猬又从身上抖落了数枚铜钱，然后就向着洞内慢慢地爬去了。我怔怔地看着地上的铜钱，随即唤醒了福贵叔和二捶，二捶还没睡饱，一边揉着眼睛，一边埋怨道：“让不让人活了，我这才睡了多大会儿的工夫就把我叫醒。是天塌了还是地陷了？”

我没有理会二锤，指着那几枚铜钱说道：“你们看，这是那只刺猬留下的！”

福贵叔和二捶看到地上的几枚铜钱，愣了一下，同时问道：“怎么回事？”

我把刚才的经过跟二人说了一遍，二捶拾起那几枚铜钱把玩了起来。福贵叔点起旱烟，一边抽一边说：“看来，咱们这次碰到的刺猬，是真的仙家，它吃了咱的窝头，所以留下几个铜钱报答咱们。”

一听到报答二字，二捶就听不下去了，说道：“哼，报答我们就用这几个破铜钱？都什么时代了，它怎么不给咱们几斤粮票呢？”

“你小子还想要粮票，你怎么不要肉票、布票呢？”我对二捶满眼不屑。

“那多不好意思，我们就给了他那么点窝窝头。”

“你还知道不好意思啊，我可告诉你，牛二捶，别看这些铜钱小，它们可是包含着无价的历史价值。历史价值你懂不懂？”

“行、行、行，我不懂，你懂，那这玩意儿你趁早拿走，你要是能花出半个去，那我也服你。”二锤说着就把手里的铜钱塞到了我手里。

我拿着这些铜钱打量起来，只见上面铜锈斑驳，虽能隐隐约约看出上面有字，但却无法辨认出来。这几枚铜钱看起来年代已经非常久远，会是什么朝代的呢？那刺猬的身上又怎么会有年代如此久远的钱币？

我正想着，外面又是一阵电闪雷鸣，雨下得更大了。

福贵叔也想到了林海燕，他望着洞外的雨势，喃喃道：“雨下得这么大，不知道海燕这女娃咋样了，唉……”

说起林海燕我就心焦起来，恨不得现在就奔到外面去找她。二捶看了我和福贵叔一眼道：“要去找林海燕，最早也得到明天早上，现在这雨越下越大，外面又黑咕隆咚的，咱们这会儿要出去找人，一不留神就会滚下山。”

二捶说得没错，在这样的雨夜，我们不但很难寻到林海燕的踪迹，自己也很可能会遇上泥石流。当下我们一合计，决定接着睡，等到天一亮，不管雨停没停，立刻就去找林海燕。

福贵和二捶躺下去后没多久就睡着了，我却翻来覆去怎么也睡不着，听着外面的雨声，心里愈加感到烦躁。突然，山洞的上方响起一阵像是石头滚落的轰隆声，我心中忐忑起来，不会是泥石流爆发了吧。我脑海里才刚飘过这个念头，一块巨石就从山洞上面滚落下来，“轰”的一声巨响，一下在山洞上方砸出一个窟窿，雨水瞬间淌了进来。

福贵叔和二捶立刻从地上蹦了起来，说道：“咋地了？”

“一……一块大石头从山上滚下来，把洞口砸了一个窟窿！”我向两人解释道。

福贵叔看着流进洞中的雨水，紧皱着眉头：“咱们得往里走，这地方一会儿怕是要积水。”

我们在山洞边上，地势比较洼，雨水很快就漫过了我们的脚面，那堆火也眼看要被浇灭。无奈之下，我们只好点燃那个事先准备好的马灯，向着山洞内部靠去。

我们这一走，才发现山洞内部十分深邃，而且地势也越来越低，流水源源不断地流进来。我们走了好一会儿，顺着山洞转了好几个圈，才不见有水流过来，此时我们也累出了一身的汗，全都扶着石壁喘息起来。

二捶边喘边说：“唉，真是他娘的倒霉，这下倒好，咱们现在有火无柴，只能挨冻了。”

福贵叔看了二捶一眼，不满地说：“行了，你小子就知足吧，咱爷仨好歹没让雨水淋到，这就算不错了。”

“雨是没淋到咱们，可咱们下半身还不是湿透了！”二捶一边拧着湿漉漉的裤子，一边说道。

刚才水流得急，在我们收拾东西的那工夫就漫过了我们的膝盖，所以布鞋和裤管全部湿透了。二捶拧裤管的动作很滑稽，他半蹲在地，肥肥的屁股撑得裤子鼓鼓的，像是南瓜一样，我一时之间忍不住想整他一下，于是伸腿在他屁股上踹了一脚。二捶在我这一踹之下向前栽了过去，只听“咚”的一声响，然后就见他一蹦二尺高，叫道：“哎哟，疼死我了!”

二捶在我们最前面，我原本以为前方仍旧是黑漆漆的通道，却想不到二捶会撞到东西，因此心里一惊，生怕他会碰个头破血流，急忙问道：“二捶，怎么样，没事吧？”

“怎么没事儿，我脑袋都快碰下来了！”二捶有些生气。

福贵叔拿着马灯向二锤走了过去：“你脑袋要真碰下来，你这会儿还能说话？”

随着福贵叔的走近，一座身形巨大的怪兽石像出现在了我们面前!

这尊石像身形类犬，有三米多长，头部如狮，嘴巴大张，似乎是在仰天而啸。两只耳朵长且及背，四肢粗壮，稳稳地立在地上。石像的神情除了威严之外还显露出一丝狰狞，因为它的两颗眼珠是紫色的，在幽幽的灯火之下闪着奇异的紫光。

我们全都惊恐不已，在这幽深的洞穴中怎么会有这样一尊阴森恐怖的石像？

二锤盯着石像看了半天，喃喃说道：“乖乖，这是个什么东西？眼珠子咋紫得跟茄子一样？”

我见那石像的眼珠晶莹剔透，像是水晶石打磨而成，便说：“这东西好像是紫水晶石，要不然不会那么透亮。”

“值不值钱？”二锤这小子没别的脑筋，一心想着钱。

我随口应付道：“比金子都值钱！”

“那敢情好！”二锤说着就趴在那石兽的脸上，拨弄起来了。

福贵叔一直盯着那石兽，眼珠子也不动，像是丢了魂一般。我觉得奇怪，问道：“福贵叔，怎么了？觉得有什么不对劲儿吗？”

“这……这……这石兽是阎罗王的坐骑呀！”福贵叔说道。

我和二锤都疑惑地看向福贵叔。我问道：“阎罗王的坐骑？不太可能吧？怎么会有人在这里摆一座阎罗王坐骑的石像呢？”

“是啊，福贵叔，您老人家虽说活的年岁多，咱可不来胡编乱造的。”二锤说道。

福贵叔不悦地说：“这都啥时候了，我有工夫跟你胡诌吗！这石兽就是阎罗王的坐骑，我听人说，阎罗王的坐骑长着狗的身子，狮子的头，一双耳朵专门用来听人心，分善恶。据说这东西叫‘谛听’，在阴间是专门替阎罗王收魂儿的。”

“真的假的？福贵叔，瞧你说得跟真事儿似的，你也没去过阎罗殿，怎么知道这家伙是收魂的啊，我是一点儿也不信。”二捶说着就又拨弄起了石兽的眼珠子。

“你这浑小子咋说话的，我要是去过阎罗殿，我不就是鬼了，你这是在咒我死啊。”福贵叔面色有些难看。

二捶是个典型的不识相，见福贵叔有了怒气也不管不问，手里仍旧在忙活着："哎，你们说咱们把这两块宝贝石头撬下来，能置换多少粮票啊？"

见二捶没半点儿长进，我忍不住了："我说牛二捶，你怎么是个不见棺材不掉泪的人啊，你忘了咱们挖井那会儿是怎么吃的苦了，要不是贪井底那块宝石，你会变成后来那样吗？"

"哎呀，那次跟这次能比吗，上次那块石头是蓝色儿的，这回是紫色的，明显是不一样的东西。夏远同志，你可别犯经验主义的错误！"

福贵叔正生二捶的气，也不乐意搭理他，自己点燃烟锅抽起来。我见说不动二捶，也懒得再搭理他，索性任他折腾。二捶弄得兴致勃勃，咬着牙使劲儿抠那石兽的眼珠，见我和福贵叔都不理他，就叨叨起来："哎，我说你俩好歹帮帮忙啊，要不然我领了奖励也没你们的份儿！"

"你最好都拿着，我和福贵叔可消受不了这份赏。"我故意呛道。

"行，你们有骨气，我也不求你们，哎，我自己来，你们看着就行！"二捶赌气地从旁边抄起一把镰刀，开始在石像的眼睛上翘起来。

还别说，二捶用镰刀一撬，还真就将石兽的一只眼珠撬了下来，他得意洋洋地将那颗鸡蛋大小的紫水晶石捧在手心看了起来，嘴里直叨叨："哎，你们瞧这东西多好看！"

二捶这副贪财相我和福贵叔见得多了，早就有些厌倦，这会儿谁也不接他的话茬儿，他只好没趣地接着去撬另外一颗紫水晶石。

我望着那尊巍然而立的石兽，心里迷惑万分，这尊石兽怎么会出现在这个天然的洞穴之中？如果真如福贵叔所说，它是阎罗王的坐骑，为阎罗王看管着阴间的鬼魂，那它出现在这里又意味着什么？莫非在这洞穴的深处潜藏着无数的鬼魅？

这时二捶终于撬下了第二颗水紫晶石，愈发得意了，一手拿了一颗，对着福贵叔手里的马灯看起来，嘴里说道："乖乖，果然是宝贝东西！"

然而二捶的话还没说完，一股阴风就笼罩了整个洞穴，马灯里的火光忽地一摇，变得小如萤火，我身上的汗毛不自觉地竖了起来。

福贵叔也察觉到了洞中的异常，紧张地叫道："不好，事情不妙！"

我还没搞清楚怎么回事，二捶手里的两颗紫水晶石突然紫光大现，接着二捶就惨叫一声一下趴在了地上。我紧张地问道："二捶，怎么回事儿？"

二捶身体不停地打着哆嗦，根本说不出话来。我和福贵叔有些心慌，一时之间也不敢靠近，我问福贵叔："二捶这回不会又是撞邪了吧？"

福贵叔眉头紧皱，手里紧紧攥着马灯，不知道该如何回答我。这时趴在地上的二捶慢慢地抬起头来，我和福贵叔紧张地看去。这一看之下我们差点儿吓破了胆，因为我们看见二捶的两颗眼珠冒出了紫光！

第二十二章　犬玉

看到二捶的样子，我心里大叫糟糕，看来二捶同志这回又着道了。福贵叔见二捶的神色反常，也很紧张：“二捶，没事儿吧，你刚才是咋地了？”

二捶对福贵叔的询问没有任何反应，一脸漠然，眼睛里仍然冒着紫光。我和福贵叔正在焦急万分的时候，二捶突然从地上站起向我们走了过来，他的表情十分的诡异，眼珠子冒着慑人的紫光。福贵叔拉了我一把，说道：“不对头，二捶这回怕是又要出事！”

福贵叔话音尚未落地，二捶就向我们扑了过来。我和福贵叔知道大事不妙，转身就跑。福贵叔所处的位置尚可向洞内躲一躲，而我的身后是岩壁，根本毫无退路，我刚转过头去，二捶就扑到了我腿上，两手像是钢筋一般，紧紧地箍住了我的大腿。被他这么一抱，我身体猛然向前倾去，我本能地伸手去扶墙壁，但额头还是撞在了墙壁上。我被撞得眼冒金星，然而最糟的却是二捶突然张开嘴一下咬在了我的大腿上，似乎是想撕下一块肉来。我痛得冷汗直冒，再也顾不了那么多，猛然回过头去，一拳打向了二捶。二捶也不闪躲，依旧紧紧咬着我腿上的肉。我心里暗骂，二捶你这个混球，上辈子一定是一条狗，要不怎么这么会咬人。我一拳结结实实地打在了二捶的头上，二捶却依然毫无反应，牙齿上的力道反而更大了，痛得我在地上翻滚起来。

已经闪到一边的福贵叔见此情况立刻冲了过来，一边使劲儿扯二捶，一边说道："这小子八成是魔怔了！这是要吃人啊！"

福贵叔好不容易把二捶的胳膊拉开，我的一只腿终于空了出来。眼看裤子里已经渗出血来，我再也顾不了那么多，一脚就蹬在了二捶的脸上。这一蹬劲道格外大，一下就把二捶踢了出去。然而二捶的牙齿却丝毫没有放松，连皮带肉给我撕下去一大块。我痛得倒抽一口冷气，简直想冲过去给二捶来个以牙还牙。

腿上鲜血直流，我只好从衣服上撕下一块布条将伤口包扎住。二捶仍旧凶神恶煞地看着我们，嘴角上还沾着我的血，显得异常诡异。

我和福贵叔紧紧地盯着二捶，一时间竟不知该如何是好。尽管二捶对我们又撕又咬，但他始终是我们的伙伴，我们总不能对他痛下狠手。

不容我们多做喘息，二捶就又扑了过来。我腿上火辣辣的疼，可不想再让他给咬住，不自觉地向着洞内跑去。福贵叔也见识到了二捶的厉害，紧随着我向洞内跑去。我和福贵叔虽然知道这样跑下去不是办法，但眼下也只好躲得了一时是一时了。

福贵叔手里拿着马灯，我夹着装工具的布袋，就这样没命地向前跑去。奔跑中我忍不住回头看了一眼，却发现二捶此时像只狗似的，用四肢刨地的方式向我们冲了过来。我心里暗道邪乎，二捶怎么行为举止都跟狗一样了？想到这里我陡然一惊，莫非是那叫"谛听"的石兽附身了？如果真是如此，该怎么把二捶救回来呢？

跑着跑着，借着马灯摇晃的光影，我看见山洞的前面浮现了许多人影，我惊得立刻停下脚步，连忙对福贵叔喊道："福贵叔停下，前面有人！"

福贵叔听了我的话，抬头一看，果然看见前面依稀有几个人影的轮廓，当下立刻也停了下来。一直在后面对我们紧追不舍的二捶却没刹车，见我们停下，他反而四肢一蹬，向我们扑了过来。我和福贵叔立刻往地上趴去，二捶的身体蹭着我们的头皮飞了过去。我们还没抬起头来，二捶便“嘭”的一声撞在了前面的人影身上。这一下撞得太重了，二捶试着从地上站起来，结果却摇晃了一下后就倒在地上一动不动了。

我和福贵叔担心二捶会有生命危险，急忙从地上爬起来冲了过去。这会儿我们对前面的那些人影仍然颇为顾忌，但危急时分也管不了那么多，只能打肿脸充胖子，壮着胆子向前走。这一走近才发现，那些依稀的人影竟然是一列列难以计数的泥像。这些泥像大小与常人无异，只是穿着上是古人的样子，都是长袍式的大褂，腰间系一条麻绳，身份应该是些平民百姓。我和福贵叔这下松了一口气，一起把晕倒在地的二捶扶了起来。只见在二捶的脑门上鼓起了一个拳头大小的包，看来撞得着实不轻，好在没有流血，应该没有生命危险。我看了福贵叔一眼：“现在咱们怎么办？”

福贵叔看了一眼二捶，愁眉苦脸地说：“唉，你说咱们是倒了什么霉了，好不容易把身上的毒去了，海燕那娃却不见了，这工夫二捶这小子又跟撞了邪似的，愣是连我们都认不出来了，眼下咱们也只有走一步算一步了！”

看着神情低落的福贵叔，我不由得一阵心酸。但心酸归心酸，我还是尽快让自己冷静了下来，开始默默地思考起整件事情的始末来。我们打井队的四人自从接下了这次打井任务之后，遇到的怪事儿就层出不穷，而这些怪事发生的地点全部是在这天台山和白石岭的周围，难道这片地区隐藏着什么惊人的秘密？这又是一个什么样的秘密？我心里拿不定主意，一时间也理不出头绪，于是索性不再去想。

但当我看了一眼晕倒在地的二捶，又看了一眼那些竖立在我们身后的泥像后，心里又疑惑起来，我们现在所处的山洞到底是个什么地方，为什么会有这么多泥像呢？这山洞里同样充满了难以解释的谜题，福贵叔说得没错，我们现在只能走一步算一步了。我心里仍旧挂念着生死未卜的林海燕，只希望我们从山洞里出去之后能够尽快地找到她。

福贵叔见我神色不定，知道我在挂念林海燕，于是将烟锅点着，抽了一口说：“夏远啊，知道你这工夫心里想着海燕那娃，我也挂记，但眼下二捶昏迷不醒，咱们人手不够，咱爷俩先等等，看看二捶能好点不，要是他醒了没事了，咱们就接着去找海燕。我估摸着，天儿也快亮了，那咱们找起人来也会便利些。”

我知道福贵叔说的是实情，只好点点头，表示同意他的想法。我们两人就这样一边守着二捶，一边坐靠在石壁上聊起来。过了一阵儿，周围的光线忽然变得十分微弱，我们一看，发现马灯里的灯油将尽，福贵叔立刻从袋子中翻出一罐黑糊糊的灯油，小心地往马灯中加了一些。就在这时，躺在地上的二捶忽然动了一下，嘴里哼了一声。

我紧张地望着福贵叔：“二捶醒了？”

“看样子是！”

我和福贵叔激动地凑到二捶跟前，只听二捶哼哼呀呀地说道：“哎哟，疼……疼……”

福贵叔将二捶的头托起来：“二捶，咋样，清醒点没？”

二捶的神智仍有些模糊，像是在说梦话一般：“啊，嗯，我的头，我的头……”

“你的头被狗叼走了，赶紧醒醒吧，牛二捶！”我故意调侃道。

“狗！狗！啊！”一听到狗这个字，二捶竟有些失控地开始摇晃起来。

我和福贵叔都是一惊，两个人同时按住二捶，生怕他再次咬人。好在二捶慢慢睁开了眼睛。在看清了眼前的情形之后，二捶慢慢冷静了下来，不等我们开口，就首先问道：“我……我这是在哪？”

我和福贵叔有些莫名其妙。我问二捶：“你在山洞里啊，你以为你是在哪里？”

二捶看了一眼周围的环境，说：“那……那我刚才一定是做了个梦，我梦见自己变成了一条狗，正在草原上追兔子……”

我和福贵叔都瞪大了眼睛，难怪二捶对我们紧追不舍，原来是把我们当成兔子了。只是事情还是很怪异，如果说二捶的失魂是因为那两块紫水晶石，但却为何偏偏让二捶以为自己变成了一条狗呢？那两块石头又是什么石头，为何会有这样的力量？

二捶完全不知道自己刚才做了些什么，还以为一切都是梦境。我和福贵叔将刚才发生的事情跟二捶描述了一番，特别是说到他从我身上撕下一块肉的时候，二捶吓得直说："你……你们不是骗人的吧？我……我怎么会咬人呢？"

二捶在醒过来之后就变正常了，不知道是不是那紫水晶石的魔力消失了的缘故。这两块紫水晶石困扰了我很多年，直到有一天我听到一个关于"犬玉"的传说后，才想出了一些眉目。这"犬玉"其实是一种类似于"牛黄马宝"一类的东西，说白了这些东西都是动物体内的结石。这些结石都是极其名贵的药物，虽不能说有起死回生之效，却也能让人延年益寿的。平日里最为常见的是"牛黄马宝"，这"犬玉"极为少见，因为狗的寿命大都在十年左右，在这短短的十年里，狗的体内很难形成结石。"牛黄"乃是成型于牛的胆囊之中，而"犬玉"却是形成于狗的肾脏。据说这"犬玉"除了是一种极为珍贵的药材外，还有一种神奇的作用。如果两只同胞而生的狗是一公一母，并且在两只狗死时，肾脏里都形成了"犬玉"，那么如果将这两块"犬玉"聚在一起，便会使人发痴，苗疆的女巫有会施用此术的人，以此来祸害她所恨的人。

至于二捶是不是被那"犬玉"所害，现在的我也无从确定，在当时则更是想不到这个层面，因此只能把这件事当作一个意外。

二捶休息了一会儿，精神好多了，嚷着饿了，我只好从袋子里拿出一个窝头递给了他。虽然窝头又干又硬，但二捶还是很快就吃了个干净。

等二捶吃完，我们重新整理好东西，打算即刻动身去找林海燕。就在这时，一阵"咯咯"的笑声突然从那些泥像之中传来。听到这声音，我们的头皮立刻就麻了，双腿也不自觉地软了下来。二捶心虚地问道："谁？谁……谁在笑？"

"咯咯……"那阵笑声再次传了过来。

我们转着脑袋，想要找到声源。我的心脏"砰砰砰"地跳着，感觉快要从胸腔里蹦出来一样。就在这时，我看见有一尊泥像竟然动了，它缓缓地向我们走了过来。我们三人无不大惊，二捶更是惊叫起来："闹鬼了！"

虽然看到了如此恐怖的一幕，但我们谁都没有跑，似乎是想看看那向我们走来的到底是什么东西。我手心里都是汗，心里已经做好了打算，倘若那家伙是什么妖魔鬼怪的话，立刻撒腿就跑。福贵叔和二捶估计跟我想的一样，都摆开了随时逃跑的架势。

那走动的"泥像"渐渐走出黑暗，在马灯的火光中，我们惊讶地发现，那"泥像"不是别人，正是那曾经帮我们一起打井的妇女之一，只见她微微含笑，向我们轻轻招着手，似乎是想让我们过去。

在余家寨的时候，我们曾向他们的村长打听过这两个妇女，结果却被告知村子里根本没有这两个人。为此我们一度陷入迷惑，搞不清楚这两个妇女到底是从哪里来的？又是去了哪里？怎么会神秘失踪的？现在我们在吃惊之余也更加迷惑了，一个妇人家怎么会出现在这座诡谲万分的洞穴中呢？

我正要询问这个妇女，她却突然再次"咯咯"地笑起来，然后迅速转身跑回了那让人生畏的黑暗中。我情急之下，喊了一句："哎，你等等！"

那妇女却并没有停下来，只在前方的黑暗之中留下一阵让人心惊不已的笑声。

这个妇女十分诡异地出现，又十分诡异地消失，这让我们着实有些心惊肉跳，三个人你看我，我看你，半天说不出一句话来。

难道这个妇女是个疯子不成，怎么看上去疯疯癫癫的。但是回想她跟我们一起打井时的情形，精神似乎并无异常，我记得的她跟另外两个妇女唯一的奇特之处，就是她们的脚上都生了六个脚趾头。想到六只脚趾，我不自觉地往那妇女刚才所站的位置看去。

这一眼望去，却看到了一件让我身体一颤的东西！

第二十三章　迷魂阵

我万万想不到，在那位妇女所站的地方会出现一只鞋子，更想不到这只鞋子会是林海燕的鞋子！

林海燕自从来到蒿岭村以后，就开始学着当地的村民纳鞋底，一直都是穿她自己做的布鞋。不过林海燕的布鞋与村里其他人的布鞋不一样，她用来做布鞋的料子是她家里人从城里寄过来的带着小粉花的布料，这种布料在蒿岭村算是独一份，羡煞了那些同龄的姑娘们。

我们不约而同地走到了那只鞋子面前，我捡起来一看，果然没错，就是林海燕的鞋子。联想起刚才那个妇女出现的情形，我们都惊出了一身的冷汗，一个可怕的念头浮现在了我们的脑海中：是那两个妇女带走了林海燕！

那个妇女出现的时候神色诡异，一直笑个不停，我本来以为她是疯了，但现在看来，那是已经做好了对付我们的打算。更重要的是，她把林海燕的布鞋留下，肯定是在暗示我们林海燕在她们手中。她们为什么要绑架林海燕？难道她们去帮我们打井时就已经在计划着祸害我们？

猜来猜去，我们却怎么也想不通她们为何要绑架林海燕，图财吗？我们是纯粹的“无产阶级”，身上一个铜子儿也没有，想要敲诈那绝对是找错人了。图色吗，那也不应该绑架林海燕啊。

福贵叔看着林海燕的鞋子，说道：“横竖是猜不透那两个婆娘想咋个折腾，干脆，咱爷仨去前面闯它一闯，我就不信她们还能把咱们三个大老爷们给坑了！”

“没错，抓住那两个贱娘们后看我不给她们点颜色瞧瞧。”二捶气愤地说道。

但我觉得事情远没有这么简单，因为我始终猜不透那两个妇女绑架林海燕的动机，所以我认为这件事必然存在着与众不同的地方，至于是哪里与众不同，我也无从知晓。然而，虽然我不是很赞同就这样贸然行事，但眼下只有这条线索，我们也只能继续走下去。

我对福贵叔和二捶说：“咱们这一路上还是小心为妙，我总觉得那个妇女不太对劲，怕是少不了会算计咱们。”

我们这一路上吃了不少亏，心里都提高了警惕，二捶也同意了我的想法，他当下从布袋中掏了一柄斧子出来，紧紧握着以防突发情况的出现。

在我们的身边是难以计数的泥像，这些泥像的样貌几乎是一模一样，只是手中所拿的工具各不相同，有的手里拿着一把锤子，有的拿着一把剪刀，还有的拿着一只船桨……。马灯的光线虽然足够亮，但我们并不敢快走，因为这些泥像摆放的并不规整，我们随时得提防着脑门被撞。

走了许久，竟然还没有走出那些泥像的阵列，我们心里都不自觉地开始打起鼓来。为什么这么长时间过后，我们身边还有泥像，难道这洞里面全部都是泥像？

福贵叔和二捶也渐渐地开始不耐烦起来，紧锁着眉头。终于，还是二捶先开口了：“咱们走了老半天，怎么还没走到头啊，这山洞到底有多深啊，怎么感觉跟永远走不到头似的！”

“的确是不大对劲儿，咱们已经够倒霉了，可别再碰上鬼打墙。”福贵叔接着说。

“鬼打墙？鬼打墙是怎么一回事？”我诧异地问道。

福贵叔略微迟疑了一下：“要说这‘鬼打墙’按照现在的说法也算是封建迷信，不过，咱们也经历了这么些邪性事儿了，就算不信这些老说法，也该琢磨琢磨其中的蹊跷。”

福贵叔说了半天，也没说到正题上，我知道他是怕二捶又呛他，但二捶这回却没有接茬儿，福贵叔就大胆说了起来：“‘鬼打墙’跟咱们之前说的那个‘鬼勾魂’差不多，就是说那些孤魂野鬼常常会跟着走夜路的人，偷偷地捂住人的眼，让人找不到路，就跟在人周围砌了一面墙一样，就算人在不停地走，到头来却还是在原地打转。”

听完福贵叔的话，我略有所悟，但却不大相信。因为我们这一路上虽然遭遇了多次凶险，但却从未遇到过所谓的鬼魂。

我们又走了大概有一个多钟头，身上已经开始冒热气了，却依然还是处在那些泥像之中，像是走进了无底洞一般，路途永远没有尽头。我不由得渐渐地开始相信福贵叔关于“鬼打墙”的说法了。

最终我们都累得走不动了，水壶里的水也喝完了，只好停下来稍作歇息。趁这空挡，二捶又拿出一个窝头来啃，边啃边说：“奶奶个尿，咱们是不是又被什么邪祟给算计了啊，我看啊，咱们还是尽快想招，要不然非得累死不可。”

福贵叔擦了擦满脸的汗说：“我起初也不信那‘鬼打墙’的说法，难不成真让我给说着了？”

二捶白了一眼福贵叔：“哎，我说福贵叔，你光说不成啊，你得想到对策才行啊，咱们这里就数你岁数大，你快想想招！”

“你这个浑小子，我要是想到招了难不成还憋在肚子里啊？关于这‘鬼打墙’的破法，我也记不太清了，只记得说是一定要走直道，只要走直道就能走出去。”

“哎，福贵叔，我听到的破法怎么跟你说的不一样啊，我听说要是碰到‘鬼打墙’，只要撒泡尿就能破了，而且我还听说，这尿一定是童子尿才行。”二捶说道。

“撒泡尿也行？我看这纯粹是胡说八道！”福贵叔不以为然地说道。

“哎，您老还别不信，我撒一泡试试。”

二捶这家伙说尿就尿，腰带一解，就朝着旁边的一尊泥像尿了起来。自从进了山洞之后，我们喝的水就少之又少，二捶憋了半天才硬尿出一点，估计还没一只麻雀尿的多。二捶也觉得尴尬，自己圆场道：“尿不看多，有点就行，反正就是个意思。”

福贵叔压根儿没把二捶的话当回事：“哼，就算你尿出一条黄河来，咱们该走不出去，还是走不出去，你以为你的尿是神仙水啊？”

“哎，福贵叔，话先别说这么满，咱们走一走试试再说。”二捶不服气地说道。

“甭走，走也是白耽误工夫。”福贵叔说道。

“行，你们就在这等着，我自己一个人走，我就不信邪了。”二捶说着就要向前走去。

我急忙喊住二捶：“牛二捶，这都啥时候了，可不是你耍性子的时候，这山洞里还不知有多少我们瞧不透的门道呢，你不想活咋了！”

被我这么一说，二捶也冷静了下来，停在原地不动了。我接着说道：“我看福贵叔说的那法可行，眼下咱们也没别的法子，不妨试一下。”

“咋试，咱们又不是猫崽子，你敢保证咱走的就一定是直道？”二捶说道。

“咱们虽不是猫崽子，但我却有法子保证咱们走直道。”

“啥法子？”二捶和福贵叔同时问道。

“我刚才一直在想，咱们怎么会一直走不出这些泥像丛的，咱们走了那么长时间，就算是爬山也该爬到顶了。如果不是这些泥像在摆放的时候做过手脚，那就是福贵叔所说的‘鬼打墙’了。我觉得是前者的可能性比较大。”

“哎呀，你别说这些没用的，你倒是说咱们怎么才能从这里走出去啊？”二捶着急地问道。

“你别急，听我说。依我看，那些泥像的摆放看似毫无头绪，其实其中大有玄机，它们彼此之间留的空隙，也就是我们一直走的那条道，其实就是精心设计过的，我猜得没错的话，这条路是首尾连接的，也就是说，无论我们怎么走，其实一直都是在绕圈子。”

二捶觉得我说得有些道理，不自觉地问道：“那你有啥办法？”

“我的办法跟福贵叔的是一样的，就是走直道，但要把这条道走下去，咱们还需要点暴力。”

“暴力？对谁用暴力？”福贵叔有些摸不着边际地问道。

“当然不是对我们自己人了，是对这些石像。我想过了，设计这个迷魂阵的人为了阻止闯入的人走出去，肯定想着法儿的使坏，在一路之上放了许多的挡路石，就是这些挡路石把咱们一点一点的领到了糊涂圈里。这回咱们用绳子绑住一个泥像，绷直了一直向前走，一路上要是碰到泥像，咱们二话不说给它砸个稀巴烂，就这么直直地走下去，这里又不是如来佛的手掌心，我就不信咱们还真个走不出去了！”

二捶和福贵叔都觉得此法可行，所以我们也不再废话，当即按计划行动起来。福贵叔负责拉直绳子，而我和二捶则一人一只斧子走在他的左右，一旦看到前面有拦路的泥像，就不由分说对它“痛下杀手”。那些泥像年代久远，而且本身并不结实，我们用斧子砍起来就如同切瓜一般。当时为了求生，我们把保护文物这件事给忘了，现在想起来，被我们砸掉的那些泥像，要拿到现在来拍卖，估计能买下一座小县城了。

过了半个钟头，在我和二捶砸了差不多百十来个泥像之后，我们终于走出了这个由泥像组成的迷魂阵。此时的我们无一不是灰头土脸，全身也早被汗水湿透了。二捶口渴得紧，从布袋里摸出一个洋芋蛋子生啃起来。

我记挂着林海燕，也顾不上口渴了，望着黝黑的山洞分外着急。这山洞也真是奇了怪了，我们走了那么久，竟然还是看不到头。而且之前出现的妇女也不见踪影，她们究竟把林海燕带到什么地方去了？

福贵叔同我一样，也盯着前方的黑暗看着，只是神色比我镇定得多。忽然，福贵叔眉头一皱，快步向前走了几步，从地上捡起了一个东西。我定睛望去，见他手里拿的竟是林海燕另外的一只鞋子。

我赶紧向福贵叔走了过去，想看个清楚。可我才刚迈开步子，福贵叔竟然在黑暗中突然消失得无影无踪！

我立即冲二捶喊道："二捶，快过来，福贵叔出事了！"

二捶听我一喊，立刻从地上蹦了起来："出啥事了？出啥事了？"

"先别问那么多，快跟上来！"我急切地喊道。

二捶往四周一看，没看到福贵叔，心里也急了，提着福贵叔落在一旁的马灯就冲了过来。我们来到福贵叔刚才所在的位置，发现周围空空如也。二捶这会儿仍旧不知道发生了什么情况，拿着马灯四处照着，嘴里嚷道："福贵叔呢？怎么瞬间就没影了？"

我刚想开口向二捶解释，前方忽然传来几声打斗的声响。我和二捶互看了一眼，然后不约而同地向前冲去。跑了没几步，一座庞然大物就出现在了我们面前。

这东西像是一座铁塔，高有两米多，半径一米左右，形状很怪，下面的部分异常宽大，如同圆鼎一般。我觉得这东西很眼熟，但就是想不起它是干吗用的。二捶看了几眼，突然一拍大腿："乖乖，这他妈的不是太上老君的炼丹炉嘛！"

我这才恍然大悟，这东西的确是一尊丹炉，我小时候看西游记的漫画的时候曾经看到过。

我刚反应过来，丹炉里面就传出了福贵叔的呼救声："二捶、夏远，快把家伙递给我，这里面有个怪物！"

原来福贵叔在丹炉里头！

二捶从口袋里拿出一把斧子，准备塞进这丹炉中。然而这丹炉通体漆黑，我们看了半天，愣是没找到它的炉门。里面的福贵叔已经开始呼喊起来："二捶、夏远，动作利索点！"

见福贵叔就快支持不住了，我和二捶干脆用手在丹炉上摸索起来，一通乱摸，终于摸到了炉门的缝隙，这炉门外面的把手已经不见了，我们只能尽力用手指紧紧地扣住门缝往外拉。我们刚把炉门打开，福贵叔的头就从里面伸了出来，艰难地伸出手来想要扳住炉门，但转眼间就又缩了进去，看来里面的确是有个东西在拉扯他，但到底是什么东西，我们却看不清楚。二捶赶紧把斧子递进了炉膛之中，福贵叔情急之下，拿着斧子就向自己身后劈了过去。只听一声惊天动地的哀号声响起，然后浑身是血的福贵叔就拼尽全力地从里面爬了出来。

我和二捶赶紧伸手将福贵叔扶住。福贵叔紧紧抓着我和二捶的手："快走！"

见福贵叔如此惶恐，我不禁心生好奇，想知道他在那丹炉中到底碰到了什么怪物？不等我开口询问，福贵叔又催促道："快走，再不走就来不及了！"

好奇归好奇，轻重缓急我还是分得清的，当下不再啰嗦，同二捶一起扶着福贵叔就向前跑去。然而我们才刚迈出去一步，就发现自己再也动不了分毫！

不是我们没有力气，而是在身后忽然有一股力量将我们吸住了！这股吸力硬生生地吸住了三个人！我和二捶都怕得要命，不知道是什么妖魔在作怪，居然让我们动都没法动了。我忍不住好奇回头看了过去。这一看之下，心脏差点没从我的腔子里跳出来！

第二十四章　丹炉里的怪物

一只巨大的蛇头从炉门中探了出来，正张着血盆大口朝着我们猛吸气！

我终于明白福贵叔刚才为什么会突然消失了，原来是这条巨蛇搞的鬼。二捶也哆哆嗦嗦地回头看了一眼，张口说道："妈呀，这么大的蛇！"

福贵叔努力往前挣着，说道："这他妈的不是蛇，是个王八！"

经福贵叔一说，我再仔细一看，发现那东西的确不像是蛇，因为它没有牙齿，而且在它的后面隐隐约约还有一个斑驳巨壳。福贵叔刚才的那一斧砍得不轻，巨龟的脖颈处还淌着血，身体上的伤痛撩拨得它愈加暴躁，瞪着一双通红的眼珠子，似乎想一口就把我们生吞了。我们三人彼此紧紧抓着，铆足了劲儿想要挣脱巨龟的吸力，可任我们使出吃奶的劲儿也没能动弹分毫，当下也只能咬紧牙关苦苦支撑，脸上的青筋都露了出来。就在这时，我们忽然感觉身后的吸力消失了，看来巨龟终于气竭。我们三人正待撒腿狂奔，吸力再次传来，而且要比之前大得多，以至于我们还没反应过来，就向后飞去。看来巨龟是换了一口气，然后又猛吸了一口。

巨龟的嘴虽不小，但尚未大到一口就吞下三个人的程度，福贵叔和二捶被吸过去，一下撞在了丹炉上，闷哼一声就躺在地上不动了。我也不知是哪里来的“运气”，被巨龟吸进了嘴巴里。一股浓郁的腥臭瞬间笼罩了我，好在龟这种动物没有牙齿，而且它所咬的地方也恰好是我的腰部，我一时之间尚无生命危险。巨龟见我已到口，当下不再磨蹭，拖着我就钻进了丹炉中，我眼前瞬间变得一片黑暗。我怕得要命，心里暗道，这下坏了，二捶和福贵叔都昏了过去，我自己一个人在这狭窄的丹炉里估计只有被撕咬的份了。巨龟用两只前肢按住了我，我知道下一刻巨龟就会张开巨口向我咬来，以它的剽悍程度，一口就能把我的头给撕下来，所以我拼命挣扎，但任凭我使出浑身力气，却依然分毫动弹不得，气都快喘不上来了。胡乱抓挠之中我的手忽然抓到了一根棍子，我下意识地握紧棍子就向压在我身上的巨龟砸去，只听“扑哧”一声，一股热乎乎的鲜血喷在了我脸上。我恍然醒悟，我手中所握的是福贵叔落在丹炉里的斧子。上天保佑，这把斧子救了我的小命，我这一斧子砍下去，已经是用尽了全力，估计整个斧头都没入了巨龟的血肉中，巨龟疼痛不已，再次号叫一声，身体猛然晃动，震得丹炉摇摇欲倒。我抓住机会朝着炉门爬了过去，求生的欲望促使我三下两下就爬出了丹炉，而那巨龟却仍在愤怒地咆哮着。

在丹炉内这半袋烟的工夫，我已经大体了解了丹炉中的情形。巨龟的壳由于太过庞大的关系，已经被卡在了丹炉里，能动的部位只有头和前肢，后肢和尾巴由于被丹炉卡住都已无法活动。它根本不能灵活的运动，更无法从丹炉中爬出来，捕食也只能靠头和一对前肢。

我连踢带吼好不容易弄醒了二捶和福贵叔，两人晕晕乎乎如坠云里雾里。眼下的情况是，如果往来的路跑，我们很可能像刚才那样重蹈覆辙，又被这巨龟吸住，唯一逃生的机会就是继续往山洞的内部走。

我们抱起丢在地上的干粮和其他器具，二话不说就往前跑。然而那巨龟连续两次吃了我们的亏之后，已是怒不可遏，使劲儿扭着脖子瞪着我们，恨不得要从丹炉中挣脱出来咬死我们，嘴里也嘶叫着，那声音就如同厉鬼号叫一般难听，渗得我们直起鸡皮疙瘩。我们可不想在此多做耽搁，更不敢再去招惹那巨龟，只是一个劲儿地往前跑。

跑了没几步，身后忽然传来地动山摇的“轰隆”声。我转头看去，发现丹炉倒在了地上。估计是巨龟看我们就要逃走，所以盛怒之下撞倒了丹炉。紧接着丹炉就向我们滚了过来，这让我想起曾在鲁班墓中碰到的那只千斤鼠，上次是被只大老鼠滚着铁笼追，这回是被一只乌龟滚着丹炉追，我们算是背到家了。

身后的轰隆之声越来越响，这说明丹炉距离我们越来越近。我们三人不禁加快了脚步，然而无论我们跑得多快，身后的巨龟仍旧阴魂不散地追着我们。我们的体力本来就已将尽，再这么一跑，感觉就快散架了。二捶这会儿喘得像头牛，看上去很快就要支持不住。福贵叔的情况更糟，他刚才与那巨龟一番缠斗，早已气力不济，能跑这么一会儿已算是极限了。

轰隆之声已近到耳畔，我们三个眼看就要被丹炉碾成肉饼。我累得口干舌燥，全身的肌肉都在战栗，腿脚似乎失去了知觉，机械地向前挪动着。偏偏这时二捶支持不住，一头栽倒在地，我和福贵叔急忙伸手去拉他，却已然是来不及了。丹炉巨大的黑影笼罩了我们，眼看就要从我们身上碾过去！

就在生死一瞬间，一阵金石相撞之声传来，震得我的耳膜都快要破裂了。说来也巧，滚动的丹炉在距离我们还有一拳位置的时候，竟然突然停住了！

我脑海中一片空白，头上直冒冷汗，我抹了一把脸上的汗水，仔细打量着那横躺在地的丹炉，见炉门朝下，恰巧将巨龟的出口给封住了。原来随着我们的前进，山洞在不知不觉中已经变得越来越狭窄，当丹炉滚到这个地方的时候，恰巧被卡在了洞壁中间。

我们三人好不庆幸，这一放松，便觉得全身都虚脱了一般，干脆全都躺在地上大口喘息起来。我们从来没像现在这样，感觉生命是如此的美好。一旦躺在地上，我的眼皮就沉重得像是灌了铅一般，很想就此睡去，但我深知目前还不是睡觉的时候，巨龟虽无力伤害我们，但这诡异莫测的山洞里也许还潜伏着其他危机。福贵叔的警觉性也不差，从腰间抽出烟锅点燃，想借着旱烟的冲劲儿提提神。福贵叔抽起那旱烟后，连我也跟着来了精神，睡意消去大半儿。只有二捶这家伙撑不住，一闭上眼睛就再也睁不开了，任我和福贵叔怎么唤他，呼噜照旧打得震天响。没办法，我们只能暂时就地歇息一番了。

丹炉里的巨龟虽然出不来，却没有放弃，不断地撞击丹炉。只是丹炉卡得过于结实，巨龟在撞击了一会儿之后，见没有效果，便渐渐放弃了尝试，在丹炉里变得十分平静。

见巨龟放弃了挣扎，我趁机和福贵叔聊起来。我一边喘着粗气，一边说："哎，福贵叔，你说怪不怪，这明明是座山，怎么山洞里会有只老不死的乌龟，看样子它在这山洞里已经待了不少年头了，这么长时间，也不知它是如何熬过来的！"

福贵叔抽了一口烟，缓缓地吐出来："这事儿的确蹊跷，也没听人说山里会出乌龟的，这真是奇了怪了！"

我在书本上看到过，世界上的许多山地在很久以前都是海洋，在这些山地的岩石上常常会看到鱼类等水生物的化石。但如果说这白石岭在很久以前也是一片汪洋，那绝不会单单只有一只海龟存活至今，其中怕是还另有隐情。

这问题一时间难以想明白，我就干脆不再去想，而是琢磨起那方丹炉来。据说以前的道士都会用炼丹炉炼制延年益寿的丹药，中国四大发明之一的火药就是当时的方士在炼丹的时候无意发明的。像这样的一方丹炉出现在洞中，是不是说明这里曾经是道士炼丹的地方？

福贵叔嘴里吧嗒吧嗒抽着烟锅，也在寻思整件事的来龙去脉。然而一旦沉默下来，疲惫和睡意便席卷了过来，我们再也撑不住，眼皮直打架，不由自主地打起瞌睡来。迷迷糊糊中，我隐约看到丹炉自己慢慢地立了起来。或许是睡意太浓，我潜意识里以为这是在做梦，并未作出反应，直到山洞之中传来一阵撕心裂肺的嘶嚎之后，我才完全清醒，骨碌一下从地上爬了起来。福贵叔和二捶也都醒了，警觉地左右看着，然后看向我，想让我告诉他们发生了什么。

刚才我也是半梦半醒，何曾去注意这些，只好吱吱呜呜地说："我刚才只觉得那丹炉好像慢慢立起来了，具体也不知道怎么回事。"

一提起丹炉，我们三人同时望去。这一眼看去，我们三人顿时傻了，因为原本倒在我们旁边的丹炉居然不见了！

地面上还留着丹炉砸在上面的印记，证明丹炉的确曾卡在这里过，这才片刻的时间，它怎么就不翼而飞了？

没有一丝声响，数吨重的丹炉和那只巨龟就这样无声无息地消失了，仿佛是凭空蒸发了一般。在我们打盹的这片刻间，洞内到底发生过什么，是巨龟悄悄滚着丹炉逃走了，还是这洞内另有玄机？但无论是什么情况，要把如此硕大的丹炉搬走，都需要费一番力气，怎么会连一点声响都没有呢？那把我们惊醒的嘶吼声又是从何而来？

种种疑团让氛围变得愈加诡奇，看似平静的洞穴中危机暗涌。我们颇有默契地靠在一起，二捶一手提着马灯，一手紧紧抓着我们用来装工具的布袋，拿出斧子递给我和福贵叔，自己则拿了把镰刀。我们警惕地四下打量，唯恐遭到突然袭击。

时间一分一秒地过去，我们周围并没有发生什么变化，情况似乎没有想象中的那样糟糕。许久不见有事情发生，我们不禁放松了警惕。二捶慢慢地坐下来，嘴里嘟囔道："这他妈什么鬼地方，怎么什么怪事都有！明明一个大铁炉，一眨眼连个影都瞧不见了，这是有人给咱们变戏法吗？"

经二捶一说，我倒是想起来，我们起初会进入"迷魂阵"，完全是因为发现了曾经跟我们一起打井的妇女。如果我们的推断不错的话，正是她们一步一步把我们引到这里来的。莫非丹炉也是被她们弄走的？她们怎么可能有这么大的能耐呢？

我正思索着，一阵窸窸窣窣的声音从我们脚下传来，我立刻对福贵叔和二捶说："你们听，什么声音？"

二捶和福贵叔侧耳倾听起来，可说来也怪，这会儿那窸窸窣窣的声音竟然消失了。二捶什么也没听到，还以为我出现了幻觉："夏远，你别是紧张过度了吧，哪有什么声音，行了哈，知道你胆儿小，别怕，有哥在这儿呢。"

我讪讪道："有你什么用，每次出事儿的都是你，你就别臭得瑟了。"

"哎，你怎么说话呢，我得瑟什么了。"被我说到痛处，二捶有点急了。

福贵叔急忙喝止："你们这俩愣头青，这节骨眼上抬啥杠，这回弄不好咱们都得把命搭上，你俩就就闭上嘴安生点吧！"

我和二捶谁都不服谁，互相瞥了一眼，然后各自把头一歪，谁都不再说话。或许是山洞里的气氛让我们焦躁不安，我和二捶以前可是绝不会像这样因为一言不合就赌气的。这时那"窸窸窣窣"的声音再次传来。我没有声张，仔细听了起来。没错，的确是有声音从山洞深处传来，这声音听起来像是有一群老鼠正向我们爬来。我转头向山洞深处望去，却看见无数的细长手臂向我们抓了过来！

第二十五章　妖树

我想开口告知福贵叔和二捶，却已来不及了。我们的身体被难以计数的“手臂”紧紧缠住，向着洞内拖去。我的背部被拖在地上，磨得生疼，然而这还是其次，主要是我心里的恐惧已经到了难以名状的地步。

我本来一直握着斧子，可这会儿双手都被绑住，无法挥动斧头，只能任由那些“手臂”拖着。挣扎之中，我终于看清，将我们紧紧缠住的根本不是什么手臂，而是又粗又长类似藤蔓的东西。这些藤蔓如同是章鱼的触角，一旦缠住我们就再也不放了，越是挣扎，它裹得越紧。

我们全身被裹了个严实，完全丧失了还手能力。只有二捶的情况好一点，他的腿虽被藤蔓绑住了，但双手还能活动，只见他猛然将手里的马灯摔向那些藤蔓。马灯碎裂，灯油洒在了藤蔓上，火苗顺着灯油烧了过去，那些藤蔓一遇到火苗，便齐刷刷地缩了回去。二捶三下五除二将身上的藤蔓扒拉下去，随后抄起镰刀就向我这边冲了过来，三步两步赶到我身边，挥起镰刀便向藤蔓削去。我一看那镰刀的去向，心里暗叫糟糕，因为随着藤蔓的拉扯，二捶不但砍不到藤蔓，还会给我来个“一刀两断”。我刚要大喊，却只听“叮当”一声，二捶的镰刀砍在我的斧头上。我心里感叹菩萨保佑，同时对二捶吼道：“牛二捶，你能准儿点不，你想谋财害命啊！”

二捶也吓得直冒冷汗，但嘴里却不服软，仍旧跟我叫板：“慌什么，我就是想谋财害命，你也得有财啊！”

“行了，牛二捶，甭废话了，赶紧把这些藤蔓给我砍了！”我着急地喊道。

见我真急了，二捶紧跑了两步，赶到我前面，挥起镰刀猛砍了几下，终于将缠在我身上的藤蔓砍断了。我一下将还缠在身上的藤蔓丢开，拿着斧子就和二捶去救福贵叔。此时福贵叔已被那些藤蔓拉向了山洞深处，我心里一紧，暗道不妙，立即唤着二捶去追。我见那些被火烧断的藤蔓仍在燃烧，顺手拿起一根权当火把。这些藤蔓很是奇怪，遇火即燃，像是木炭一般，烧得虽不快，火光却亮得很，简直比特制的火把还好用。

福贵叔被拖进了前方的黑暗之中后，一直没有发出半点声音，我担心他一把年纪会出意外，当即加快速度向前跑去。

我跑得太急，以至于手里的火光变得微弱起来，但我根本不敢稍作停留，唯恐福贵叔会因我们的一时拖沓而丢了性命。渐渐地，前面又出现了那些张牙舞爪的藤蔓，被拖着往前走的福贵叔也出现在了我们的视野中。我和二捶握紧家伙赶了上去，终于跑到福贵叔跟前。二捶二话不说，一下扑向了福贵叔，双手紧紧抓住了福贵叔的衣服，而我则趁机快步跑到福贵叔前面，举起斧头冲着藤蔓劈了下去，瞬间将其劈断。为了防止藤蔓再次伸来，我赶忙抬起福贵叔的脚，二捶明白我的心意，也立即抬起福贵叔的两只胳膊，我们两人就这样抬着福贵叔向来路奔去。才走了没几步，我忽然觉得情况不对，因为到了此刻福贵叔竟仍不出声。我低头看去，赫然发现福贵叔的嘴里被硬生生塞进去了一根胳膊粗细的藤蔓，福贵叔狠狠地将它咬住才未让它继续伸入，我当即伸手把那根藤蔓拉了出来，福贵叔“呕”的一声喘过气来，“呼哧呼哧”如同拉风箱一般。

我和二捶刚把福贵叔扶起来，那些藤蔓就又伸了过来。二捶手里握紧镰刀正准备冲上去，我一把拉住了他。对付这些无孔不入的藤蔓，唯有用火攻才是最有效的方法。可现在只有我手里有一束火源，单单以此来对付像是洪水一般席卷而来的藤蔓根本无济于事。

眼看我们就要再次遭遇危机，我猛然想到我们的布袋中还有一瓶灯油，灵光一现，想到了办法。我迅速找出那瓶灯油，用牙齿咬掉瓶塞，往嘴里灌去。二捶和福贵叔怔怔地看着我，以为我是急糊涂了。不等二人反应过来，我猛地一下将嘴里的灯油吐了出去，灯油蹿过我手里拿着的火源，“轰”的一声变成一股猛烈的火焰，烧向千条万缕的藤蔓。

藤蔓遇火即燃，转眼间就委顿在地。我稍稍放下心来，这会儿终于感受到了灯油的呛味。

那时的灯油是柴油，既苦又臭，闻到都难受，更别说含在嘴里了。柴油的味道在我嘴里久久不去，呛得我只想吐，我拼命地往外吐着油沫。二捶和福贵叔却没有看我，而是呆呆向那些藤蔓看去。此时有不少的藤蔓还在燃烧，因此洞穴之内的光线大亮。我顺着二人的目光看去，突然间身体一震也愣在了原地。

之前的那方丹炉就倒在前面，原本住在丹炉里的巨龟也在前面，只是此时的它已变成了一具没有壳的死尸。乌龟的壳其实是乌龟的骨骼，主要功能是保护乌龟的内脏。如果硬生生将乌龟从它的壳里拽出来，那它就会肝脏横流，当即死亡。曾经生猛如虎的巨龟此刻就是这个下场，更为残忍的是，它的尸体正被那些不停扭曲的藤蔓紧紧地箍住，往一张“巨嘴”里塞去。所谓的“巨嘴”长在一个棕色的大木桩上，有两米之长。说它是张嘴，只不过是貌似而已，其实仅是一条长长的缝隙。

木桩长满了藤蔓，这些藤蔓灵敏异常，一旦有活物接近便立刻伸出捕捉，然后再将猎物送到木桩的缝隙之中。

现在我们终于明白了，丹炉和巨龟的消失全是这些藤蔓的杰作，它们在我们打盹的时候将丹炉紧紧裹住然后合力运到了这里，目的是为了吞噬丹炉中的巨龟。那声把我们惊醒的嘶吼，应该是巨龟在临死前发出的。

我恍然醒悟，眼前的木桩实际上就是传说中的“食人树”。传说食人树将人困住之后，会分泌出一种腐蚀性极强的黏液，能够迅速地将人体消化掉。

看着那渐渐被食人树吞掉的巨龟，我心里颇不是滋味。二捶也不忍再看，转过头去说：“我看，咱们还是快走吧，要不咱们待会儿也跟那大王八一个下场。”

听二捶说要走，我心里突地生出一团火气：“走？咱们走了林海燕怎么办？咱们难道就眼看着林海燕死在这里吗？”

“我……我也没说不管林海燕啊，可咱们这会儿不是也找不到她嘛，你说咱们咋办？”

“要我说，咱们就接着到山洞里去找，活要见人，死要见尸！”我愤愤地说。

“你就赌定林海燕一定在山洞里？”

“当然，林海燕的鞋就是证明！”

见我如此执著，二捶不再说话了。福贵叔看了我们一眼，叹了一口气：“海燕咱们是一定要去找的，不过咱爷仨得先寻个法子把那吃肉的木头桩子给除了，要不咱们还真得像二捶说的，跟那王八一个下场。”

我望着仍然在蠕动的“食人树”，脑海里波涛起伏，努力寻思着对付它的方法。“食人树”虽然惧火，但油瓶里只剩下一茶碗多点的柴油，想要就此把藤蔓繁杂的“食人树”消灭实在是有些异想天开。

我看了几眼我们身边的工具，除了斧子和镰刀之外，再无别的可用，可仅凭镰刀和斧头我们根本对付不了“食人树”。想不到办法，我开始着急起来，瞪着“食人树”说道：“妈的，大不了跟它拼了！”

我抄起斧子就要向前冲去，福贵叔却一把拉住我，怒道：“你小子疯了！知道你急，可不能跟个愣头青一样！”

“现在咱们要什么没什么，不拼命还能咋办？”我涨红了脸。

“你先沉住气，咱们合计着来嘛！”

“还有啥可合计的？”

“唉……你这娃子还是个倔脾气，咱们这会儿不是知道了那‘木桩子’怕火吗，咱们就用火攻，那两条装吃食和工具的布袋还能用，再加上咱们不都穿着褂子吗，到了这份上，也顾不了许多，万事以海燕的性命为重。待会咱们把灯油往这些东西上一泼，借着旺火冲过去，只要那木头桩子不拦咱们，咱们就不跟它硬碰硬，一口气冲过去算完！”

这的确是目前最有效的方法，我率先将褂子脱下来摔在地上，对福贵叔说：“行，咱们就按您老说的办！”

福贵叔也把自己的衣服脱下来，缠在了一个藤蔓的断梗上。二捶有些舍不得自己的褂子，行动起来磨磨蹭蹭，像个老娘们，不过他到底还是知道事情的轻重缓急，最终还是把褂子扒了下来。

衣服缠好，然后再洒上灯油，一经点燃，烧得颇旺，可衣服毕竟烧不久，因此我们当即人手一支火把，小心翼翼地向前靠去。火势不小，“食人树”的枝蔓果然缩在一起，不敢与我们进行正面对抗。我们三人便不再畏畏缩缩，大踏着步子向前走去。二捶是一朝得势便猖狂的主儿，愣是举着火把冲“食人树”的藤蔓叫起板来，“哎，你们这些树杈子不是厉害吗，这会儿怎么不跟老子较劲儿了？哼，谅你们也没这个本事了，我还告诉你们，就凭你们这些枝枝叶叶的，想弄死你牛二爷，没门儿！”

福贵叔挺听二捶瞎白活起来，不耐烦地说道：“二捶，都啥时候了，还有工夫在那穷叨叨，赶紧走，待会儿衣服烧干净了，你就是想走也走不了了！”

福贵叔的话一下点醒了二捶，同时也点醒了我，我们现在虽无性命之忧，可一旦衣服烧尽，那时候猖狂的可就是这些藤蔓了。我们当即快步向前走去，食人树渐渐被我们甩在了身后。我们边走边谨慎地打量着周围的环境，唯恐再遇见意想不到的陷阱。不知道是不是过于紧张了，一路之上，我一直听到身后不时有“呼呼啦啦”的声音传来。我担心是不是食人树的藤蔓偷偷跟了过来。这些藤蔓灵敏得很，能够迅速捕捉到活物的气息，因此才会向我们进攻。我很怕它们会等到我们手里的火把熄灭之后再突然攻击我们。但每当我往回看的时候，身后总是空空荡荡的，除了冰冷的岩壁之外，再无别的东西。

三人提心吊胆地继续向前走，然而这座山洞却像是无底洞，我们走了好一会儿也仍然看不到尽头，在山洞的深处依旧是黑茫茫的一片。或许是走的时间久了，我们觉得愈发燥热起来，虽然身上仅剩下一个小背心，但仍旧热得汗流浃背。福贵叔觉得蹊跷，擦了一把脸上的汗说：“咋这么热呢？”

“都走了半天了能不热吗？”二捶一边说着，一边往地上坐去，可屁股才刚沾到地面，就霍地一下又站了起来，嘴里嚷道：“妈呀，这地上怎么跟火烤了一样，差点把我屁股给烫熟了。”

我和福贵叔互望了一眼，半信半疑地用手往地上摸去，果然，二捶说得不错，地上真就热得像火烤了一样，估计有四五十度。这是怎么回事儿，无缘无故的，山洞的地面怎么就突然热了起来？

二捶面露惊恐地望着我们说：“这山上该不会着火了吧，要不然怎么把山洞里烤得这么热？”

“这怎么可能，我们进山洞的时候，外面还下着倾盆大雨，这会儿怎么能着火呢？你以为这天上下的是油啊？”我不屑地冲二捶说。

“这天上下的不是油，那你说山洞咋会一下子就变热了？”二捶跟我呛道。

对于山洞为何会突然升温，我也想不明白，我只听说过在山顶之上会出现昼夜温差极大的现象，却没听过山洞里的气温也会变的。见我答不出话，二捶得意起来：“怎么样，夏远同志，你也不知道了，还真少见。”

“我又不是神，不能啥事都知道。”

“你还知道你不是神啊，我还以为你把自己当神了。咱们再这样走下去，下面还不知道会碰上什么妖魔鬼怪呢。”

我知道二捶不想再进山洞去找林海燕，一来是希望渺茫，二来这山洞中的一切都充满了莫名的恐惧，下一步是生是死难以预料。在经历了那么多匪夷所思的事情之后，无论是谁都会怕了，所以我不怪二捶打退堂鼓，而我自己之所以一直坚持着去找林海燕，也不是因为我是一个大无畏的人，而是在我的内心深处已经对林海燕产生了一种难以割舍的情愫。因此，我不知道如何回应二捶，只能沉默下来。福贵叔这会儿许是累了，也靠在石壁上眯着眼睛休息起来，一时间洞内陷入沉寂。也就是这一会儿的工夫，我们手里的火把变得微弱起来，衣服渐渐烧完，只剩下木梗在燃烧。与此同时，我又听到了那窸窸窣窣的声音。我心中一紧，觉得事情不妙，便对福贵叔和二捶说道：“咱们不能停在这儿，火把已经快烧尽了，咱们要再不走，后面那些藤蔓追上来，咱们可就危险了！”

福贵叔和二捶觉得有理，提起家伙就往前赶去。我一边往前走，一边回头看。果不其然，那些千丝万条的藤蔓向我们扑了过来。我当即大吼一声：“跑！”

福贵叔和二捶回头一看，映入眼帘的全是扭曲而来的藤蔓，顿时双腿打颤，但也只能硬着头皮继续狂奔。火光随着我们的跑动不停地摇曳，我们越往里跑，里面的空间就越大，原本狭窄的山洞忽然变得异常广阔，像是从一个山洞跑进了一个幽深的大峡谷。我心里焦躁不安，因为黑暗如同墨汁一般，在我们周围泼洒开来，我们手里的火把在黑暗中就像是汪洋夜幕下的渔火。

说来也奇怪，我们三人自从进入到这广阔的山腹之后，身后的“窸窣”声便消失了，再回头望去时那些藤蔓也已不知去向。“食人树”的藤蔓虽长，但终究是有限的，它们的长度大概已经到了极限吧。没有了“食人树”藤蔓的紧追，我们悄悄放慢了脚步，但谁都不敢放松警惕，因为我们目前所处的空间透露出一种危机四伏的感觉。我们小心翼翼地往前走着。渐渐地，我的眼睛开始适应了周围的环境，我就借着已经变弱的火光，环顾周围的情形。一些模糊的轮廓浮现在了我的眼前，虽看不清楚到底是什么东西，但从轮廓来看，它们的形体非常庞大。不知道是不是年久腐蚀的关系，火光一照，它们就会反射出斑驳的绿光。我们看得心里发毛，不禁停了下来。二锤怯生生地问："那……那些是什么玩意儿？"

这些东西一动不动，我断定不是活物，于是拿着火把往前靠去。火光渐近，眼前的东西终于清晰地呈现在了我们眼前。是帆船！这些远看上去黑影重重、高低起伏的东西竟然是破烂不堪的帆船！我左右摇晃着火把，只见我们的周围全都是鳞次栉比的桅杆和帆布，还有许多圆形的船舵散布其中。

这些桅杆高高地插入我们上方的黑暗中，虽看不到头，但我们已经可以判断出这些桅杆肯定是属于一艘大船的。福贵叔眉头紧皱，拿着火把趴在地上照起来。我和二捶莫名其妙地互相看了一眼，也随着福贵叔的动作往地上照去。福贵叔对着地面吹了一口气，将一些灰尘吹开，地面上露出了黑沉沉的一块地方，上面模模糊糊还印着一些纹路。福贵叔用手中的斧头敲了几下，发出沉闷的“咚咚咚”的响声。我和二捶不知道福贵叔在干啥，正待张口询问，却见福贵叔举着火把快步在周围走了起来，一双眼睛紧紧盯着地面看着，嘴里忽然说道："怪了！这是一条船！"

第二十六章　船棺

福贵叔突然说这是一条船，弄得我和二捶有些莫名其妙，傻傻地对视了一下，然后眨巴着眼睛看向了福贵叔。福贵叔尽量高举起火把，对我们说："咱们现在是在一艘船上，你俩看那些船帆、船舵，再看看你们脚下的地，木头纹路清清楚楚的，我刚才走那一遭就是想看看边儿上是不是有凸起来的船帮子。"福贵叔说着往下压了压火把，继续说道，"你们看，这些高低不平的石块就是那些船帮子变的。"

我顺着福贵叔的手指看去，果然看到了凹凸有致的一排石块。我看了看那些耸立的桅杆，又看了一眼纹路清晰的地面，对福贵叔的话表示赞同。没错，我们现在的确处在一艘船上，只是这艘船已经在时间长河的作用下变成了碳化后的石块状。特别是我们脚下的甲板，几乎已经融为山体的一部分，如果不是仔细查看，根本看不出上面错落有致的木纹。

二捶觉得不可思议，问道："这咋会是艘船的，要真是船，它是怎么开到这山洞里来的？"

二捶的疑问有道理，如此庞大的船体是怎么开到这山洞之中的？一座大山的山腹中停泊着数十艘船只，这听上去简直就是天方夜谭。要知道我们从山洞口一路走来，沿途虽然并不十分狭窄，但是如此巨大的木船是绝对难以驶入的。

似乎只有一种答案可以解释，就是有人把材料运进了山洞中，然后又建造了这艘大船。可是，在山腹之中造这样一艘船又是为了什么？这艘船既然已经碳化了，年代肯定十分久远了，但究竟是什么时代，我们目前还难以判断。

我和福贵叔谁都无法解答二捶的疑问，所以都没有说话。这下二捶可着急了，嚷嚷道："哎，我说你俩别不说话啊，快说道说道。"

我看了一眼二捶，说道："这事儿看来不简单，咱们一时半会儿怕捉摸不透里面的门道。"

"废话，这山洞里就没有一件儿简单的事儿，你想想那丹炉，你再想想那'食人树'，有哪个是好惹的主儿？现在这里又冒出那么多条大船，我就是用脚后跟想都知道这事儿不简单。"二捶喋喋不休地说道。

我刚要张嘴回呛二捶，福贵叔却说道："这工夫不是想这个事的时候，甭管这船是咋开进来的，都跟咱没啥关系，咱们眼下最重要的还是去找海燕那娃，趁火把还能烧一会儿，咱们赶紧走。"

福贵叔的话点醒了我和二捶，我们不再多说，动作麻利地继续向前走去，我打头阵。望着那些破烂不堪的船帆，我心里怦怦直跳，唯恐有古怪的东西从里面冒出来。

我一边蹑手蹑脚地向前走，一边观察这些彼此接连的船只。在黑暗的笼罩之下，它们像是被排列好了一般，没有丝毫杂乱的样子。二捶和福贵叔紧紧地跟在我身后，我能清楚地听到他们的呼气声。就在我们专注地往前走的时候，山洞中突然传来"嘿嘿嘿"的一声奸笑！我身子一哆嗦，顿时惊出一身的冷汗。我马上收住了步子，站在原地动不了了，开口问道："什么声音？"

诡异的事情终究还是发生了，福贵叔和二捶似乎是根本没有听到任何声音一般，茫然地问道：“咋的了？”

我越发急了：“难道你们没听见笑声？”

“什么笑声？”听我一说，福贵叔和二捶也紧张了起来。

我心里不由得打颤起来。我刚才明明听到了夜猫子叫般的笑声，为什么福贵叔和二捶却像是完全没有听到呢？我再次问道：“你们真的没听到笑声？”

这次福贵叔和二捶没有说话，而是像看到了一个精神病患者一般面露惊慌地摇了摇头。我只好自我打圆场，说道：“哦，那没事，或……或许是我幻……幻听了把！”

福贵叔和二捶半信半疑地看着我，脸上露出了担忧的神色。为了掩饰自己的紧张，我立刻转过身去。火光朦胧中，我仍然在揣测那声音的来源，难道真的是我幻听了吗，我不敢再想下去，只能继续往前摸索。然而，才刚迈出去一步，我就看到了一张女人的脸！女人的笑脸，更确切的说是一张挽着发髻的古典女人的笑脸。我心里虽然发毛，却没敢声张，使劲儿揉了揉眼睛，然后再次向前看去。奇怪了，那张脸居然消失了，前方只有茫茫的一片黑暗。我偷偷地回头看了一眼二捶和福贵叔，发现两人都谨慎地跟在我后面，表情虽有些慌张，但显然不像我一般恐惧。二捶见我神色不对，有些心虚地问道：“你是不是又听到什么声音了？”

“没……没有，我就是觉得山洞里有什么不对劲儿！”

“这……这山洞里不对劲儿的地方多了去了，你就别大惊小怪的了！”二捶也是打肿脸充胖子。

我脑中萦绕着那张女人的脸，心里无比惊恐。她是人是鬼，怎么会是一副古人的打扮？我不知道自己是怎么了，为什么我会听到二捶和福贵叔听不到的声音，看到他们看不到的东西？是我出了问题，还是他俩出了问题？他俩体会不到我的心情，更不知道此时的我已经方寸大乱。

我胆战心惊地又往前走了几步，眼睛瞪得跟乒乓球一样，要是那张脸再冒出来，我一定要把她看个清楚。

走了有一刻钟的工夫，我再没有察觉到什么异样的动静。我的心境开始平稳下来，渐渐相信刚才的所见所闻真的是由于我太过紧张了。此时，我们的周围依旧是桅杆林立，帆布片片。真是难以想象，这山腹之中居然可以装得下那么多的船只。晦暗的火光中，一根粗大的桅杆出现在我们面前，这根桅杆比我们之前看到的都要粗，而且甲板上的各种摆设看上去也更为庄严，仿佛这艘船是这些船的领袖一般。另外，在走上这条船的甲板之前，我们都觉得十分闷热，可步入这条船之后，一股阴冷的气息便笼罩了我们。一种不祥的感觉在我们心里悄然生起。

不用我说，二锤和福贵叔也觉察到了异常，福贵叔停下脚步，说道："你俩觉不觉得这里瘆得慌？"

二锤立刻接茬道："可不是嘛，我都瘆出一身的鸡皮疙瘩了！"

"这里怕是要出事儿，我看咱们还是快点儿走！"福贵叔说道。

三人加快脚步往前走。我们走得过于着急，竟没看清前面不远处有一个黑糊糊的地洞，险些同时跌入洞中，幸亏我发现得早，及时喝止了二捶和福贵叔。我们虽心有余悸，却对地上的这个洞口产生了兴趣，围着它看了起来。

洞中漆黑一片，我将手里的火把往里伸了进去，却还是看不清里面的情景。福贵叔瞧了片刻，说道："我看啊，这像是船舱的入口，你看它四四方方的，又靠近船舵，不是船舱的入口是啥。"

这洞口看起来的确像是船舱的入口。不过我们打着火把看了半天却硬是没看到船舱有多深，索性就不再看了，准备继续往里走。然而就在刚直起腰的刹那，我的余光看到一个白影飘到了我们身后，我警觉地立刻回头去看。这一看我吓得头发都竖了起来，我刚才看到过的那个女人又出现了！更令我意想不到的是，她竟冲我微微一笑，然后一挥手就把我们推到了地洞中。

女人的这一推力道竟然大得出奇，我只觉得胸口像是被烙铁烙过一般，一阵灼热的剧痛感立刻在我胸膛上蔓延开来，与此同时我整个人也跌进了那浓黑如墨的船舱中，福贵叔和二捶也紧跟着跌落了下来。我们还未从惊慌中反应过来，就“咚”的一声结结实实地摔在一个像是楼梯的东西上，后背上被硌得生疼，接着我们就从梯上滚了下去。这一下我们三人再也把持不住，手里的火把和家伙全都脱了手。船舱里的楼梯本来是木质结构，但现在已经有些碳化了，十分坚硬，我们这一滚，身上几乎没有一处幸免于难，全身的关节咔嚓直响。好在楼梯不长，我们很快就滚到了舱底，尽管如此，我们三个也都摔得眼冒金星全身酸疼，手脚都使不上劲。那些从我们手里脱落的火把也从楼梯上滚到了舱底，火光虽小，却仍旧燃着。

我脑袋发沉，身体像是被大卸了八块一样，疼得瘫在地上直哼哼，根本说不出话来。二锤和福贵叔也跟我一样，一副半死不活的样子。我们在地上躺了片刻，身体渐渐缓过劲儿来，除了全身上下酸痛之外，胸口的地方仍旧是有隐隐的灼热感。我将背心往下一拉，赫然发现在我的正胸口处有一个黑糊糊的五指手印！我心中一颤，不由得想起跌落进船舱前的那一幕，那个一身白衣的女人，亦或者说是那个白衣女鬼。人根本不可能有这么大的力道，这种情形，我只在武侠小说中看到过。

我勉强支撑着从地上坐了起来，看了福贵叔和二捶一眼，开口问道：“你俩没事儿吧？”

二捶虽然也摔得不轻，但他毕竟有一身厚实的疙瘩肉，状况比我要好上一些，他瞥了我一眼，说道：“怎么没事儿，我都快动不了了，奶奶的，真是见鬼了，愣是啥都没看见就被推下来了！”

我听二捶一说，不禁又是一惊，看来他和福贵叔还是没看到那个古怪的女人。我全身都开始冒起了冷汗，如果说第一次看见那女人是幻觉，可这回我是眼看着她把我们推到舱底的，这不能再用幻觉来解释了吧。看来，那女人不是人！要不然二捶和福贵叔怎么看不见她？难道是我体质特异，能见到那些邪祟？可我以前没有过类似的经历啊。

这时福贵叔也撑着身子坐了起来，他毕竟上了年纪，咳嗽了数声，然后虚弱地说道："我以前从来不信有什么神神鬼鬼的，可这回啊，我心里有点儿拿不准了，这山洞里里外外都透着蹊跷！"

二捶顿时慌了："福贵叔，你的意思是……这里有鬼？"

福贵叔没有接茬儿，而是淡淡地说："我们小心点儿为好啊。"他站起身来，从地上拾起火把和斧头，接着说："这山洞里头啥想不到的事儿都会发生。咱爷仨儿也不知道是惹了哪路神仙，老碰上这些晦气事儿！"

我和二锤也从地上爬了起来，重新拿起火把和工具。二捶问："咱们现在咋办？"

"这里不是久留之地，咱们还是得上甲板！"我说道。

"可是咱咋上去？"二锤问道。

"刚才我落下来的时候，感觉像是落在了楼梯上，咱们边儿上肯定有楼梯！"说着，我举着火把往四周照了一照。就在我转头的一刹那，那白衣女人的身影竟然又出现在了我眼前。女人像是穿着一席薄纱，肤若凝脂，眉如墨画，脸上的笑容灿若莲花，透着一种妖冶的美艳。不知道为什么，一看到她，我的目光竟再也移不开了，像是被吸住了一般。这时女人对我招了招手，目光虽无法移动，但我心里清楚，我不能中这个妖女的圈套，一旦走过去，怕是连骨头渣儿都剩不下。可是随着妖女的招手，我却不由自主地迈出了脚步，向着她慢慢走去了。我知道坏了，这妖女已经控制了我，我的腿已经不听使唤了，我急得想开口喊福贵叔和二捶，却发现嘴巴竟也张不开了。

二捶和福贵叔根本不知道我发生了什么，他们看着我往前走去，还以为我是发现了什么情况，并没有阻止我的意思。我心急如焚，感觉像是慢慢走向悬崖一样。

我的腿机械地向前挪动，与上半身十分的不协调，再加上我许久都未出声儿，福贵叔和二捶终于看出了我的异样。福贵叔问道："夏远，你是咋了？走路恁奇怪！"

我想大声喊出来，奈何嘴巴像是被缝住了一般，动都动不了。

二捶一脸疑惑地向我走了过来，嘴里说道："你小子搞的啥名堂，神神叨叨的！"

二捶拍了我一下，然而我却无法做出反应，仍旧向前迈着步子。那女人依旧在我眼前微笑着，而且笑得越发妖艳了。

见我很是不对劲，福贵叔终于明白过来，当下对二捶吼道："这小子怕又是中邪了，赶紧抱住他！"

之前在后羿墓的时候，我也出现过类似的状况，只是上次的情形更像是梦游，不知道自己发生了什么事情，而这次我却清醒得很。

二捶感觉我确实有点儿怪异，立即全力抱住了我："夏远，站住！站住！"

我何尝不想站住，但是我的腿当了叛徒，不是我能控制得了的。好在二捶有一身的蛮力，还真就硬生生把我给抵住了。我刚松了一口气，妖女眼中便突然精光大盛，露出了一副狠毒的神色，我的手便不由自主地握紧了斧头，狠狠地向着二捶脑袋砍去！

第二十七章　傀儡

这该死的妖女，见二捶挡了我的去路，便想借我之手将其除掉。眼看斧头的利刃就要砍在二捶脑袋上，我心急如焚自不必说，福贵叔也是急得大呼道："二捶，快闪！"

二捶凭着直觉双手猛一用力，一下把我推了开去，同时自己也向后仰去。二捶的小命保住了，斧头贴着他的头皮砍了下去，把原本就不茂盛的头发砍去不少。二捶吓得不轻，脸都变成绿色的了。他虽知道我是中了邪，但还是忍不住开骂了："夏远，你这是狗咬吕洞宾——不识好人心啊，我救你，你却想要我的命啊！"

二捶的话刚说完，被妖女控制住的我又举着斧子朝着他的脑袋瓜砍去了。二捶这下傻了眼了，后仰在地的他已经是强弩之末，再不知道该如何闪避。所谓狗急跳墙，情急之下，二捶索性一不做二不休给我来了个双脚猛踹，结结实实地揣在了我的肋骨上。他这两脚可谓是掌握了中华武术的精髓，一稳二准三狠，踹得我倒吸一口凉气，一下趴倒在地，豆大的汗珠子也从头上冒了出来。

肋骨虽疼，身上的其他部位却没有因此丧失机能，白衣妖女眼中光芒渐亮，我拔地而起，抡起斧子就向旁边的福贵叔砍去。福贵叔有些措手不及，一时间竟然不知道躲闪了，悲剧眼看就要发生。幸好这时二捶猛然从背后用双臂紧紧夹住了我的胳膊，斧子最终没有劈出去。福贵叔死里逃生，好不庆幸，反应过来已是浑身冷汗。二捶虽然暂时制住了我，但也是勉强支撑，福贵叔当机立断，首先飞起一脚，将我手里的斧头给踢飞了，然后纵身扑来，一下抱住了我不断乱踢的双腿，同二捶一起将我制服了。福贵叔他们不可能永远这么抱着我，要是我们带的绳索没丢的话，他们还能捆住我，可眼下却只有斧头和镰刀。福贵叔想了想，意味深长地看了我一眼，说道："夏远，眼下没别的法子，只能让你吃点苦了！"

我心里一哆嗦，不知道福贵叔想对我怎么样，出于本能地瞪大了眼睛，表示抗议。福贵叔不理会我的抗议，一下子猛地坐在了我腿上，然后用手大力地砍在了我的侧颈上。我只觉得脖子一酸，眼睛一黑便失去了意识。

也不知过了多久，我在一阵疼痛中醒来，脖子就像是落枕了一样，酸痛不止。睁开眼后，我模模糊糊看到在前面不多远的地方有一点灯光，福贵叔和二捶正在那里窃窃私语。见他们神神秘秘的样子，我的好奇心被吊了起来，强撑着从地上站起来，慢慢地向着他们走去。我脑袋有些昏沉，隐约听二锤声音有些发抖地说道："福……福贵叔，这究竟是怎么回事？这……这也太残忍了吧！"

福贵叔没有回答二捶，嘴里却在不停的念叨着："作孽啊……作孽啊……"

我听得莫名其妙，继续向前走去。然而我刚迈出去一步，却发现白衣妖女又出现在了福贵叔和二捶的旁边，我大惊，急忙闪避目光，根据我之前中招的经验，这妖女是通过我的眼睛来控制我的。可我还是躲得慢了些，妖女眼中精光突现，我的身体立刻又动不了了，而且我的手也慢慢地将一把被扔在旁边的斧子拿了起来，随后我的腿就轻轻地向着二捶和福贵叔移去。这妖女要我从二捶和福贵叔的背后偷袭他们！

福贵叔和二捶不知道死神正一步步向他们靠近，我急得全身冒汗，想要告诉他们，奈何上牙紧紧咬着下牙，死活是开不了口。我轻轻地走到了福贵叔和二捶的身后，斧子也被我慢慢举了起来，闪烁着森森寒光的斧头眼看就要劈向二捶和福贵叔。我急中生智，试着用喉音哼了一声。正是这一声哼哼，让二捶和福贵叔警觉地回过头来。看到我的样子，他们先是一惊，随即明白过来，立刻向旁边闪开了。与此同时，我手里的斧子也重重地劈了下去，恰好劈在了前面的一根木桩的顶端。此时木桩正对着我，我一眼就看清了木桩上的情形。正是这一眼，让我的胃顿时翻江倒海，哇的一口吐了出来。

太残忍了，太血腥了！有生之年我从来没有看到过如此残忍的景象，也从来没有想到过人世间会存在这样恐怖的事情。我看见一个披头散发的白衣女子的尸体被紧紧地缚在了木桩上，女子的眼睛、鼻孔、嘴巴、耳朵全都被拇指粗细的铆钉给钉住了！她血流满面，身体极度扭曲，生前定是遭受了极大的痛苦。

震惊之余，我脑中疑窦丛生，是什么人将这女子祸害成这样？为什么要将她的七窍全部用铆钉钉住？是对她恨之入骨？还是有着其他的意图？

或许是想要找到一些相关线索，我又看了一眼那具女尸，这一看之下发现了一个非常奇怪的地方——这具女尸没有腐烂！虽然七窍被钉住，但女尸身上的皮肤却仍旧是一副吹弹可破的样子。怎么可能？我们现在所处的这艘木船至少也有千年以上的历史，一具女尸历经千年应该连骨灰都剩不下了，怎么还会栩栩如生呢？

我正在思索，忽觉背后一阵阴风飘过，眨眼间那妖女又飘到了我面前。她依旧是一副妖艳的面容，眼中流露着春水般的光泽。我知道她又得让我去除掉福贵叔和二捶。

我心中有些恍惚，产生了一个念头，木桩上的女子跟这个妖女不会是同一个人吧，或者说那飘飘忽忽的妖女其实是这个女子的魂魄？

根本来不及想清楚这件事，我就紧握斧子冲向了在我身后的福贵叔和二捶。两人这回有了默契，一个拿着斧头，一个拿着镰刀就跟我对干了起来。我心想这下凶多吉少了，看样子他们这是准备对我下狠手以绝后患啊。

当我们手中的家伙碰在一起后，我才明白一切都是我多想了，福贵叔和二捶只求自卫，并不想伤害我，我心里不禁有些惭愧。控制我的妖女可并不这样想，变本加厉地让我劈砍福贵叔和牛二捶。他们两个人要对付我本来不是难事，只因为怕误伤了我，不敢使出全力，所以一番争斗下来，反而是我占着上风。有好几次，我的斧子都是擦着两人的鼻尖砍过去的。再拖下去，他们肯定会体力不济的，到时情况便会更加凶险，

福贵叔见事情不妙，冲二捶喊道："二捶，你小子还是童子身吗？"

二捶吃了一惊，我也是莫名其妙。二捶皱着眉看了福贵叔一眼："福贵叔，这都啥时候了，你问这个干吗？"

福贵叔一边忙着应付我，一边答道："你不是看见了嘛，夏远八成是邪祟上身了，老人们都说童子尿能驱邪，你是童子身的话，赶紧尿一泡。"

二捶弄明白了，当下答道："我还没娶媳妇呢，他娘的当然是童子身了，可你这招到底行不行啊，福贵叔？"

"说不准，好歹试一回!"

"那好，这回就听您老的！"

二捶说完抽身到一旁，开始解裤腰带，只剩下福贵叔跟我拼死对抗。我虽有心停手，但早已是"身不由己"。二捶三下五除二就把裤子褪下来，但是接下来就不知道怎么办了，他左右张望了一番，最后只得问福贵叔："哎，我说福贵叔，我是尿在这里，还是咋办？"

福贵叔和二捶一起对付我尚处于下风，现在一个人，自然是险象环生，虽然他身子骨还很灵活，接连从我要命的斧子下躲开了，但也已是狼狈不堪，只能仓皇地冲二捶喊道："咋能随便尿呢，要把童子尿泼在夏远的头上才管用。"

我一听，胃里顿时再次犯呕，不会吧，居然要把二捶的尿泼在我头上，这以后可叫我怎么做人啊。

二捶已经摆好了架势准备尿，忽然发现不对劲，茫然地对福贵叔说："福贵叔，咱们现在没有东西接啊，我总不能用手吧？"

福贵叔瞄到了二捶一直挂在身子上的水壶，说道："你真是骑着驴找驴，你身上不是有水壶嘛，就用水壶接！"

"啊，那咱还咋用它喝水？"

"还喝啥水，再拖下去，咱们就得在黄泉路上喝孟婆汤了！"

二捶不再磨叽，取下了水壶，然后不太自然地放到下面去接尿，可是过了好一会儿还不见动静。福贵叔急得大骂："二捶，你下神呢啊，赶紧的啊，我就快撑不住了！"

"福贵叔，不是我不想啊，关键是那么长时间没喝水了，我尿不出来啊！"二捶委屈地说道。

"尿不出来也得憋出点儿来！再尿不出来，你就赶快过来跟我一起把夏远这小子制住！"

根据我的感觉，福贵叔的这法子八成是没用，一泡尿怎么可能解决问题，只会让我的肉体遭受折磨。

经过大概有十分钟时间的酝酿，二捶终于尿了出来。听到水壶中"哗啦哗啦"的声音，二捶露出了欣慰的笑容，像是完成了一项艰巨而光荣的任务一般，爽朗地对福贵叔说："成了！"

"那还磨蹭啥，赶紧提上裤子，过来帮忙！"福贵叔已经快撑不住了，满脸的汗，眼睛都快要睁不开了。

二捶赶紧一手抓起裤子，一手拿着水壶就跑了过来。我根本来不及反应，就闻到了一股骚臭味，紧接着二捶的尿就扑面而来了。二捶这小子下手太快了，刚凑到我跟前，就将水壶里的尿浇在了我头上。尿顺着我的额头流过我的鼻子又流过我的嘴巴，伴着一股浓烈的类似大蒜的臭味。我强忍恶心，立刻紧紧闭住了呼吸。在我闭住呼吸之后，原本挥舞着斧子的手臂也停了下来，那妖女也一时间不见了踪影。只是我闭气的时间过长，造成大脑缺氧，一阵晕眩袭来，顿时摔倒在地。

福贵叔和二捶以为是童子尿奏效，面露欣喜地向我扑了过来。为了以防万一，福贵叔仍旧先将我手中的斧子拿开了。两人轮流拍打着我的脸颊："夏远，醒醒，你没事儿吧？"

我试着动了动手臂，发现它终于服从指挥了，当即在脸上一通乱抹，想把二捶的尿给抹个干净。我一边抹，一边埋怨二捶："牛二捶，你还真节俭，一泡尿你是一点也没浪费啊？"

听我开口说话，福贵叔和二捶稍稍放下心来。二捶也不再跟我客气，说道："那是，咱们现在条件艰苦，我好不容易生产了这么点儿圣水，怎么能浪费呢？看我大方吧，全给兄弟你了！"

"行，牛二捶，你倒变得伶牙俐齿了，不过咱们国家可是讲究礼尚往来的，这泡尿，我早晚会还你的。"

福贵叔见我和二捶又开始斗嘴，脸色一沉："你俩还有心思斗嘴，咱们现在是啥境况，还不赶紧想法子出去。"

我和二捶顿时安静下来，谁也不再说话。福贵叔一脸愁容地问我："你刚才做了啥，有印象不？"

"别说有印象，我做的每一个动作都是历历在目……"

我话还没说完，二捶就抢着说道："好呀，你有印象，还想劈死我和福贵叔？"

"哎呀，你听我把话说完，这回还真是奇了怪了，我心里明明都清楚，可就是身体不受控制。你以为我想拿斧子劈你们啊，可谁让我控制不了自己呢？"我向二捶和福贵叔解释道。

听了我的话，福贵叔和二捶也觉得古怪，都沉思起来。二捶像是忽然想起了什么，问道："夏远，你之前说你听到笑声，该不会就是这个女人的笑声吧？"

二捶指向了那个被绑在木桩上的女人。

刚才身体被制，我没有来得及仔细观看女尸，这会再一打量，心中立刻坚定了一个念头："这个女人就是那个控制我的妖女的真身！"

第二十八章　尸体还魂

经过刚才的事情之后，福贵叔和二捶终于不再觉得我是疑神疑鬼了。我把整个过程详细说了一遍，他们听后都觉得事情过于奇异，不约而同地将目光投向了木桩上的女人。

眼前的女人除了五官由于铆钉的缘故看不清楚外，其他地方均与我看到的妖女如出一辙。其实不应该再称呼她为妖女，因为她实际上是这个女人的魂魄。至于我被她的魂魄所控制，也就是通常人们所说的“鬼上身”。在以后很长的一段时间里，我都试图找出一个更为合理的说法来解释这种现象，为此我询问过许多人，也查阅了很多资料。按一个生物学家的解释，人死之后，脑电波在一定的条件下会继续存在于人世，一个人如果处在极其虚弱疲惫的状态中，就很容易被这种脑电波所控制。这解释了只有我才能看到女人魂魄的原因，疲惫过度的我，看到的其实是女人脑电波的一种化学呈现。至于这种说法是不是正解，我不敢确定，姑且当它是一种安慰吧。

此外，关于童子尿驱邪的说法我也一直怀疑，虽然我的确是因为被二捶的童子尿泼在了身上，这才摆脱女人魂魄的控制。但经过后来的仔细推敲，我觉得我之所以能摆脱控制，主要还是因为在被尿泼到身上后，我一时闭住了气息，从而造成我身体机能暂时丧失，由此摆脱了女人脑电波的控制。我并非科学家，也不是生物学家，这个也只是我的一个揣测性结论，可靠性有多少我自己也不清楚。

在当时，我们远远没有想到这些，脑子里是一团糨糊，心里有的只是对这些神秘事物的恐惧。

我们打量着木桩上的女人，猜测着女人生前遭受如此残酷对待的缘故。

我见福贵叔看得很认真，眼中闪着精光，像是看出了些端倪，就问他："福贵叔，你是不是看出了些什么？"

福贵叔紧皱着双眉摇了摇头："我说不准，不过这女人的死倒是怪得很，你看她全身上下除了头上的眼睛鼻子嘴被铆钉钉上了外，其他地方都好好的，这不像是仇家干的，也不像是在用刑。我刚才仔细看了下那些铆钉，它们都是金子做的，仇人杀人犯不上用金子做的铆钉，用刑的话，就更不对了，哪朝哪代也没听人说刑具是用金子做的。"

听福贵叔一说，我和二捶都盯在铆钉上看了起来。只是两人的目的截然不同，我是想确认一下福贵叔所说的话，二捶却是心里又动了贪念，一看到金子，他眼珠子就快冒出来了。

福贵叔说的没错，女人头上的七个铆钉在火光之下闪着熠熠金光，的确是金子打造。我接着问道："福贵叔，依你看，这女人的被害到底是什么原因？"

"咱也不是公安，哪能看出她是咋死的？依我看，这倒像是一个祭奠仪式，我说不上为啥，就觉着像！"

福贵叔的话提醒了我，在古时候，人们愚昧无知，笃信鬼神之说，对于神奇的大自然更是充满了敬畏之心，由此便诞生了神仙的说法。除了天上的诸神以外，民间还崇拜山神、水神等。俗话说，"靠山吃山，靠海吃海"，山和海在某些层面上成了人们衣食住行的来源，由于对这些神灵的过度崇拜，人们也开始变本加厉的“讨好”这些神仙，很多地区都出现了向山神进献活人的仪式，我们眼前的这具女尸很可能就是被进献的“祭品”。

如果是这样的话，这个女人又是被贡献给谁的呢，白石岭的山神？

见我一直在沉思，福贵叔咳嗽了一声，说道：“咱们现在先甭管这些事儿，还是先去找海燕要紧。拿好东西咱们上甲板！”

林海燕已经失踪了很长的一段时间，现如今是生是死还尚未可知，我们的确是应该抓紧了。我们找回了火把和斧头，一切收拾妥当后，立即再次出发。这次福贵叔走在了前面，我紧随其后，二捶跟在最后面。

我记得我们从甲板上摔下来的时候，下面有一段木梯，现在我们要想重新回到甲板上，只要从木梯走上去就行了，应该不是很麻烦。我往前走了几步，突然觉得有些奇怪，二捶这次怎么一点儿动静都没弄出来？我忍不回过头去，看他在干什么。这一眷，我顿时不寒而栗。只见二捶正在用镰刀撬女尸眼睛上的金铆钉，而女尸的魂魄就站在他的旁边一脸阴毒地瞧着他！

二捶没有感觉到身边有什么异样，他的心里已经全部被贪念给占据了。我心里暗骂，牛二捶你是穷疯了吗，你这个要钱不要命的毛病什么时候能改呢？

女人的魂魄这回没有对我故伎重施，而是专注地盯着二捶，像是在等待着什么。我心里惊恐无比，立刻对二捶喝道：“二捶，别弄了，快过来！”

二捶财迷心窍，连眼皮都懒得抬：“你们等我下，这些金子留在这里也是浪费，还是让它们为广大人民群众做点儿贡献吧。”

我正要继续喝骂，二捶已经把一只眼睛上的一颗金铆钉给撬了下来，女尸脸上顿时露出了黑糊糊的眼窝。就在这时，女人的魂魄刷地一下从眼窝钻了进去！

我暗道，遭了，魂魄已归位，这是要诈尸啊！

二捶没有看到这一幕，准备继续去撬其他的铆钉。女尸却在魂魄归位的瞬间发生了变化，像是泄了气的气球一样，原本丰润的肌骨立刻萎缩，并且像是痉挛了一样全身颤抖起来。这一下，二捶终于害怕了，脸色大变，手里的火把和镰刀全都掉在了地上，双腿也不地的发抖。害怕之余，二捶连逃命都忘了。我大喝一声："二捶，快跑！"

二捶如梦初醒，大喊道："妈呀，诈尸了！"

在我一开始呵斥二捶的时候，福贵叔就停下了脚步等我们，看到眼前的突变，他快步跑上前去，一把拉住二捶就往回跑。我也跟着跑了过来，大家一起没命地往前冲去。根据我的记忆，木梯距离我们现在的位置并不远。果不其然，跑了没几步，我们就看到了通往甲板的木梯，身后也没有女尸追来的声响。我心想，只要冲到甲板上，我们的小命基本上就算保住了。可是，我心里才刚浮现出这个念头，木梯上就忽然出现了那具脸上钉着铆钉的女尸！

我们惊骇万端，立刻停住脚步，颤颤巍巍地看着面目狰狞的女尸。特别是女尸脸上那个眼珠已经腐烂的眼窝，让人看一眼就觉得心底生寒。二捶结结巴巴地说道："咱……咱们现在咋办？"

大概是恐惧到了极点的缘故，我和福贵叔都没了与女尸厮杀的勇气，异口同声地说道："往回跑！"

又是一阵急跑，眼看我们就要跑过了那跟木桩。就在这时，奇怪的事情又发生了，女尸又出现在了我们前面，我们不得不再次停住了脚步。我心里又惊又怕，这女尸还真不是善茬儿，她是会飞天术还是会遁地术？竟能在我们不知觉的情况下就突然在我们面前冒出来。

二捶小心翼翼地问道："再跑？"

我答道："不能跑了，照这样跑下去，咱们早晚得累死，还是先看看这女尸有什么动作，兴许她没啥杀伤力……"

我的话还没说完，女尸就用行动证明了她十足的杀伤力。它像是一阵风似的，"嗖"地一下就飘到了我眼见，我只觉得眼睛一花，压根儿来不及反应，它的双手已经掐住了我的脖子，而且越缩越紧。我觉得脖子像是被钢筋给箍住了一样，脸开始涨红，舌头也慢慢吐了出来。

诈尸的说法我早就听人说起过，说是死人一旦诈尸，就会根据人气扑咬活人，想不到现在终于亲身体会到了。在后羿墓的时候，我们同样是碰到了一群扑咬我们的僵尸，不过后来我们发现这些僵尸其实并不是传统意义上的僵尸，而是一种受着其他生物所控制的"蛊"。

我已经喘不上气来，视线也变得模糊起来，喉咙就快被掐断了。福贵叔和二捶为了救我也急红了眼轮着斧头和镰刀就向女尸的胳膊砍了下去，这一砍两人已经用上了十二分的力气，但是砍在女尸的身上却像是砍在水泥墙上一般，除了一声闷响外，什么效果也没有。女尸的胳膊仍旧紧紧地掐着我，可能是为了尽快置我于死地，她猛一转身，把我往旁边推去。女尸推着我就像是一头牛抵着一个箩筐一般，轻而易举地就把我推到了一个硬物之上，只听"咣当"一声，似乎是碰开了某个东西。生死关头，也不知道是二捶哪里来的灵感，将手里的火把一下砸在了女尸的后背上。女尸长且及背的头发一下子就烧了起来，它脸上愈加狰狞，像是受了巨大的痛苦一般，原本掐在我脖子上的双手也立刻收了回去。只见它像是疯了一般四处乱撞，一股让人难以忍受的恶臭从它身上散发了出来。

我死里逃生，喉咙里像是被东西塞住了一般难受，猛地咳嗽几下，吸了一口气才活过来。

此时女尸已经烧得皮肤发黑，脸上黑糊糊的一片，如同是烧焦了的秸秆一样。我以为女尸就此玩完了，没想到她却变得愈加凶狠，带着燃烧的火苗扑向了我们。我气息不足，实在是跑不动，只得迅速蹲在了地上，把头伏在双腿上。还别说，这一招还真奏效了，女尸的胳膊从我头上横扫过去，接着扑向了二捶。二捶手里只有一把镰刀，虽然清楚镰刀对女尸根本没用，但情急之下他也只能本能地举起镰刀砍向女尸的脖子，在上面留下了一道划痕。女尸手臂猛地一扫，扫在了二捶的脸颊上，二捶连疼都没喊出声，就飞了出去。二捶身体壮如牛犊，却被女尸一下就打飞了出去，它的劲道可想而知。

一旁的福贵叔自然不会袖手旁观，二捶一飞出去，他便支援上去，将手里的火把一下子插进了女尸的眼窝之中。这一招异常奏效，火焰突然就从女尸的眼眶窜进了女尸的腹腔，在其体内燃烧起来，把女尸变成了“人肉灯笼”。体内的火焰将女尸的皮肤照得通明，随即烧穿了它的肌肤，在它全身蔓延开来。女尸眼看就要委顿在地，却在最后的一刹那将手指狠狠地插向了福贵叔的咽喉。福贵叔惊骇之中忘了反应，蹲在一旁的我当下如一只蛤蟆一般，猛然蹬地而起，扑了过去。

福贵叔被我扑倒在地，有惊无险地躲过了女尸的致命一击，而女尸也转眼就被烧成了灰烬。

女尸被摆平，我们三人终于松了一口气，互相靠着歇息起来。我忽然想起来，在被女尸掐住的时候，我似乎是碰在了某件东西上，忍不住就将目光移了过去。火把全落在了地上，火光很微弱，但仍将我们周围的情况呈现了出来。火光摇曳中，一具木质的棺材出现在了我的视线里！

我们这又是来到了什么地方，怎么又冒出了一具棺材？

此时缓过劲儿来的二捶和福贵叔，也看到了这具在火光中显得异常神秘的棺材。我们怔怔地看了半天，最终还是福贵叔先开口说道：“这里该不会又是一座墓穴吧？”

古时候在海上漂泊一生的人，在死的时候常常会以自己的船为墓穴，世界上很多地方都出土过类似的墓穴。当然，当时我们还不知道这一点，只是觉得有棺材出现的地方应该就是一座墓穴。

经历了这么多事情后，我们三人大有“谈墓色变”的意思，互相看了一眼，然后起身捡起火把，神色凝重地准备撤离。可惜的是，在离开之前，我忍不住又往木棺上看了一眼。正是这一眼，又将我们带入了另一个险境！

第二十九章　裹尸布

女尸之前将我推到了木棺前，由于她的力道实在太大，我一下把木棺的棺盖给撞开了。按常理来说，棺盖不是那么轻易就能开启的，因为在盖棺之时，工匠都会用铁钉将棺盖钉紧。可能是因为年久锈蚀的关系，这尊木棺上的铁钉已经化成了铁锈，所以才失了作用。

棺盖被撞开之后，棺材内的情形便一览无余。我这一眼看去，心里顿起波澜，忍不住叫了起来："这是什么东西？"

听见我的叫声，二捶和福贵叔立即来了兴致，其实他们也很好奇，只是怕再添麻烦，所以宁愿对其不闻不问。在看清木棺里的东西之后，他们也发出了"咦"的一声。

棺材就是用来装死人的，因此在棺材中看到死人本也没有什么大惊小怪的。然而，我们在这具棺材中看到的尸体却有些与众不同。古时候，人们十分希望自己的身体在死后也可以久存，永远不腐，由此而产生了以此为目的的各种各样的入殓方法，有的是在墓穴的风水上下功夫，有的是在棺材上下功夫，还有的在自己入棺之时的衣服上下功夫。眼前的这具尸体奇怪就奇怪在它的"衣服"上，说是衣服，其实是一块裹尸布！

古时候的中国人，特别是达官显贵，是不会用一块寒酸的裹尸布来做自己的“寿衣”的。他们想让自己在死后能同活着时一样，依旧可以锦衣玉食，所以他们的寿衣往往也是锦衣华服，更有甚者便是“金缕玉衣”，以金丝为线，以玉石为布料，做成一套奢华至极的服装。然而，眼前的这块裹尸布的奇异之处却超过了“金缕玉衣”。

因为在这块裹尸布上画着一幅画，一副非常奇怪的图画。乍看之下，这幅图上画的像是离离野草，凄凄荒野，并没有什么独特之处，但再看一眼，就会发觉并没有那么简单，那每一笔草叶之间似乎都藏着一些暗示，一种说不清的暗示。

这实在是太奇怪了，有谁会在自己的裹尸布上画画呢？而且还画得得如此奇怪。

这块裹尸布的缠绕方法十分类似于埃及的木乃伊，唯一不同的就是上面画了画。裹尸布将死者的身形凸显了出来，死者身形瘦削，估计是个小老头。

在死者的周围放了许多的陪葬物，这些器物无一不是金银珠宝，但我们却对它一点儿兴趣也没有，就连最贪财的二捶也没有多看一眼，我们全都被裹尸布上的那幅图给吸引住了。图上的每一笔都极尽柔和，似乎潜藏着丰富的意蕴，看着看着，图上的草竟然像是有了生命一般，随风摇曳起来。这感觉如此真切，以至于我不禁有些心驰神游了。

不知不觉中，我们的头越来越低，慢慢地向着裹尸布靠去，鼻子渐渐地闻到了一股奇妙的香气，来自于裹尸布的香气！二捶觉得不对劲儿，问道：“奇怪了，这尸体怎么还有一股香气？”

这股香气既不似饭菜的香味，也不似花的香味，而是一种说不清楚的，飘飘忽忽的香气。闻到这股香味后，我们顿感身体轻飘起来，同时紧盯着裹尸布的眼睛再也移不开了。

渐渐地裹尸布上的每一笔都舞动起来，它们渐渐地组成了一个个奇怪的字符。我心里莫名地颤动了一下，嘴里冒出三个字：“鬼画符！”

随着荒草组成一个个符咒，我的心脏越跳越快，这让我想起了在后羿墓中的时候，我看到那条妖龙和满壁的符咒后，险些将自己的脖子撞到后羿的射日弓箭之上的事情。我心里已经浮起了一股毛骨悚然的感觉，二捶和福贵叔却都没搭理我，仍旧专注地看着裹尸布上的画。

正想着，裹尸布上的图画已经变得一片模糊，上面的符咒旋转了起来，而且越转越快，转得我脑袋发晕。与此同时，整个船舱也摇晃起来，轰隆之声响彻不绝，像是要塌陷一般。不等我们反应过来，地上就忽然裂开了一个大洞，我们全都掉了下去。

我们感觉像是掉进了云层里，到处一片混沌。片刻之后，我们便落地了，奇怪的是谁也没有摔伤，而且还是平稳着陆。

在我们的周围依旧是一片混沌，浓雾弥漫，根本看不清自己身在何方，只能在飘忽的雾气中隐隐约约地看到一些野草。我忽然觉得很眼熟，在裹尸布上的那幅图中，我们也看到过类似的情形！二捶和福贵叔似乎也看出了其中的端倪，二捶问道："咱们这是到了什么鬼地方？"

"这里跟咱们在那裹尸布上看到的画一模一样，这里面透着不祥啊。"福贵叔说道。

"没错，的确是古怪得很，咱们从那山洞中跌落出来，按说会跌入深渊里，怎么会落在这荒草堆中？"我也很疑惑。

"那也说不准，咱们兴许是落到了一个大峡谷中，大峡谷里长草可不犯法吧？"二捶说道。

我回应道："这都啥时候了，你还跟我斗嘴？"

"谁跟你斗嘴了，我是就事儿说事儿。"二捶不依不饶。

福贵叔望了我和二捶一眼，说道："你俩先别吵吵，咱们先走一走，看看有什么出路，兴许咱爷仨儿能从这里走出去。"

说到走出去，我心里不禁又着急起来，说道："林海燕可咋办啊？"

二捶一脸不悦地说："咱们现在是'泥菩萨过河自身难保'，还咋救林海燕，要救也得等到咱们脱身以后啊。"

"可是……"

"你就别可是了，事实已然如此，咱们就认命吧，只求老天保佑林海燕平安无事。"

是啊，我们现在连自己身处何地都不知道，还谈什么去救林海燕呢。

接下来，我们便开始尝试在这片混沌之中寻找逃生之路，然而雾气实在太浓，根本看不清方向。尽管跌落下来之后，我们手里的火把仍在，但在大雾之中却如同暗夜里的萤火一般，起不了什么作用。

荒草，遍地的荒草，拨开了一片片的荒草后，所见的仍旧是看不到尽头的草地。我们像是走在一片无边无尽的草原中，无论怎么走都走不到尽头。走了大半天，二捶累得上气不接下气，说道："咱们这样走下去什么时候才是个头啊。"

我也累得不轻，腿都快失去知觉了。我深吸了一口气后说道："我记得这白石岭似乎也没这么大啊？咱们怎么就是走不出去呢？"

福贵叔点了点头："没错，按说不论这白石岭多大，咱们好歹也能看到周围的变化，可现在看上去咱们就像是没动过一样，还是那片雾，还是那片草。"

我不相信我们走了那么长时间其实都是在原地转圈，于是提议说："咱们再往前走十步，看看是不是还是这样。"在走之前，我特意把二捶身上的水壶摘下来丢在了旁边。如果我们一直是在绕圈子，那么待会儿我们停下来时，就还是会看到这个水壶，如果看不到水壶，那就证明我们我们没有原地踏步，只是还没有走到草原的尽头。

二捶和福贵叔觉得此法可行，于是紧跟在我后面向前走去。我们直直地走了十步之后停了下来。再次打量四周的情况，发现仍旧是那堆草，仍旧是那片雾！水壶就丢在草丛旁边！

我们全傻了，这种情况是我们最不愿见到的。怔怔地望着水壶，我心里异常地不甘，但现实摆在眼前不由得我们不信。我说道："咱们再往左走十步试试。"

其实我们心里都知道，无论往哪个方向走，最后的结果都是一样的，可心中毕竟还有着一丝侥幸的心理。我们多么希望在这十步走完之后，就再也看不到水壶的踪影了啊。然而，脚步停下之时，水壶却再次映入了我们的眼帘。

我们像泄了气的皮球一般委顿于地，再也提不起精神来。

恐惧，难以言喻的恐惧席卷而来。我们这是落到了哪里？为什么只有浓雾，只有荒草，为什么我们一直不停地走结果却还是停留在原地？

思绪此起彼伏，之前发生的事情一幕幕地在我的脑海中浮现出来，我努力想着其中的奥秘。走出十步之后却仍然是零位移的情况，在物理学上是根本不可能存在的。可这根本不可能的事情现在怎么偏偏就发生了呢？

一个念头猛然在我脑海里迸发出来，我们不会是掉入了时光隧道之中了吧？

我以前看报纸的时候，看到过许多关于时光隧道的事情，其中一个是说，二战的时候，有一些参与作战的飞机正在执行任务的时候，突然就在天空中消失了，机上的飞行员只是感觉飞入了一片迷雾之中，可是当飞出迷雾之后，他才发现已经是十几年过去了，世界早已恢复了和平，只是他的手表还停留在十几年前的时间。

越想越心寒，如果真的进入了时空隧道，我们什么时候才能出去啊？就算出去了也不知道已经是什么时代了，那还怎么去救林海燕呢？我急得满头是汗，越想越怕。

二捶这次并没有像往常一样聒噪，他一直盯着那些草丛看着。过了一会儿，他嘴里突然冒出一句话来："咱们不会是在那裹尸布的画里面吧？"

听到这话，我和福贵叔都是一震，震惊之余，同时问道："你说啥？"

"我说咱们是不是掉进了裹尸布的画里面，你们看这些草跟那画中的草怎么那么像呢，而且来来回回都是那堆草丛！"

我觉得有些不可思议，我们活生生的人怎么会进入到画里呢？可是转念一想，最近这段日子里，我们经历过的匪夷所思的事情实在是太多太多了，二捶的这种说法虽然不可思议，但也不是完全没有可能。

福贵叔既没表示赞同，也没表示反对，到了现在的地步，他也早已拿不准主意了。他问二捶："照你说的，要是咱爷仨儿掉到了那画里面，那该怎么出去呢？"

二捶一下被问住了，支支吾吾地说："这……这……"

二捶答不出来，我却有了想法。从唯物主义的角度来讲，真材实料的大活人是绝对不可能落入一幅画中的，唯一的可能是我们的魂魄被吸进了画里。

在中国数千年的文明中，我们的先祖创造了难以计数的成就，其中自然包括宗教。这些宗教里，道教和佛教，都有着灵魂学说。还有很多神秘的方术，据说可以招魂，也可以让你人魂分离。

如果此刻我们的确已经人魂分离，那是什么东西造成的呢？我慢慢回想着我们跌落之前的情景，那时我们正看着那块裹尸布上的图画，猛然觉得图画变成了符咒，然后闻到了一股奇香，随后地面裂开，我们跌落下来……，以这些记忆的片段来分析，很可能是有人在那裹尸布上做了手脚，我们闻到的那股奇香对我们的身体形成了一定的刺激，而裹尸布上的那副奇怪的画则对我们进行了类似催眠或者心理暗示的精神行为，从而让我们的心神被引到了画中的世界。

我觉得事情很有可能就是这样，其中的关键就在于那块裹尸布！

至于死者为何要在一块裹尸布上大做文章，目的可能很简单，就是防止盗墓贼，只不过手段过于狠毒，一旦中招就会坠入万劫不复之地。

我将我的想法告诉了福贵叔和二捶，他们觉得有道理，并异口同声地问我怎样摆脱现在的困境。我顿时哑口无言，我虽然想明白了其中的道理，但却一点儿也不熟悉那些神秘的方术，又怎么会知道离开的方法呢？

就在这时，我手里的火把快要燃尽了，我一时没有注意到，结果一下烧到了手。突感灼痛，我下意识地就将火把丢了出去。火把恰巧落在草丛中，很快把那些枯草点燃了，火苗呼呼烧着，隐隐传来一股烧焦的气味，只是这股气味难闻得很，像是烘烤胶皮一般。就这样，迷雾渐渐散去，眼前的画面又清晰了起来，我一眼看去，赫然发现自己就站在那具木棺前！

第三十章　六趾

我使劲儿揉了揉眼睛，终于确认自己真的是在船舱里的木棺前。在我的身旁，福贵叔和二捶还是一动不动地盯着那块裹尸布看着。我拍了他们两下，他们同时动开了，各自摇晃了一下脑袋，看来魂魄也已归位，我顿时松了一口气。

这时，棺材里忽然冒起了微微的火苗，我仔细一看，发现是那块裹尸布的一角烧着了，而着火的原因就是原本被我拿在手里的火把掉进了里面。看到火把，我猛然想到了我们能够脱身的原因，忍不住大喊道："这就对了！"

我兴奋过了头，这一声喊得极大，把福贵叔和二捶吓得一哆嗦。二捶瞪了我一眼："你咋了，是给吓疯了，还是给吓傻了？"

我没心情跟二捶计较，急急说道："我想到咱们能从裹尸布里脱身的原因了！"

福贵叔和二捶异口同声地问道："啥原因？"

"这呀，全是因为这根火把！"我指着木棺里的火把说。

福贵叔低头一看，发现火把把裹尸布给点着了，立即一阵拍打，说道："呀，这咋烧着了？是你点的？"

"点倒是我点的，可并非有心。咱们的魂魄还在那裹尸布里的时候，我忽然觉得手被火把烧到了，情急之下就把火把丢进了草丛里，把草丛烧着了，咱们的魂魄也就稀里糊涂地从裹尸布中出来了。我现在才明白，我烧着的不是草丛，而是裹尸布。"

福贵叔和二捶两人似懂非懂，疑惑地问道："裹尸布？"

"没错，就是裹尸布。我们身在裹尸布之外的躯体手里仍旧拿着火把，或许是因为我拿的火把比较短的缘故，在咱们魂魄被困的这段时间里，它越烧越短，结果烧到了我的手。我手指一松，火把掉进了棺材，引燃了裹尸布，由此才破掉了裹尸布的魔咒，我们的魂魄才得以逃脱。"

二捶和福贵叔这才恍然大悟。我们一番唏嘘，暗道侥幸，刚才实在是危险之至，如果不是我手里的火把阴差阳错地把裹尸布烧着，我们恐怕就会永远地迷失在一片混沌之中了。

盯着木棺看了看，在众多的陪葬品中，我忽然发现了一件特别的东西。这东西非常的引人注目，它形如方匣，通体白银打造，仅有巴掌大小，上面雕刻着奇怪的纹路。它的显眼之处不在于它的名贵，而在于它摆放的位置，不偏不倚恰恰摆在尸体头部的旁边。

其他的陪葬品虽然也十分珍贵，但都是围在尸体的周围，唯独那个银匣子位置十分特殊。里面装着什么呢，为什么感觉上它显得那么重要？我不是一个轻举妄动的人，但这次不知是怎么的，忍不住一把就将它抱在了手中。

二捶见此，说道："好你个夏远，以前你老说我贪财，这回你也终于忍不住了吧？"

我一边把玩着手里的银匣，一边说："你懂啥，我就看看，不一定要带走！"

"这话你说给谁听啊，反正我是不信，难道你就一点不喜欢这些金银珠宝？”

我没再搭理二捶，继续端详银匣。我越看越觉得眼熟，忽然发现了其中的奥秘，这方银匣其实是我们眼前的这具木棺的缩影！无论是它的形状，还是它的整体设计都跟木棺完全一致！

这仅仅是个巧合，还是死者别有用意？

跟木棺一样，银匣同样有个盖子，里面装的又会是什么东西呢？

怀着这个念头，我轻轻打开了银匣的盖子。可是看到银匣里的东西之后，我却一下愣住了。因为里面装的不是什么金银珠宝，而是一条通体绿如碧玉，体形如蝉的虫子。这只虫子头部较圆，背上还有一对薄如蝉翼且翠绿如新的翅膀，一瞬间，我甚至以为这只虫子是用碧玉雕成的，然而用手指轻轻一戳，却发现它的身体十分柔软，的确是一只活生生的虫子。

虫子？怎么会是一只虫子呢？如此珍贵的银匣子里为何会装着一只虫子？这只放在千年木棺中的虫子又为何像是刚死不久，难道是经过了特殊的处理？

我脑海中闪过万千个想法，却给不出一个合理的解释。将一只虫子随同自己陪葬，这实在有些匪夷所思。正在这时，二捶突然像丢了魂儿似的一声大叫：“哎呀，见鬼了！”

二捶的这一嗓子着实吓了我和福贵叔一跳，我一紧张差点将手里的银匣子摔在地上。我忙将银匣子收好，左右看了一下情况，发现并无异常，于是问道：“牛二捶，你瞎咋呼啥？”

二捶神色紧张地指着木棺里的尸体说道：“你们看，这……这人像是没死！”

我没好气地瞪了二捶一眼，心想这怎么可能，这家伙又在大惊小怪了。然而当我转头看到尸体的时候，心里也是猝然一惊。难怪二捶要害怕了，因为那块裹尸布上被火把烧去的地方露出了一张脸，一张面色红润的脸。

我们怯生生地看着那张脸，都是分外的惊奇。从脸色上看去，此人绝不像是死了上千年的样子，而是像睡着了一般。想起之前的那具女尸，还有银匣子里的绿虫子，全部都是没有腐烂，我不禁再次震惊了。我看了一下周围的情况，目光不经意间落在了木棺上。这具木棺木质坚硬，上面隐隐有着金色的纹路，轻轻一敲，声音沉闷。

见我盯着木棺看了许久，福贵叔猜出了我的心思："这木棺是金丝楠木做的！"

我心里顿时明白过来，暗道原来如此。

关于金丝楠木我恰巧略知一二。金丝楠木被历代的学者称之为"当之无愧的帝王专属之木"。它木质优良，水不浸，蚁不穴，不腐不蛀，亦有幽香。其色浅橙黄略青灰，纹理淡雅文静，光泽胜似绸缎，经千年而不坏，历久弥新。明朝谷应泰撰写的《博物要览》中对金丝楠木就有这样的记载："金丝楠出川涧中，木纹有金丝，材质细密，松软，色黄褐微绿，向明视之，有波浪形木纹，横竖金丝，烁烁可爱。"

不论是现代还是古代，金丝楠木都很稀有，可谓是贵比黄金。天下之大，盛产金丝楠木的地方却少得可怜，其中广西的柳州恰好是其最著名的产地。中国有句老话："生在苏州，吃在广州，玩在杭州，死在柳州。"其中最后一句就是说的这柳州盛产金丝楠木，能让往生之人有个好的"安身之所"。据说唐朝的大诗人柳宗元去世以后，他的家眷就在柳州当地订购了一口金丝楠木的棺材，殓装着他的遗体千里迢迢地运回老家安葬。等回到河东，柳氏亲人打开棺材重新殓装遗体的时候，发现柳公的遗体不仅一点儿也没有腐烂，而且面目仍旧栩栩如生，仿佛只是入睡一般。自此柳州棺材名满天下，达官贵人们无不以拥有一口金丝楠木棺材为荣。

这尸体和银匣子里的绿虫没有腐烂自然是这金丝楠木的关系。可那具身在棺外的女尸不腐又是什么缘故？难道这里跟后羿墓一样，也是一块难得的风水宝地？

我这一愣神，二捶一下从我手里把银匣给夺了过去，说道："让我看看这是啥宝贝！"

不等我阻止，他就把银匣打开了，他眼里本来放着精光，看到匣子里面的东西后眼神却暗淡了下来，眉头一皱，说道："咦，虫子？"

福贵叔伸头看了一眼，突然脸色一变，从二捶手里拿过银匣子："让我瞧瞧！"

我试探地问道："福贵叔，你知道这是啥虫子？"

福贵叔表情凝重地端详了半天，缓缓说道："这虫子我还是头一回见，以前只是听人说起过，还以为是传说里的东西呢，没想到在这儿见到了。"

二捶有些耐不住性子，催促道："福贵叔，你就别卖关子了，这是啥虫子，快说啊。"

福贵叔知道二捶是个急脾气，没有搭理他，继续说道："如果我没搞错的话，这匣子里的东西，应该叫做青蚨。"

"青蚨？那是啥东西？"二捶又忍不住地问道。

"说起这青蚨呀，其实你们肯定听说过，清朝有一个叫'瑞蚨祥'的绸缎庄，你们听过吧？"

我答道："这咋没听过，据说以前慈禧太后和袁世凯的衣服都是用的瑞蚨祥的料子，就连咱们建国时候用的国旗都是瑞蚨祥做的。"

"没错，这瑞蚨祥里的'蚨'字就是指的这青蚨，我听人说这青蚨浑身透绿，长得跟树上的知了一样。它一生只产一子，假如有人将它的孩子弄走，无论弄到多远的地方，它都会去寻找，并且一定能找到它的孩子。这里还有一个神奇的说法，说是把铜钱包在布包里，埋在墙角，三天之后取出来，然后再涂上青蚨母子的血。今后要是花带着青蚨血的钱，不久后它就会飞到带有母青蚨血的铜钱旁，反过来也是一样。所以呀，青蚨又被人叫做是'钱神'。这银匣子里的虫子啊，跟我听到的传说很像，我看八九不离十就是青蚨。"

听福贵叔说完，我和二捶都是丈二和尚摸不着头脑，即便匣子里的虫子真是传说中的青蚨，棺材里的人又为何要将他和自己葬在一起呢，而且还特地给它准备一件像是棺材一样的银匣？

这个谜题困扰了我很多年，我请教过许多人，包括科学家、生物学家甚至一些玄学术士，然而谁都不知道为何会让一只青蚨陪葬。后来我在路边的旧书摊上淘到一本叫做《丧经》的书，是一个手抄本，书上没有署名，不知道是什么人写的，只是知道它是一本关于古时候的丧葬仪式的书。我闲来无事的时候翻起此书，偶然从中看到了一个叫做“青蚨护棺术”的神秘下葬方式，跟我们那次在船舱中的所闻所见极为相似，只是其中的残忍和诡奇都远远超出了我的想象。

那时我才明白，我们遇到女尸和她游离的魂魄并非是巧合，而是经人安排过的，其成因就来自于这个神秘的仪式，其目的是为了防止盗墓贼的侵扰，保护墓主。整个仪式的过程，大致是先寻一位出生于阴年阴月阴时的人，据说这种人具有灵异体质，死后极易化为厉鬼。找到此人之后，便是利用青蚨的特性，以子青蚨喂之。接下来的做法便非常残暴了，要将此人身上的骨骼全部拧断，逼迫其魂魄从头上的七窍离身，为了防止魂魄归位，施术者还会用金钉封住他的七窍。魂无归处便成为游魂，因服过了青蚨的关系，游魂始终是被子青蚨控制着，会苦苦寻觅母青蚨，这时再将母青蚨放于墓主的棺材中，游魂便会苦守不离，一旦有人接近，便会竭尽所能地将其害死，以防保护棺材中的清宁。而女尸之所以不腐，则是因为魂魄未能进入生死轮回的缘故。

这些都是后话了，在当时我们的注意力很快就转移到了木棺中的尸体上。从尸体红润的面色上，很难判断出年龄，不过显然是个男人。我将头偏了偏想看看他的头发，因为既然面色尚好，头发自然更不会脱落，从头发的色泽和数量上应该能够判断出此人死的时候多大年纪。然而裹尸布被烧掉的地方不大，看不到尸体的头发，我索性心一横，从二捶手里要过镰刀，然后将镰刀伸进裹尸布的破洞中，使劲儿一划。我这一划用力过猛，一下将整块裹尸布划开了。转眼间尸体的全貌就呈现在了我们眼前。

看到尸体的全貌后，我们脑子里冒出的第一个念头就是，这不是人！

因为尸体的身上长满了红闪闪的鳞片，而人的身上是不会有鳞片的。

怔怔地盯着尸体，一阵阵的惶恐冲击着我们的思维。眼前的这具尸体简直就像是一条金鱼一般，除了长着两条腿、长着一颗人脑袋之外，如铜板大小的鳞片一层层地从脖子长到脚踝，让人看一眼就觉得浑身发冷。

不经意间，我的目光落到了尸体的脚上。这一看，我终于忍不住惊呼起来："六趾！"

第三十一章　惊世之谜

尸体的脚上有六根脚趾，跟那两个曾经跟我们一起打井的妇女一样！

这仅仅只是巧合？还是潜藏着神秘的联系？

短时间里我无法想通其中的关联，这时福贵叔突然从尸体的头部抽出一件东西，说："你们看，这是啥东西？"

我转头望去，只见福贵叔手里所拿的是一卷竹简。我不禁喜悦万分，心想既然墓主将这卷竹简留在自己的棺材中，那么它肯定有着非同小可的意义。我刚要去拿那卷竹简，二捶却不耐烦地说道："你们看那些木头干吗，一看就不值钱，你们倒是说说这人是咋回事儿，怎么就长得跟条鱼似的，那么瘆人呢？"

我瞥了一眼二捶："你懂啥，这东西上兴许有关于此人的记载。"

我从福贵叔手里拿过竹简，慢慢地展开了。兴许也是沾了金丝楠木的光，竹简仍未损坏，上面的字迹也清晰可辨。我迫不及待地低头看去，只见卷首写着三个字："寻药记"。单看这三个字，根本不能知晓通篇的具体事宜，于是我继续读了下去。二捶和福贵叔文化程度都不高，二捶学过百家姓、千字文一类的文章，勉强不是个"睁眼瞎”，福贵叔则打小没上过学，斗大的字一个不识，但两人还是凑热闹似的，把头围了上来。

我没有在意，扒拉着竹简就读开了。竹简上的文章是上古文言文，读起来非常拗口。我忍不住想到，林海燕要在场就好了，以她的文字功底，看起这篇东西来肯定易如反掌。我的文化水平不及林海燕，看得要费力得多，一些生涩的词汇只能自己推敲解释。即便如此，这篇文章还是强烈震撼了我。因为里面记载的内容，是我们永远都想不到的，而且是永远也不敢想的。

跟我猜测的一样，竹简上的确记载了棺材主人的情况，而且此人还是个历史名人。

徐福，秦始皇时期的术士，曾两次率船出海寻找传说中的长生不老药，可最终不仅寻药未果，还失去了下落，他率领的几十艘大船神秘地消失在了苍茫大海上。我手中的这卷竹简，就恰恰记载了徐福的下落。

徐福听说东海之上有蓬莱、方丈、瀛洲三座仙山，上面住着长生不老的神仙，贪功的他就上奏秦始皇，请求率领船队出海寻药。贪图长生不老的秦始皇为其言所迷惑，耗费巨资建造了数十艘大船，让徐福出海寻找仙药，这便是徐福的第一次出海。然而历经数年却没能寻找到传说中的长生药，徐福便悄悄返回了自己的家乡。数年之后，重病缠身的秦始皇派人寻到了徐福，派他二度出海寻药。这一次徐福又是数年寻觅，结果依然是一无所获。徐福深知，如果就这样空手而归，肯定性命难保，于是就让随行的人想办法。在这些人中有人提起了嫦娥奔月的传说，嫦娥吃了长生药飞到了月亮上的传说虽然不是很可信，但已经走到绝境的徐福等人也只好死马当成活马医，当即又寻找起了嫦娥的线索。

要找嫦娥自然要先找她的丈夫后羿。追随徐福的人中除了各种工匠之外，还有许多精通文史之人，他们根据历史记载，终于找到了后羿生前的封地。他们迅速查看了当地的风水，确定那天台山上是个风水宝地，后羿的墓穴很有可能就在其中。凭借着百工之力，徐福等人很快打通了一条直通后羿墓穴的地道。这条地道，也就是我们在后羿墓逃生的通道。徐福等一行十多人来到了后羿墓之后，也同样遇到了那只蝎尾骷髅的进攻，很多人都受了重伤，但最终还是仗着人多暂时制服了蝎尾骷髅。徐福跟我们一样，从后羿的棺面上看到，传说中后羿所射的并非是太阳，而是一种像是浑身欲火的动物——“忨祟”，也就是民间盛传的火麒麟的原型。

关于长生药的部分，却是雕刻在嫦娥的棺面上的。由于受到蝎尾骷髅的攻击，当时的我们并未仔细察看上面的内容，但是有一个细节却是让我印象非常深刻的，那就是躺在嫦娥金棺里的是一个年纪尚幼的女童。当时我心里十分诧异，不敢相信传说中的嫦娥年纪会这样小。我们当时来不及做的事情，徐福他们做了。他们仔细察看了棺面上的内容，欣喜地在找到了想要找的东西，也就是长生不老药的炼制方法。

在嫦娥金棺的棺面上雕刻了后羿获得长生药的过程。当年，后羿射杀了九只忨祟，因为“忨祟”与“万岁”同音，便想到用忨祟的肉来炼制丹药。唯恐因青春逝去而失宠的嫦娥，在得知消息后偷吃了药。此药的确神妙，嫦娥一夜间便年轻了许多。后羿对此虽然十分生气，但嫦娥始终是他的挚爱，便没有因此而惩罚她。然而好景不长，偷吃了仙药的嫦娥并没有像传说中的那样，由此奔月而去，而是越变越年轻，越变越幼小，到最后成了个看上去只有六七岁的小女孩。后羿心急如焚，命人四处寻找解救之法，却始终没能找到。嫦娥唯恐自己变回婴儿，伤心之际竟自杀而亡。

术士出身的徐福，以为后羿的仙药之所以失败是因为药力过猛，没放在心上，当即命人四处寻找忨祟的踪迹。后来他们终于在一座山洞中找到了忨祟，然后将其全部猎杀。徐福自此沉迷于长生不老药的炼制，很快便炼制出了第一批长生不老药，他坚信自己炼制成功，便和随从们亲自进行试药。起初效果十分明显，众人无一不是青春洋溢，精神焕发。但是仙药的药劲儿很快很快就过去了，他们的身体又开始了老化，而且老化的速度极快，往往隔一天头发就会白一层，为了抑制这种情况，徐福又炼制了第二批仙药并服了下去。

灾难就此降临，仿佛是受了“忨祟”的诅咒一般，徐福等人这一次不但没有再回复年轻，反而是脚上长出了第六只脚趾。这脚趾细而尖，跟忨祟的尾趾十分相像。不幸并未就此结束，可怕的事情发生了，徐福等人的身上渐渐生出了厚厚的鳞片，这些鳞片跟忨祟身上的鳞片也是如出一辙，一到午夜时分，他们身上就像着了火一样，烧得他们生不如死。后来情况越变越糟，他们竟然难以自控地开始互相扑咬，许多人都在这过程中被自己的同伴咬死了，原本浩浩荡荡的一行变得越来越少。更可怕的是，吃过此药的人一旦停止服药，便会暴血而亡，所以为了继续活着，他们就只得不间歇的四处猎杀忨祟。

而且在脚上生了六趾之后，徐福等人便再也无法离开天台山和白石岭了，因为只有山顶上阴冷的空气才能让他们减缓痛苦。所以那些大大小小的船只从此就停泊在了沿海的滩涂，再也不曾起航。徐福等人的下落从那之后也就成了一个历史不解之谜。

显而易见，我们眼前木棺中的人就是徐福。怪不得我们一路之上会遇到那么多千奇百怪的东西，原来都是他设计的。丹炉、迷魂阵，还有“青蚨护棺术”，都是这个老匹夫为了防止自己的棺材被盗而安排的阴招儿。但这些还是其次，最让我惊诧的还是这篇《寻药记》上的内容，因为无论是后羿和嫦娥的传说，还是长生不老药的炼制，都太过于匪夷所思。

我快速梳理了一下我们这些天的惊险经历，渐渐理出了其中一些事情的头绪。

我们在天台山上打井的时候遇到的那两位脚上长着六根脚趾的妇女，其实就是徐福他们的后人。我们不幸的开始，就是拜这两个“六趾人”所赐。我们一行四人在井下打井的时候，无缘无故地就遭遇了塌方事件。当时以为是意外事故，但现在想来很可能是那两位妇女故意制造的祸端。她们这样做是想阻止我们打井，怕我们会挖到后羿墓中，从而揭开这个历史谜案，那样一来天台山附近必定会有一个浩大的考古挖掘工程，这些六趾人的生活从此将会被搅乱。

我刚打开了一个突破口，二捶就忍不住问道："夏远，你别光愣着不说话啊，你倒是告诉我们，这竹简上到底写了些什么？"

看着二捶和福贵叔脸上疑惑的表情，我深吸了一口气，说道："这上面记载的事情非常诡异，你们得做好心理准备。"

二捶和福贵叔本来并没有多紧张，听了我的话，表情立刻严肃起来。福贵叔说道："你就说吧，别卖关子了。"

这事儿说来话长，我花了半个多小时的时间才大体讲完。我讲得口干舌燥，福贵叔和二捶却是听得心惊肉跳，我说完后足足五分钟的时间里，二捶和福贵叔都没有说话。后来他们终于不自觉地摇着头，嘴里叨叨起来："不可能……这不可能……"

过了好一会儿，二捶才开口说道："照你说的，徐福当年是把木船停在了沿海的滩涂，现在怎么却在这座山洞中呢？"

被二捶一问，我有点儿懵，刚才还真没考虑到这一点。不过我很快就想到了其中的奥秘，于是对二捶说："当年徐福把他的船队停在了沿海的滩涂上，日复日年复年，这些船终年不用，再加上风吹雨打，很快就会出现问题，最终沉入沿海的海底。后来这些沉在海底的船慢慢地开始变化，最终变成了我们现在看到的这个模样。在随后的两千年中，附近经历过无数次的地震海啸，很有可能就是在地质运动中，这些沉在海底的船只升到了海平面上，成为了山体的一部分。"

二捶觉得我说得有点儿道理，点了下头表示同意。福贵叔没有说话，脸上的神色非常凝重，似乎是在想什么重要的问题，我忍不住问道："福贵叔，你在想什么呢？"

福贵叔咳嗽了一下："我在想，假如你说的这些都是真的，林海燕可就危险了，她是不是被那些六趾人给抓去了呢？"

我的神经立刻一紧，福贵叔说的没错，林海燕很有可能就是落入了六趾人的手中。可是这些六趾人为什么要抓走林海燕呢？

竹简上说，六趾人在午夜之时会互相撕咬，林海燕会不会成为他们撕咬的对象？想到这里，我心中一寒，心里涌出一种难以名状的感觉，无力而恐惧，很害怕再也见不到林海燕了。林海燕与我们在一起的一点一滴，都一一浮现在我脑海里，我突然间发觉，在患难与共的过程中，我已经暗自把林海燕当成了生命中不可缺少的那个人。我爱上了林海燕。

突如其来的情感泛滥，增加了我的焦虑，我开始变得躁动不安起来。我胡乱地收拾着家伙："不行，不能再磨叽了，咱们必须马上去救林海燕！"

见我神色不对，二捶说道："夏远，你先别急，咱们再想想该如何找，不能盲目乱找，要不然不知道啥时候才能找到林海燕呢。"

"还想什么想，林海燕一定是落到那些六趾人手里了，咱们就是拼了命，也要把她救出来。"我咬牙切齿地说道。

"好了，夏远，人肯定要救，你先冷静冷静。"二捶说道。

"我冷静什么？我现在就很冷静，牛二捶，你要是怕死，你就别去，我是去定了！"我拿着斧头就要往外走。

福贵叔一把拉住了我："你这娃，平日里看你挺稳当的，咋一提到海燕就沉不住气了呢？遇事莫急这话一定要记住！"

我知道我拗不过福贵叔，当下心有不甘地踹了一脚旁边的棺材："唉，可是林海燕现在十分危险啊，她还不知道在受什么罪呢，福贵叔！"

福贵叔拍了拍我的肩膀，刚想再劝慰我两句，那楠木棺材却忽然发生了变化。随着一阵齿轮转动的"吱呕"声，木棺向前缓缓移动了大概半米的距离。原来我刚才这一脚竟触动了机关。

木棺移开之后，在原来的地方马上喷出了一股难闻的气体。不会是毒气吧？我立刻对二捶和福贵叔喊道："快屏住呼吸！"

二捶和福贵叔有些发懵，但还是警惕地屏住了呼吸。此处已非久留之地，我们必须马上离开，我一挥手中的火把，暗示福贵叔和二捶尽快离开。可是就在火把扫过的瞬间，空气里竟擦出了许多的火花。我暗道，坏了，这并不是毒气，而是石油挥发的气体。我猛地吸了一口气，果然闻到了一股刺鼻的石油味，大概是因为掺杂了船舱里的死尸的气息的缘故，所以迷惑住了我，让我以为是毒气。

这时一股黑色的液体已经从木棺下流了出来，我不再犹豫，冲二捶和福贵叔喊道："快跑！"

第三十二章　伏火流沙

我们正准备撒腿就跑，可仍旧是晚了一步。二捶没有察觉出船舱里的危险，而是好奇冒出的是什么东西，忍不住用火把照了一下。火把刚伸出去，就听到轰然一声，随即眼前骤亮，冒出的石油被二捶在无意中点燃了。

火势迅速蔓延，强烈的灼热感立刻笼罩了我们。我们不敢怠慢，撒腿就跑，耳边风声呼呼，身后火势大作。说来也是奇怪，我们身后的石油像是长了眼睛一般，紧紧地跟在我们身后，我们往哪儿跑，它就往哪儿里追！它就像一条火舌一样，铆足劲儿跟我们干上了。

好在我们已经看到了通往甲板的楼梯，加快了速度往前跑去。眼看我们的脚就要踩上台阶，一股石油从台阶前流了过去，紧接着火焰便跟了上来，一下子将我们与台阶隔开了。我们猝然止住脚步，互相看着，一时拿不定主意。

我横下心来："咱们一鼓作气，冲过去！"

此话一出，二捶的下巴差点没掉下来："你看这火焰烧得比咱们都高，咱们就算冲过去了，也肯定被烧得半死不活。”

福贵叔点了点头，表示同意二捶的说法。就在这片刻之间，身后的石油流了过来，从我们脚底冲了过去，我们还没来得及反应，火焰就扑到了我们的身上，我们只觉得全身顿时异常灼热，看来身上的衣服已经被点燃了！我心想这下遭了，看来我们要被烧死在这里了。

惊慌之中，我左看右看，想找到一个避火容身之处，结果却意外的发现这石油虽然对我们紧追不舍，但却并没有在船舱中蔓延开来，船舱两侧的火势都非常小。不容多想，我们勉强忍着身上的灼痛三步并作两步地冲了过去，然后像毛驴一样在地上打起滚来。

好不容易将身上的火扑灭，却早已被烧得灰头土脸，衣服简直比乞丐身上的还要破。我背上被烧伤了一片，不敢去碰，害怕一碰就会脱下一层皮来。福贵叔还好，似乎没有伤到什么地方，二捶就比较倒霉了，烧到哪儿不好，偏偏烧到了屁股，裤子烧出一个大洞不说，皮还烧伤了一大块，怕是坐都不敢坐了。

好在石油没有流过来，如同奇迹一般在我们面前停住了。火焰烤得我们浑身发热，全身被照得红光一片。我盯着地上的石油仔细看了看，发现它足有四指厚，看来要烧一段时间了。

此时地上的石油已经基本停止了流动，从整体上形成了一个非常规则的半圆形，而我们恰恰就在圆点的位置上。这肯定是有人精心设计过的。所谓“水往低处流”，我看到那些石油全部聚在低洼的船板上，而这些船板似乎是经过特殊的处理，要不然石油的流向绝不会那么的规则。

现在火势熊熊，我们可以清楚地看到船舱里的每个部分。我发现船舱的整体布置是围绕着这个半圆形来布置的，其目的是让人在走的时候按着这个半圆走，而这半圆路线上的船板又被弄凹下去，所以石油流的时候才会按照这样的路径。这也就是刚才我们往出口跑的时候，会感觉那些火焰像是着了魔似的追着我们的原因所在。

我不得不佩服徐福，他在自己的这艘船棺上算是下足了功夫。想到这里我又疑惑了起来，徐福是从哪里弄到的这些石油呢，是无意中挖掘出来的，还是在寻药的过程中在别的地方得来的？按说，以秦朝时期的技术，他们不太可能懂得采掘石油的啊。这一点徐福的《寻药记》中并未提到，我们只能自己猜测了。

二捶靠在船板上，小心翼翼地将屁股缩了起来，生怕碰到东西。他焦急地看着我们：“咱们咋办啊，再不出去，我这屁股估计要废啊。”

“屁股废了倒不要紧，关键是咱们小命得保住。我看这样子下去，咱们凶多吉少啊。”我说道。

福贵叔说：“这地上的石油有限，一时半会儿烧不到咱们，等这火烧得差不多了，咱们再走。”

以目前的情况看，我们只能按照福贵叔说的做了。

我用手摸了摸背后被烧伤的地方，阵阵疼痛传来，那上面的皮肤像是烙熟了的煎饼一般，轻轻一碰就能掀起来。

不知为何，我心里有一种隐忧，总是觉得我们像是掉进了一个圈套里，眼前的烈火只不过是这个圈套最初的部分，其他厉害的所在我们还没见到。我警惕地四下看着，唯恐会有什么灾难突然从天而降。

很快，我的预料便应验了，随着火焰的燃烧，我们的头上开始滴滴答答地落下白色的东西。开始的时候，这些白色的东西非常微小，落在身上仅仅是一阵微热，可是慢慢地这些东西就越滴越大，落在身上也变得像是烙铁烙在了身上一般，用手 搓， 层皮立刻就被搓掉了。原来这落下来的竟是一块块的热白蜡。

徐福实在是太阴险了，故意在船舱中留出一块安全的地方，上面却早就涂上了一层厚厚的白蜡，等我们躲进去之后，随着火焰的燃烧，上面的白蜡便会慢慢融化，站在白蜡下面的人就会被热蜡浇遍全身，最后活活被烫死。

一块块的热蜡浇下来，我们又不敢去碰，只能一边左躲右闪，一边哎哟直叫，受尽了苦头。周围的火焰越燃越旺，头上的热蜡快赶上雷阵雨了，浇得我们抱头鼠窜。二捶屁股上还有伤，跑起来十分费劲，跑一步就哎哟一声，到最后他实在是受不了了，大声嚷道："奶奶的，咱们干脆冲出去算了！"

我同样狼狈不堪，头上积了一堆白蜡，跟个老头一样。我冲二捶喊道："二捶，冷静！你现在要冲过去，身上一沾油，你就别想活了！"

"可咱们总不能老待在这儿等着被热蜡浇啊？"

"谁也不想被热蜡浇，我倒是希望上面落下的是雨水，可咱们现在也没别的办法啊，想活命就先忍着吧！"

眼前的情况让我们实在有些无计可施了，此时我们全身差不多都已经被白蜡浇过，如果站着不动，基本上跟蜡人差不了多少。话虽如此，我们也只能苦苦支撑。

终于，地上的石油渐渐地要烧尽了，火势变小，我们头上的白蜡雨也渐渐小了起来。我心想，等这些石油一烧尽，我们就夺路而去，逃开这个"万恶之地"。

然而，事情的发展并不像我想的一样，火势变弱之后，我们刚要冲出去，却只听"莎莎"之声突然大作。我觉得事情不妙，赶忙冲二捶和福贵叔喊道："咱们赶紧撤！"

他们也觉出了不对劲，同时一点头，然后相继冲出了火焰，我跑在最后。一步迈出去才发现我们这么跑并不明智，因为地上都是石油和滴落的白蜡，踩上去跟本站不住脚，想要快跑一定会被摔得浑身是油，到时候全身都会被火烧。当下我们不敢大步狂奔，只能小心翼翼地前进。可突变就发生在这一瞬间，我们头上忽然簌簌的落下许多沙子来。我抬头望去，只见白蜡已将烧尽，上面露出了一排排的木槽，而木槽之中装的竟全是白沙。白沙之下本来是用白蜡封着的，只要白蜡烧完，这些白沙就会瞬间倾泻而下，将我们活埋在这儿。

情况危急万分，但我们也只能"稳中求快"，一步一步地向着前面的楼梯口走去。沙子终于压破了白蜡层，落了下来，一时间沙如雨下，落得我们眼睛都快睁不开了，并很快就漫过了我们的肚脐。

倾泻而下的沙子虽暂时困住了我们，但也不是没有好处，至少是把周围的火扑灭了，只剩下船舱深处的一些零星火焰。此时我们身上满是沙子，嘴巴和鼻孔里也进去了不少，堵得基本上没法呼吸。这些沙子有一股浓重的腥味，看来是海沙。这些海沙非常特别，像是经过精心挑选似的，与表面参差不齐的普通沙子不一样，它们都是圆圆的，形状像是非常微小的球，摩擦力很小，流动起来非常快，如果落入其中的话，很快便会遭遇下陷的命运。

我们目前就是处于这样的命运当中，聚集而来的沙子很快漫过了我们的胸膛。我们努力想从中抽身出来，却力不从心，每当我们试图踩着流沙往上爬的时候，就会感到脚底下像是踩在了雪上一样，刚要使劲儿，脚就漏到了沙子底下。我们挣扎了半天，愣是没有走出去半步。沙子越聚越高，很快就漫过了我的双肩，我只能努力地高举双手，防止自己完全丧失抵抗力。此时我手里还拿着斧子，可惜的是眼前的沙子不是怪物猛兽，它跟本起不了丝毫作用。二捶的情况也不妙，沙子已经没过了他的肩头，只剩下脖子和头露在上面了，可是他凭借着一身的蛮力，像是一头耕地的老牛般，愣是一点一点地向着木梯挤了过去。福贵叔那边的境况跟我差不多，也是在沙子中盲目地挣扎着。

在沙中缓缓蠕动的二捶竟然很快就找到了窍门，只见他像是穿山甲一样终于钻到了楼梯口旁，伸手抓住了木梯。这些有些碳化的木梯，摸起来坚硬如石，表面也十分光滑。饶是如此，二捶硬是用双手紧紧地夹住了木梯的两侧，然后努力地往外挣扎。我和福贵叔着实为二捶捏了把汗，可却帮不上忙。二捶用尽全力，终于慢慢地从沙粒中爬了出来。这一番二捶累得不轻，伏在木梯上大口喘着粗气。

二捶稍微歇息了一下，就转过身来，将手伸给了距木梯较近的福贵叔。福贵叔个头比我矮许多，沙子已经漫过了他的脖子，已经一点都动不了了，好在手还露在沙子外面。二捶伸手抓住了福贵叔的胳膊，然后像拔胡萝卜一样使劲往外拽。福贵叔年纪毕竟大了，到了这份上，体力早就透支了，半分力气都使不上，只能任由二捶往外拉。费了一番工夫，福贵叔终于被二捶拉出了沙子，总算得救了。

接下来便该营救我了，可是一来福贵叔和二捶都已经累得快要虚脱了，不知道是否还有力气把我救出来，二来我是三人中距离木梯最远的，两人将手伸出来后却怎么也够不着我。沙子很快漫过了我的脖子，我呼吸愈加困难。试了几次都够不着我，周围又没有绳子，二捶和福贵叔急得直冒冷汗。作为当事人的我当然是最着急的，要是不尽快想出办法，我就要长眠于此了。情急之中，我看到了缠在二捶腰上的牛皮腰带。这根牛皮腰带是二捶从村里的一个退伍军人手里淘换来的，他一直引以为傲，常常向我炫耀。这根腰带让我看到了求生的希望，我大喊道："用腰带！用腰带！"

二捶很快领悟过来，当下从腰间抽下腰带将一端仍给了我。我扔下手里的斧头，伸手抓住了腰带。二捶和福贵叔使劲儿地往外拽，我也努力地配合它们，终于慢慢地被从沙中拔了出来。成功脱险，我们都松了一口气，虽然身上又添了些伤，但是我们依然活着！

在木梯上休息了一番，稍稍缓过劲儿来后，二捶和我就开始骂开了，骂的不是别人，正是给我们造成这些麻烦的徐福。这个家伙实在可恨，不把他的聪明才智应用到治国平天下上，尽搞这些旁门左道，实在是缺了大德。

骂够了之后，我们就起身准备离开船舱。此时我们手里既没了火把，也没了工具，但任务仍旧必须完成，那就是寻找林海燕。

木梯并不很长，我们拖着疲惫的身躯慢慢地走了上去。我们原本以为甲板上会是黑糊糊的一片，结果竟然有火光。我心想，难道是村子里的人来找我们了，当下兴奋地快步走了上去。冲上甲板之后我却愣住了，甲板上的确站着许多人，可是这些人我们却从来都没见过，他们全都阴着一张脸，没有任何的表情，眼也不眨地盯着我，看得我身体发冷。随后二捶和福贵叔也走上了甲板，他们也跟我一样，惊讶得说不出话来。

这是些什么人？！

很快从人群中站出了两个人。一看到这两个人，我们都忍不住叫了出来："是她们！"

第三十三章　兽变

该来的终于还是来了，那两位曾经“帮”我们打井的妇女出现在了我们面前，身后还站着一群面色冷峻的壮汉。无疑，这些人就是徐福他们的后人，也就是诡异的六趾人。他们的衣着十分简单，跟我们差别不大。按说这群人应该是与世隔绝的，可我们第一次接触那两位妇女时，却发现无论是穿着还是谈吐，她们与我们的差别都不大，我想这很可能是因为天台山上一直有人居住，所以他们也一直随着时间的脚步而发展着。

怔怔地看着这群人，我们心里突突跳个不停。我们不知道他们接下来要干什么，如果发生冲突的话，以目前的状况，我们根本连还手的余地都没有，只有挨打的份儿。二捶悄声问了一句：“这些人想干吗？”

我悄悄回了句：“不知道，静观其变吧。”

其中一位大脸盘的妇女对我们微微一笑，然后对旁边的壮汉们说了一个字：“放！”

她这一声喊得莫名其妙，我们三人都被吓了一跳，不知该如何反应，却只见旁边的三个大汉各自一扬手，三张渔网突然就像我们撒了过来。

原来他们是要抓我们！我立刻向旁边闪去，可是来不及了，我只觉眼前一道黑影扑来，一下就被渔网给罩住了。二捶和福贵叔也一样没能逃过对方的渔网。

我们又气又急地在渔网中挣扎着，二捶破口大骂道：“你们他娘的想干吗，知道现在是谁的天下吗，是我们广大人民群众的，你们这些人不人鬼不鬼的东西，要是再执迷不悟，迟早要被我们除掉的！”

二捶这小子也没数，这些人哪里会跟你扯这个。他们并不听我们啰嗦，用一个木棍穿过渔网，然后便像是抬猪一样的，两两一组把我们抬了起来。这下我们更慌了，这些人到底要做什么，不会是想把我们烤了吃了吧？

从《寻药记》上我知道，徐福一干人在吃了用忨祟炼制的丹药之后，身体和身心已经发生了很大变化，每天午夜都会浑身发热，性情大变，同类之间还会互相撕咬。以这样的情况来看，就算他们把我们架在炉子上烤了吃了，也没什么稀奇的。只是，林海燕是不是在他们手里，他们把她怎么样了？

我努力不让自己往坏的地方想，可脑海却忍不住浮现出林海燕遭受折磨的情形，不知不觉间，我的眼泪就流了出来。我冲着那个大脸妇女叫了起来：“你们这些疯子，你们把林海燕怎么样了？”

大脸妇女不屑地看了我一眼，突然挥拳打在我的鼻梁骨上，凶狠地说：“闭嘴！”

我鼻子一痛，鼻血立刻流了出来。这大脸妇女的力道非常之大，这一拳不仅打出了我的鼻血，还把我打得发懵，眼睛都模糊了起来。二捶和福贵叔急切地问我：“夏远，没事吧？”

我努力从渔网中腾出手来，将鼻血擦掉，晕晕乎乎地说：“没事儿！”

我们身在渔网中，根本没有机会脱身，想悄声商议脱身的办法，却总是以六趾人的武力警告而告终，无奈之下只好安静下来，各自想着逃跑的策略。

六趾人扛着我们往山洞里走去，连拐了数道弯之后才在一个略微宽大的地方停了下来。我心中惶恐不安，四下打量周围的环境，只见周围摆放着年代异常久远的碗碟等杂物，心想这里就是六趾人日常起居的地方了。

在旁边的一个空角落里，堆了很多的被猎杀的野兽，有野兔、狼、狐狸等。这些猎物快要堆成小山了，按说这些六趾人不缺少食物，没有吃我们的必要。可是如果不是吃我们，他们抓我们干吗呢？还有，他们把林海燕怎么样了呢？

我努力搜寻着，想要找到林海燕，却根本看不到她的身影。来的路上我们曾经捡到过林海燕的鞋子，林海燕肯定是落入了这些人手里，可是为什么就是看不到她呢？难道她已经遭了毒手？

想到这里，我心里异常难受，不过还是很快就强迫自己冷静了下来。无论如何都要想办法摆脱这些六趾人，然后再去寻找林海燕，生要见人，死要见尸。我心里打定了主意，情绪便安定下来，耐心等候着脱身的机会。

六趾人把我们三人分别关进了三个铁笼子，我们不知道他们这么做是想干什么。为了避免不必要的伤亡，我们没有再跟它他们起冲突，目前人为刀俎，我为鱼肉，还是识趣些为好。

六趾人把我们关进铁笼之后，便开始忙碌起来。他们行动十分有序，没有人随便说话。那两位妇女的身份似乎极高，对其他人总是呼来喝去的。我们想找机会问问那些六趾人到底想把我们怎么样，却没有人搭理我们。我们在他们眼里简直就是一只动物。

其实这些六趾人与普通的人差别并不大，只是在他们中间似乎存在着极其严格的等级制度，彼此之间不能随便交流。

铁笼是用一种非常古老的锁锁上的，此时我们身上没有任何工具，即便是有，也很难打开。而六趾人似乎也对这些铁笼很有信心，没有派人把守，而是各自忙碌着。他们有的在准备渔网，有的在准备绳索，还有的在剥那些动物的皮，好像是在为一件非常重要的事情做准备的样子。

周围的六趾人大概有五六十个，个个体型彪壮。在这种情况下，我们就算是伺机逃出了铁笼，也很难摆脱他们的追赶。

我们悄悄商议了一番，却没能想出什么好主意。这时大脸妇女领着一个约有五旬的白眉老头走了过来。老头眼睛狭细，带着一股阴柔之气。从大脸妇女对他的态度来看，他的地位极高，估计是六趾人的首领。

我们不知道他们要做什么，面露疑惑地看着他们，没有说话。

老头走着方步，带着一副官僚主义的架势，扫了我们一眼，然后转头问大脸妇女："他们三个跟之前的女人是一起的？"

"恩，没错，他们在一起干活！"

老头说的"之前的女人"，肯定是林海燕，我立刻激动起来，冲他们喊道："林海燕在哪里，你们把她怎么样了？告诉我，快告诉我！"

见我突然失控，大脸妇女跟老头居然哈哈大笑起来。老头大笑着转身而去，大脸妇女也紧跟了上去，在走远之前，她转过头来说道："你们很快就要见到她了！"

听了这话，我们都是身体一震，不知道她这话是什么意思。二捶紧张地说："他们该不会把林海燕害死了吧，那她说咱们很快就会见到林海燕，岂不是说咱们就快死了？"

福贵叔怕我撑不住，忙说："你这是瞎想，兴许他们不是那个意思，有可能是他们把海燕那娃关在了一个地方，待会儿也要把咱们关到那里。"

二捶还是害怕，一脸沮丧地说："那……那咱们现在咋办呢？"

"咋办，现在既然逃不了，也想不出别的法子，咱们就好好休息，养足精神，要是待会儿能够脱身，也好有体力逃走。"福贵叔说道。

眼下也只有如此了，于是我们不再说话，都靠在铁笼上打起盹来。虽然脑中依然翻来覆去想着林海燕，但是身体上的疲乏还是慢慢占了上风，我在昏昏沉沉中睡了过去。这一觉睡得天昏地暗，像是一个梦都没做，又像是做了很多的梦。如果不是被一声野兽一般的嘶吼突然惊醒，我可能还会继续睡下去。

我睁开双眼，只见火光明亮，眼前的景象异常恐怖！

二捶和福贵叔也被那声嘶吼给惊醒了。二捶吓得身体直哆嗦，惊慌地说道："什么声……"

二捶的话没有说完就停住了，因为他也看到了眼前这令人发狂的情形。

那些六趾人正站在我们面前。这原本也没有什么，可是此时的六趾人已经发生了变化，他们身上长出了红如鲜血的鳞片，眼珠子像狼一样冒着绿光。他们彼此凝望着，像是看到了仇敌一般。

我想起了《寻药记》上的话，每当午夜时分，六趾人就会性情大变，互相撕咬。

我们一时间紧张得大气也不敢喘，怔怔地看着那些六趾人。只见之前的那个白眉老头忽然号叫一声，然后猛地扑向了旁边的一个壮汉，一口咬住对方的咽喉，奋力一扯就将对方的喉管咬断了，壮汉还没来得及还击，就躺在地上蹬起腿来，看样子是活不成了。

突然看到这样一幕，我们完全被吓傻了。尽管之前已经从《寻药记》上了解了一些情况，可亲眼目睹的时候，我们的心里还是很难接受。我觉得胃里一阵绞痛，身体简直要瘫痪在地。这太可怕了，我们面前的这些生物明明是人，却在用动物的方式自相残杀，这怎能不让我们感到恐惧呢。

可是，这还仅仅是个序曲，其他的六趾人很快也开始了互相撕咬。他们互相撕咬，互相扭打，似乎是非要置对手于死地不可。

鲜血横流，山洞里的每个角落似乎都沾满了鲜血。

身在笼子里的我们看得惊心动魄，身体在微微发抖，心也在微微发抖。

就在我们看得傻住的时候，六趾人中的一个却悄悄地向我们走了过来，他脸上满是鲜血，眼中带着阴冷的目光，令人不敢直视。他刚刚已经解决掉了一个同伴，这会儿性情仍旧非常暴戾，看样子是要对我们下手了。

我们自然是紧张万分，生怕被他咬到，全都缩到了笼子里的一角。此人不管不顾，如同是一头饿狼般向我扑了过来。我准备不足，左脚一下被咬住了。我穿的是布鞋，鞋帮子不过是一层布而已，因此被咬到之后分外疼痛。不过好在有铁笼的阻挡，我猛地一挣，左脚就被我抽了出来，那六趾人还想再咬我，头却生生被卡在了铁笼上。他猛力地往回挣，由于卡得太紧，一时间没能挣出去。他一脸的煞气，我看到就不舒服，厌恶地猛然出脚，同时喊道："还是让我帮帮你吧！"

我这一脚踢得极重，一下就将六趾人的头踹了出去。六趾人并未就此死心，反而更加仇视我，紧接着又扑了过来。他见咬不到我，就将两只手伸到笼子里来抓我。我反复闪躲，六趾人迟迟未能得手，急得他咬牙切齿，恨不得将我大卸八块。

六趾人见抓不到我，变得愈加暴躁，开始用身体猛烈地撞击铁笼，铁笼被撞得东倒西歪，我在铁笼里失去了平衡，随着铁笼摇晃着，根本没法再躲。

福贵叔和二捶正在替我担心，两个六趾人向他们扑了过去。一时间我们三人都陷入了十分危险的境地。

与此同时，那些六趾人仍旧在相互撕咬着，嘶吼声、惨叫声混杂在一起，如同是深山丛林里的野兽大战。我们三人忙着应付想要咬死自己的六趾人，拼尽全力跟他们周旋着。我们一边躲闪一边暗自庆幸，要不是这些铁笼的阻碍，我们这会儿估计早被六趾人给撕烂了。

可是，虽然我们刚才小睡了一会儿，恢复了一些体力，可太长时间没有进食，气力大不如从前，要不是求生的原始欲望支撑，早躺在地上挺尸了。

或许是命不该绝，就在我们快支撑不住了的时候，事情出现了转机。越来越多的六趾人向我们扑来，为了争夺"猎物"，他们反而先互相撕咬起来，那三个原本缠住我们的六趾人暂时没工夫再“搭理”我们，他们已经成了众矢之的。

六趾人互相撕咬，鲜血遍地，血肉横飞，看得我们心惊肉跳。忽然，六指人们竟全部停了手，眼睛一闭横七竖八地倒在了地上。

我们全都看傻了，不知道这是怎么回事儿。紧接着更奇怪的事情发生了，六趾人身上的鳞片竟然慢慢退去。看到这一幕，我、二锤和福贵叔都难以置信地睁大了眼睛。

我忍不住问道：“这是什么情况？”

二锤也非常疑惑：“怎么跟变戏法似的？”

我们看呆了，竟忘了这是最好的逃跑时机。不过，幸亏我们没有采取行动，因为那些六趾人很快就苏醒了过来。

仍旧活着的六趾人一个接一个的站了起来。他们像是早已习惯了这种事情一样，谁都没有出声，各自去做自己该做的事情。有的人拖走了尸体，有的人清除了血迹，刚才的事情仿佛从来没有发生过一般。

我实在不敢相信世界上居然存在着这样一个族群，白天相安无事地生活在一起，到了夜晚却相互厮杀，他们难道真的是受到了“怃祟”的诅咒？我不愿意相信这种事情，可事实却摆在眼前。

洞穴内恢复了安静，我们的心里却并不平静。落在了这样性情不定的一群人手里，结果怎么会好呢？

过了片刻，白眉老头带着其他的六趾人走到了我们面前，他一脸的冷峻，其他的人一点声音都不敢出，像是十分惧怕他。我的心突突直跳，不知道他们这是要干吗。

老头看了我们一眼，然后命令身边的人：“带他们走！”

第三十四章　猎兽

随着老头的一声令下，六趾人全都围了上来，他们将木棍穿过铁笼，像是抬花轿一样将我们抬了起来。

我悄声向福贵叔："福贵叔，你看他们是想把咱们怎么样？"

福贵叔瞥了瞥周围的情况，压低了声音说："别慌，找准机会，咱们死活拼一把。"

可是事情没有这么简单，山洞内的六趾人倾巢而出，那两个妇女更是一脸奸笑地看着我们，神色极为诡异。

白眉老头走在最前面，带着六趾人的队伍和我们浩浩荡荡的出发了。

从我们躲雨逃进山洞到现在，我们在山洞中走了不短的时间，仍旧没有走到洞穴的尽头，这山洞到底有多深，实在是让人难以想象。十多分钟之后，走到了一个下坡处，整段路的结构呈螺旋式下降，走得快了就容易栽跟头，六趾人也就放慢了脚步，分外小心的走着。我心里有些不安，这到底是要去什么地方呢?

半个多小时后，路面恢复了平坦，前面山洞的深处出现了微微的火光。走近后才发现原来是几个六趾人举着火把站在那里，显然是守护在这里的护卫。老头走到其中一个护卫面前，问道："他们出现了吗？"

护卫答道："还没有，首领。"

果然不错，这个老头就是六趾人的首领，但他口中的"他们"指的是谁呢？

老头顿了一顿，转头对抬着我们的六趾人说："把他们抬进去！"

六趾人抬着我们就往前走去。穿过了一个狭窄的走道之后，面前豁然大开，一个跟篮球场差不多大的地方出现在了我们面前。就在这里，我看到了我们一直在苦苦寻找的人——林海燕！

突然看到林海燕，我还以为自己是在做梦，而看清林海燕处境的时候，我又难过起来。她跟我们一样，也被关在一个笼子里，而且笼子还被吊在了山洞顶上。她眼睛直愣愣地看着我们，但除此之外竟没有丝毫别的反应。

我忍不住大喊起来："林海燕！是我们！是我们！"

林海燕却好像没有听到似的，依旧坐在笼子里发着呆。我再仔细一看，只见她身上的衣服破烂不堪，而她的神色呆滞，像是痴傻了一样。

我心急如焚，六趾人对林海燕做了些什么，她怎么变成了这样？

福贵叔和二捶见状也是焦急万分，可是以我们目前的处境，根本不可能去检查林海燕的情况。福贵叔叹了一口气："看来海燕这女娃没少遭罪啊……"

我不住地在笼子里又摇又晃，冲着旁边的大脸妇女吼道："你们这些杂碎，对她做了什么？"

见我一吼，旁边的护卫立刻举起木棍，猛地一下捅在了我的腰上，我失去平衡，头"当"的一声撞在了铁笼上，顿时头上被开了一条口子，鲜血涌流而出。大脸妇女缓缓走了过来，阴笑着说："别急，待会儿你们就跟她一样了。"

我顾不上头上的伤口，冲她大喊道："别让我出去，我要出去了，绝饶不了你们这些丑八怪！"

大脸妇女冷哼了一声，没再搭理我。她命令其他的六趾人用铁链拴住我们的铁笼，将我们一个个的吊了起来。我的笼子就在林海燕的旁边，看着她呆呆的样子，我的眼泪忍不住地往下流。

二捶担忧地说："林海燕不会是吓傻了吧？怎么见到咱们也不搭理呢？"

福贵叔说："看样子是受惊吓了……"

"林海燕都变成这样了，待会儿咱们不会也变成这样吧？那咱们可咋办好啊？"二捶说道。

我努力想着六趾人把我们吊在这里的原因，他们费了那么大的劲儿把我们弄到这里来，其中到底藏着什么阴谋呢？

在把我们吊到洞顶之后，这些六趾人又做了一件让我们看了直冒冷汗的事，他们在我们的铁笼下面堆放了许多干柴。

难道这帮孙子要将我们烤了？

果然，六趾人很快就点燃了我们身下的干柴！没一会儿工夫，烟雾就将我们呛得咳嗽不止，涕泪横流，接着脚下就开始热乎起来，笼子也越来越烫。我们三个在笼子里站立不住，只能像猴子一样跳来窜去。林海燕却像是失去了知觉一般，仍旧靠坐在原处一声不吭。我担心林海燕会被烧坏，便像是荡秋千一般，将笼子摇动，然后撞在林海燕的笼子上，如此一来，笼子晃来晃去，她就不太容易被火烧伤了。

我们在笼子里喊叫连连，六趾人却悄悄躲在了一旁的角落里，带着一种幸灾乐祸的笑容，贼眉鼠眼地望着我们。我忍不住骂道："这是些什么东西，就会把自己的快乐建立在别人的痛苦之上。"

二捶被烧恼了，吼道："他们到底是想干吗，是要把咱们全烤了吃了吗？"

我答道："不会吧，要真是烤咱们，怎么不上些调料呢？"

"什么，调料？你这不是胡扯吗，你以为他们跟咱们一样，吃饭那么讲究啊？"二捶一边在笼子里蹦跶着，一边说道。

我当然知道六趾人要想吃我们的话根本不会在意调料的问题，可是如果他们不是想吃我们的话，将我们吊起来用火烤又有什么用意呢？

火越来越热，我们浑身上下冒汗不说，手只要一碰到笼子，皮就会被粘下一块来。我们的叫声越来越大，也越来越急，心里已经开始绝望了，难道我们会就这样被火烤死在这笼子里？

我的鞋底已经被铁笼烙出了许多窟窿，脚底的肉几乎贴在了铁笼上。那些六趾人却依旧藏在角落里，小心翼翼地观察着周围的情况，似乎是在等待着些什么。

就在我们快要支持不住的时候，山洞深处突然传来一声震天巨吼！

这一吼惊得我们身体一抖，虽处在火焰的烘烤中，却也僵在了原地。那些六趾人同样安静了下来，眼睛紧紧盯着山洞深处。

两个红点渐渐从山洞深处移了出来。我一时间忘记了所处的困境，瞪着两只眼睛瞬也不瞬地看着。

那红点是什么东西？六趾人等的难道就是它们？

我隐隐猜到，这向我们走来的应该就是“忨祟”。

红点越来越近，很快就到了我们面前。我的想法被证实了，果然是忨祟！只是来的不是两只忨祟，而是三只，有一只小忨祟一直紧紧跟在两只大忨祟的身后。

这是我们第一次看见真的忨祟，之前我们只在后羿的金棺上看到过忨祟的图案，与我们眼前的基本一致。还别说，这忨祟与年画中的火麒麟的确十分相像，都是身披红鳞，头如狮子，眼睛铜铃大小，四肢粗壮有力，只是并未像图案上那样浑身浴火。雕刻图案的工匠大概是为了彰显后羿的功绩，从而夸大了忨祟的形象。

我们身下的木柴已经烧得差不多了，火焰小了很多，不似之前那般灼热。虽然境况有所好转，我们心里却并未放松，都怔怔地看着三只忨祟，既好奇又惊讶。这三只忨祟看起来像是一家三口，两只体型小一点的忨祟极为亲昵，时常头部相抵。体型最大的那只，我断定是雄忨祟，因它跟雄狮一样，颈部生有浓密的须发，而另外两只则没有。

我正想着三只忨祟出现在这里的原因，它们却仰着头望着我们，并慢慢地靠了过来。突然间，我明白过来，它们这是把我们当成了猎物！

六趾人把我们吊在这里，下面又生上火，其目的不是要烤熟我们，而是让我们嗷嗷乱叫，把住在山洞深处的犺祟给吸引过来，然后再对它们进行猎捕。我们在不知不觉中竟然成为了六趾人的鱼饵。

《寻药记》中记载，六趾人在吃了由犺祟所炼的丹药之后，虽青春回转，却不能中断服药，一旦停止就会暴血而亡。这些六趾人诱捕犺祟的目的，自然是为了继续炼制丹药，好生存下去。

照目前的情况来看，犺祟的处境非常危险，如果六趾人一拥而上，它们很可能就会葬身于此。我实在不愿六趾人的阴谋得逞，想警告犺祟，可却不知道该怎么警告。犺祟毕竟是动物，听不懂人话。

我忘了一点，现在首先身处险境的并不是犺祟，而是我们。

那两只大犺祟来到了铁笼之下，望着我们露出了锋利的尖牙。我暗道，乖乖，“前有狼后有虎”，我们恐怕是难逃此劫了。

我本来以为只要犺祟一现身，藏匿在周围的六趾人就会一拥而上将其擒住，没想到过了这许久，这些六趾人却仍旧没有行动的迹象。我猜不透也没时间去猜他们在搞什么名堂，因为雄犺祟目露凶光地盯着我们，身体弯成弓状，然后就猛地扑向了我所在的铁笼。我大惊失色，身体本能地往后一仰，一下坐倒在了铁笼中。有铁笼的阻挡，雄犺祟没能扑到我，却把铁笼撞得晃动不止。我像是漂在浪涛上的一片木板一样，根本没有着力之处。我惊恐万分，雄犺祟体型如牛，劲道却比牛更大上了许多，这一撞已经让我心脏打颤了。

铁笼在洞顶上剧烈摇晃，我根本连站都站不起来，这时雄犺祟又再次向我发动了进攻，看那势头，是非要把铁笼撞下来不可。福贵叔和二捶都为我捏了一把冷汗，同时冲我喊道：“当心，夏远！”

“嘭”的一声，雄犺祟再次撞到了铁笼上。我的身体一下从笼子里弹了起来，还没来得及有所反应，头就再次撞在了铁条上。这一撞撞得我头上刚刚停止流血的伤口崩裂，鲜血再次涌流而下，脑袋开始发懵。两次撞击之后，我所处的铁笼已经摇摇欲坠，这时那只雌犺祟也开始了行动。它进攻的对象不是别人，正是我身旁的林海燕。

只见雌忨祟一跃而起，前爪伸在头的前方，撞在铁笼上的时候，双掌先贴在了笼子上，头部并未受到撞击。林海燕让人十分担心，她根本就是毫无反应，就这么靠在铁笼上，任铁笼摇来晃去。

我很怕雌忨祟的爪子抓伤林海燕，但却一点儿办法也没有。

我与林海燕的境况都十分危险，两只忨祟不依不饶地在我们的铁笼上撞击着，吊住笼子的铁链看样子已支撑不了多久。我心想，我们几经大难都活了下来，难道这次要葬送在这两只忨祟的手里？

两只忨祟又接连向我们发动了几次进攻，铁链奇迹般地没有断开，我和林海燕都是有惊无险。两只忨祟像是撞得累了，在下面围着我们走了几圈，我在笼子里紧紧地盯着它们，生怕它们会突然进攻。怕什么来什么，两只忨祟果然又一起向我们扑了上来。我心说，坏了，这下要玩完。

就在两只忨祟扑出来的一瞬间，我们的四周忽然有很多渔网撒了出来。两只眼看就要撞在铁笼上的忨祟顿时被渔网给套住了，与此同时许多六趾人拿着大刀长矛冲了过来。

这些六趾人狡猾万分，早不出来，晚不出来，偏偏等到忨祟精疲力竭之时才出来，看来这样的猎捕对他们来说早就是轻车熟路了。

两只大忨祟被渔网缠住，行动起来非常困难，但仍旧十分凶悍，用牙齿拼命撕扯渔网。这些渔网好像不是一般的渔网，十分坚韧，忨祟一番撕咬不但徒劳无功，还弄得自己满嘴是血。

手持兵器的六趾人向着忨祟扑了过去，忨祟怒吼连连，一双眼珠子简直要冒出火来。它们虽身陷渔网，但气势犹存，对冲上去的六趾人又撞又拱，一时间六趾人根本进不了身。那只小忨祟虽然同样被罩在了渔网中，但六趾人大概是觉得它无关紧要，暂时并未伤害它，任它在一旁挣扎着。

这时白眉老头走了过去，他轻轻一挥手，旁边的六趾人便像领了圣旨一般，冲了上去。不过这些人的目标并不是六趾人，而是渔网，他们紧紧地抓住渔网的一角，然后分别使劲儿向外拉。渔网越绷越紧，忼祟也被紧紧地固定在了网中，双方开始较起劲来。白眉老头又一挥手，其他六趾人挥舞着兵器就在忼祟的身上张罗开了。可是忼祟一身的鳞甲，普通的刀枪根本伤不了他们，要想对它们造成实质性伤害，就必须靠上前去。然而一旦靠近忼祟，六趾人的下场不是被掏烂了肚子就是被咬断了脖子。

局面十分微妙，在人数上大占优势，并占了先机的六趾人，一时间里不但没有占到丝毫便宜，相反还损兵折将不少。白眉老头眉头紧皱，显然也意识到了情形的不妙。我们很希望两只忼祟能把六趾人摆平，那样我们也好从这里逃出去。然而，这时白眉老头却突然大喊了一声："上石灰！"

随着白眉老头的一声令下，两个挎着布袋的六趾人迎头冲向了忼祟。忼祟见有人冲来，怒吼一声，做出了扑人状。两个六趾人同时将手伸到了布袋里，随即掏出一把白色的粉末向忼祟的眼睛撒了过去。

石灰粉大部分落进了两只忼祟的眼睛中。在石灰粉的腐蚀下，忼祟痛得吼叫不绝，像是疯了一般拼命扭动身子。那些紧抓着渔网的六趾人这会儿终于支持不住了，手中的渔网接连脱手。眼看两只忼祟将要摆脱六趾人的控制，白眉老头再也按捺不住，对一直站在身侧的两位妇女说："你们两个也上！"

两个妇女并不含糊，一人捡起一杆长矛便分别朝着两只忼祟刺去。眼睛已经失去作用的忼祟，只是凭借一身的蛮力在顽抗着，到了这会儿已是怒火滔天，张着一张血盆大口不停地嘶吼着。那大脸妇女瞅准了时机，猛地一下将手中的长矛捅进了雄忼祟的嘴里！

随着雄忼祟的一声惨号，长矛刺破了它的上颚，然后从脖颈处刺了出来，鲜血瞬间像是喷泉一样冒了出来。原本威风凛凛的雄忼祟顿时威风不再，喉咙里发出呼哧呼哧的声音，脚步也踉跄起来，没多久便"扑通"一声倒在了地上。

第三十五章　地震

雌忨祟见雄忨祟倒在地上奄奄一息，忽然像是疯了一样猛然跃起，向雄忨祟冲去。六趾人趁机挥舞大刀、长矛在它身上招呼起来。雌忨祟任大刀、长矛在自己的身上又砍又刺，只是拼命地挣扎着，一点一点地靠近雄忨祟。我看得眼眶发酸，人们常说“人非草木孰能无情”，其实动物又何尝不是如此。

六趾人的大刀和长矛让雌忨祟遍体鳞伤，可它已不在乎自己的伤势，一边悲鸣，一边努力地在渔网中挣扎着。

雌忨祟终于还是艰难地挪到了雄忨祟身边，它盯着已经断气的雄忨祟看了片刻，随后仰头长嚎一声。这一声长嚎异常凄厉，闻之令人有肝肠寸断之感。也就在这一片刻，六趾人把手中的两杆长矛双双刺进了雌忨祟的喉咙！

鲜血喷溅，但雌忨祟的吼声却没有因此而停歇。那似乎是用它全部的生命发出的吼声，在幽深的山洞中反复回荡开来。最后它终于还是支持不住了，轰然一声倒在了雄忨祟的身上。

两只大忼祟就这样死了。

原本一直在渔网中挣扎的小忼祟，也停了下来，望着倒在地上的双亲，发出了一阵阵的呜咽声，像是想把它们唤醒一样。

白眉老头并不管这些，见两只大忼祟已被除掉，脸上露出了邪恶的微笑。他对身边的随从说：“把网拿开，活捉这只小的！”

他竟然玩起了“猫捉老鼠”的把戏，想要活捉小忼祟以消遣一番。

六趾人向着小忼祟合围了上去。原本呜咽不止的小忼祟停了下来，瞪着一双眼珠凶狠地望着六趾人。忽然，小忼祟猛地冲着其中的一个六趾人撞了过去。小忼祟身形只有山羊那么大，行动起来十分灵活，瞬间就将那个六趾人撞倒在地，突出了包围圈。突出包围之后，小忼祟并没有乘机逃走，它突然歇斯底里的吼叫了一声，这一声比之于两只大忼祟的吼叫在声势上有所不及，但悲切之情却更揪人心肠，就连那些六趾人听了，都露出了不忍的神色。吼声还未停歇，小忼祟再次猛地蹿了出去，只是这次的目标不是六趾人，而是旁边的岩壁。只听“咚”的一声，小忼祟的头结结实实地撞在了冰冷的岩壁上！

小忼祟体型虽小，性子却极为刚烈，在父母被杀害之后，它不想被六趾人活捉，也不愿就此独活，所以选择了自尽。

小忼祟的身体缓缓地从岩壁上滑落下来，在上面留下了一道触目惊心的血痕。小忼祟并没有立即死去，在完全丧失意识之前，它的眼睛还在眨着，血从它的额头流出来，很快就在地上积成一滩。

一时间山洞内陷入了一片沉寂。无论是被关在笼子里的我们，还是那些六趾人，都怔在原地看着小忼祟。

白眉老头首先打破了沉寂，从牙缝里挤出一个字：“撤！”

六趾人像是接到了圣旨一般，立马开始收拾起地上的刀枪棍棒来。

如今忼祟一家三口都已经被杀害，六趾人的目的终于达到了，那么接下来，被杀害的会不会就是我们呢？

二捶也想到了这一点，按捺不住地悄声说道：“咱们现在咋办？”

我看了看神情依旧呆滞的林海燕，又看了看面色凝重的福贵叔，心里一沉，以我们目前的处境，根本不可能从这里逃出去。

二捶见我们无人应声，急得又要开口询问，这时突然从山腹深处传来一声惊天暴吼！是忼祟的吼叫！

从吼声的强度判断，这只忼祟的凶悍程度简直难以想象，因为随着它的这一声吼叫，整个山洞都摇晃了起来。吼叫声连绵不绝地传来，那只忼祟像是随时会冲出来一般。六趾人开始慌了，白眉老头率先转身准备原路奔回，然而已经是来不及了。

我望着山洞深处，等待着那只嘶吼的忼祟冲出来，却迟迟不见它出现，而“轰隆隆”的声音却越来越大。一时间沙石滚落，脚底晃动，我暗道，这难道是要地震吗？

我心里才刚萌生了这个念头，地震就真的发生了。忼祟的嘶吼之声始终在我们耳边回荡，同时整个山洞也像是变成了一艘漂浮在大浪之中的小船，剧烈晃动着。一块块比磨盘还大的石头纷纷从洞顶掉落下来，下面的六趾人被砸个正着，短短一会儿工夫就死伤惨重。我们的情况也好不到哪里去，随着笼子的左右摇摆，我们根本连站都站不稳，身体被撞来撞去。我和福贵叔、二捶还好，知道用手抓住铁笼，林海燕却毫不在乎地任自己的身体随意地撞在铁笼上，我看着就十分心疼，简直比自己受伤还难受。

我们必须得想办法从笼子里逃出去，要不然就只有死路一条。

二捶已经在那边大喊起来：“福贵叔、夏远，你们倒是快想想办法啊！”

福贵叔也急了，吼道：“到这地步了，要是有法子不早出去了吗？”

“福贵叔，可不能啊，咱不能死在这里啊，我还没娶媳妇呢。”都到这时候了，二捶还惦记媳妇呢。

或许是真的命不该绝，正在我们急得不知该如何是好的时候，铁笼上方的洞顶忽然“咔嚓”一声裂开了，四个铁笼再无牵制，连同悬挂在洞顶的铁链一同掉了下来。洞顶本就不高，再加上下面有很多六趾人的尸体，我们这一下落在地上，摔得并不怎么重。而从洞顶上砸下来的石头，也因铁笼的阻挡而无法砸到我们。这原本剥夺了我们自由的牢笼，现在却变成了我们生命的保障。

可是虽然一时半会儿不会有生命危险，但如果不能尽快从笼子里逃出去，我们终究还是会被困死在这山洞里。

震感越来越强，地面也开始慢慢地裂出缝来，这些缝隙越来越大，许多六趾人都掉了进去。白眉老头带着几个六趾人拼命逃窜，转眼就逃出了我们的视线。就在我们无法可想之际，从洞顶上落下的石头意外的给我们带来了转机。只听“哐哐”两声，我和二捶的铁笼上的锁，居然被石头给砸开了。不用多说，我和二捶一脚踹开笼子，从里面爬了出来，然后各自在地上摸了一把六趾人遗留的长矛，分别插在了林海燕和福贵叔所在的笼子的锁上。生死关头，我们自然不惜力气，手臂用力一撅，两把锁应声而断。福贵叔急忙从笼子中爬了出来，林海燕却任我如何拉拽，都紧紧地瑟缩在笼子的一角，急得我不停的喊：“林海燕，是我啊，我是夏远，咱们快走!”

可是林海燕看到我就像是看到了魔鬼一般，拼命地摇着头，眼睛里满是惊恐。此时在我们的身边仍旧是沙石飞落，危险重重。福贵叔在一旁催促道：“实在不行，就快把海燕那娃扛起来！咱们不能再磨蹭了！”

一语点醒梦中人，当下我也顾不得男女有别的教条，双手抱住林海燕就把她扛到了肩上。林海燕被我扛在肩上后并不老实，不是在我身上又抓又挠，就是疯狂地踢着腿，有好几次差点儿从我肩上摔下来。我很怕林海燕会出意外，强忍着身上的疼痛牢牢地抓着她。

二捶在前面探路，福贵叔在最后帮我一起护着林海燕。我们走得十分艰难，一来山洞内的路径裂出了许多缝隙，一不留神，我们就会栽倒在里面，二来不时地有石头落下，我们一不小心就可能会被砸个脑袋开花。

走了没多久，我们便被落下的石头砸中了好几回，身上的伤也多得数不过来，身体上的疲乏更是让我渐渐地想要放弃。我实在是太累了，本来就有伤，再加上还扛着林海燕，我的体能早就达到极限了。

福贵叔看着后背剧烈起伏的我，知道我快要撑不住了，二话不说就将林海燕接过去扛到了自己肩上。我心里十分不忍，毕竟福贵叔已是一把年纪了，然而我实在是累得有些迈不动步子了，便也只好让福贵叔先背一会儿了。

山洞内的塌陷越来越厉害，地上的裂缝也越来越大，连神志不清的林海燕也感受到了危险，终于安静了下来。那忨祟的嘶吼声，仍时不时地在我们耳边响起，如同幽灵一般。

难道是忨祟追来了？我忍不住回头望去，却只看到了滚落的大石。这只忨祟究竟身在何处，怎么会只闻其声，不见其形？

地面起伏不定，我们像是踩在滚动的浪涛之中，稍不留神就会脚下落空，摔个鼻青脸肿。就这样跌跌撞撞的走了一段时间，那些首先逃走的六趾人出现在我们的视野中。此时的他们也异常不堪，灰头土脸还算是轻的，有些人全身上下许多地方都是血肉模糊，让人不忍细看。

六趾人在这次地震中死的死伤的伤，只剩下不到十个人，白眉老头和那两个妇女也在其中。所谓“仇人见面分外眼红”，白眉老头见我们还活着，自然是气得暴跳如雷，但眼下我们都各自忙着逃命，根本没精力相互厮杀，双方都是没命地向前冲。其间我又接替福贵叔背起了林海燕，每迈一步都非常的小心，生怕林海燕被落下的石头砸到。

越往前跑，我心里越是绝望，这条路是如此的漫长，现在又是这样山崩地裂的境遇，要想全身而退，简直难如登天。然而，那些六趾人似乎并没有绝望，仍旧急匆匆地往前冲着。我的脑海里忽然闪过一个念头，莫非他们知道逃生的捷径？

六趾人在白石岭和天台山这片山地已经居住了非常久的时间，对于周围的情况自然熟悉得很，很难说他们没有进入山洞的另外途径。我当即对二锤和福贵叔说：“咱们跟着他们走，这些六趾人可能知道近路！”

二锤和福贵叔觉得我说得有理，我们就追着六趾人跑去。果然，在一番死命追赶之后，前方终于有了亮光。白眉老头带着剩下的六趾人向前冲去，眼看就要逃出山洞。这时突然一声惊天长鸣，忨祟的吼叫声再次传来！与此同时，我们的脚下的路忽然裂开半米多宽的缝隙，福贵叔和二捶反应较快，身子一歪就倒在了裂缝的一侧，而我由于背着林海燕的缘故，身体在地面裂开的瞬间一下子失去平衡，倒在了一边。

眨眼间六趾人就已经冲出了山洞，我们自然也不敢磨蹭。福贵叔和二锤将我和林海燕重新搀扶起来，这回林海燕十分配合，而且也不用我再背她，紧紧地抓着我的手就跑了起来。我身上没有了负担，顿觉轻松不少，跑起来也更快捷。马上就要冲出山洞，一股重获新生的喜悦充满了我们的心胸。向着洞外望去，只见外面一片平坦。原来这个洞口位于白石岭的山脚，对面正是我们曾经去过的天台山。

冲出洞口，金色的阳光瞬间洒在了我们身上，经过了长久的昏暗，忽然看到阳光，眼睛微微有些刺痛，那是一种幸福的，久违的，仍人雀跃的刺痛。

可是灾难并未就此结束，我们刚逃出白石岭就看到了令人战栗的一幕。

地震仍在持续，六趾人在白眉老头的带领下向对面天台山的方向跑去。我们都以为六趾人逃去的地方肯定是一个安全地带，所以也紧跟了上去。然而，我们刚迈出步子，就见天台山忽地一晃，许多巨石以雷霆之势从山上滚了下来，伴随着强烈的撞击声，瞬间就到了山下。白眉老头所带领的六趾人听闻此声，知道大事不妙，想要夺路而逃，结果却为时已晚。几块巨石像是呼啸而去的列车一样从他们身上碾过，随后朝我们滚了过来。巨石倏忽而至，我也来不及多做思考，大叫一声："快闪！"

福贵叔和二捶反应较快，当即奋力向旁边扑了过去，闪开了巨石。林海燕则呆在了当场，情急之下，我只好猛然纵身，扑倒林海燕并抱着她朝旁边滚了开去。巨石擦着我的大腿外侧滚了过去，一下将我的裤子连同皮肉擦去了一大块，虽是受了点皮肉之苦，但好歹小命犹在。

被巨石碾死的六趾人全都血肉模糊，像是摊平的煎饼一样躺在地上。白眉老头和那两个妇女也没能逃过此劫，死状甚惨，脸上的五官都被压得难以辨识。

虽然这些六趾人罪孽深重，但亲眼目睹他们全部丧生，我心里还是有些不忍。他们终究也是存活于人世的生命啊。

见我有些愣神，福贵叔拉了我一把，吼道：“你这娃，想啥呢，再不走可就走不了了！”

被福贵叔一吼，我猛然惊醒，我们现在还身处险境，必须尽快脱身。

福贵叔对周围的环境比较熟悉，往旁边的羊肠小路一指：“走这边，这是回村的路！”

无需多言，四人没命地沿着小路跑去。可就这这时，我们脚下的地面忽然全部变得像是易碎的瓦片一般，一块块地沉陷了。

天台山发生地震的消息很快就传到了村子里，村子里的人纷纷去看地震后的那个深坑。生产队长也无暇再顾及我们，开始忙着督促大伙完成新的任务。

我问过许多去看深坑的人，问他们是否在深坑中看到了一匹像是红绸一样的东西，然而那些人全都莫名其妙地看着我，摇着头说，那深坑下除了泥土就是石头，哪里有什么红绸。

我不禁又开始怀疑，我们在天台山上是否真的看见了那红色巨尾。如果是真的，那只巨型忨祟又去了哪里？

若干年后，我偶然在《山海经》中看到了这样一段话："东海外有山曰天台，有登天之梯，有登仙之台，羽人所居。天台者，神鳌背负之山也，浮游海内，不纪经年。"

难道天台山下真的居住着巨兽？只是这只巨兽并不像《山海经》中所说的那样是一只神鳌，而是一只巨大的忨祟？

后来城里来了一批地震专家来研究天台山地震的原因。他们动用了很多的人力物力，却没有丝毫收获。让我感到奇怪的是，他们既没能查出地震的原因，也没有发现六趾人和忨祟的遗迹，整件事最后无果而终。

六趾人和忨祟都在这次地震中神秘地消失了，它们的出现和消失都像是一个谜。而整件事从头至尾只有我们打井队的四个人知道，也只有我们四个人经历了。在那个动荡的年代，我们不可能将这次诡异的经历告诉任何人，因为那样很可能会被扣上制造恐慌、反科学的帽子，甚至会被定位成阶级敌人。于是我们四人决定将这一切深深埋在心底，不再轻易启封。

两天之后，我们身上的伤势都好得七七八八了，只是林海燕的精神状态仍不稳定。生产队长向我们询问林海燕发病的原因，我们一时之间也找不到合适的解释，只好推说可能是被困在井底之时受到惊吓而产生的后遗症。

生产队长不敢耽误，立刻向上级作了汇报，很快上面便进行了批示，立刻送林海燕回城接受治疗。

在当时，被派往农村的知识青年，只有在身体突发重大疾病的情况下才会被允许返城。林海燕被送回了城，而我却还要待在蒿岭村继续我的知青生活。我并不害怕农村生活中的劳苦，只是身边忽然少了林海燕的身影，我的心像是一下子被掏空了一般，十分不适应。

林海燕被送走的时候，始终紧紧地抓着我不放，对负责送她回城的生产队长则拼命撕咬。一时间，我眼眶湿润，内心里产生了拥抱林海燕的冲动，然而我不敢，因为这样的举动会严重影响她的声誉。

林海燕最终还是被生产队长送走了。

几天后，生产队长又回到了蒿岭村，从他的口中我得知林海燕的父母已经把她送到了医院进行治疗，饮食起居都有人细心照料。我终于放心下来，跟生产队长要了林海燕的地址，决定每个星期都给她写一封慰问的信。

在信中，我描述了我们在打井队时一起打井，一起烧山药蛋子的时光，还暗暗表述了对她的想念。我希望我的信能够对于林海燕的康复有所帮助，可是，这一封接一封寄出去的信却像是石沉大海一样没了音讯。

我自我安慰说，林海燕可能还在恢复中，没有看到我的信，即便是看到了我的信，她也未必能看懂信中所说的话。

一年的时间就这样过去了。在这一年里，我没有再听到过关于林海燕的任何消息，而我的生活也可以用暗无天日来形容。这一切直到一个明媚的午后才突然改变。那天下午，我忽然接到了邮递员小张送来的一封信，信上的署名是林海燕，信纸上也只写了一句话："夏远，我已经康复了，谢谢你的信。"

林海燕终于康复了！我激动得热泪盈眶，像是疯了一样的在村子里狂跑起来，嘴里还大喊着："林海燕康复了！林海燕康复了！……"

从那以后，我和林海燕一直保持着书信来往，我们互道近况，互相鼓励，一起回忆曾经在打井队的时光。这样的日子一直持续了很多年。

1977年国家宣布恢复高考，林海燕在父母的鼓励下参加了考试，成功考入了大学。而我则继续在蒿岭村的打井队工作。这期间，我们仍旧保持书信来往，我们的感情也越来越好。1980年，国家宣布了知识青年返城的决定。在离开蒿岭村之前，我收到了林海燕写给我的最后一封信，上面只写了四个字："执子之手"。

在回信中，我也只写了四个字："与子偕老"。

一年之后，林海燕从大学毕业，我们步入了婚姻的殿堂。一路走来，我们风雨同舟，相濡以沫，相伴着走过了许多的艰难和辛酸。直到去年，她心脏病发作，先我而去。我的生命从此陷入孤寂。闲来无事，我便将我们一起度过的那段惊险岁月写了下来，以纪念我们的纯真年代以及那段不为人知的历史。

--完--